百家讲座系列

宋词十讲

刘扬忠 著

江苏凤凰文艺出版社
JIANGSU PHOENIX LITERATURE AND ART PUBLISHING, LTD

图书在版编目（CIP）数据

宋词十讲 / 刘扬忠著. — 南京：江苏凤凰文艺出版社，2015

（百家讲座系列）

ISBN 978-7-5399-7465-1

Ⅰ. ①宋… Ⅱ. ①刘… Ⅲ. ①宋词－诗词研究 Ⅳ. ①I207.23

中国版本图书馆 CIP 数据核字(2014)第 131522 号

书　　名	宋词十讲
著　　者	刘扬忠
责任编辑	郝　鹏　孙金荣
出版发行	凤凰出版传媒股份有限公司
	江苏凤凰文艺出版社
出版社地址	南京市中央路 165 号，邮编：210009
出版社网址	http://www.jswenyi.com
经　　销	凤凰出版传媒股份有限公司
照　　排	江苏凤凰制版有限公司
印　　刷	扬中市印刷有限公司
开　　本	718×1000 毫米　1/16
印　　张	14.75
字　　数	170 千字
版　　次	2015 年 3 月第 1 版　　2015 年 3 月第 1 次印刷
标准书号	ISBN　978-7-5399-7465-1
定　　价	35.00 元

（江苏文艺版图书凡印刷、装订错误可随时向承印厂调换）

目录

第一讲　里巷胡夷新曲出，遂教词体擅嘉名

——宋词的来源及其本质特征

在我国古代文学史上，唐诗和宋词往往并称，各自被视为所属时代的代表性文学。这种看法早在元代就已萌生，如罗宗信《〈中原音韵〉序》说："世之共称唐诗、宋词、大元乐府（按指元曲——剧曲和散曲——引者），诚哉！"以后明清时期，陆续有人将宋词与唐诗并称，视之为古代诗歌山系中并峙争雄的双峰。到了二十世纪初，王国维更是从他的进化论文学史观出发，在其《宋元戏曲史·自序》中论述道：

> 凡一代有一代之文学，楚之骚、汉之赋、六代之骈语、唐之诗、宋之词、元之曲皆所谓一代之文学，而后世莫能继焉者也。

确实，宋代（公元960—1279）三百二十年间，虽然文学的各个重要门类都硕果累累，美不胜收，但是，就中宋词作为传统五七言抒情诗的一种变体，更显得名家辈出，佳作如林，万紫千红，蔚为一代奇观。它是宋代文学苑囿中最有时代特色、最富于审美个性的一株奇葩。

宋词的繁荣和发展固然证明了宋人富于艺术创新精神，但若追根溯源，我们会发现，在宋人手里操控自如的曲子词这一文艺样式，乃是唐代丰厚的文化土壤孕育出来的。

一、宋词的两个来源:燕乐与民歌

词,是“曲子词”的简称,就是“歌词”的意思。把这种诗体简称为“词”,是宋代以后的事。在唐五代时,这种新诗体原被称为“曲子词”。这个名称清楚地表明了词体的性质,也就是说,词不单单是诗的一种后起的样式,更是一种协乐的文学,和音乐有着密切的联系,它是隋唐之际伴随着新音乐的产生而兴起的一种新体歌诗。

在这个全称中,“曲子”是指音乐的部分,“词”是指文辞的部分。在乐曲歌辞中,这二者原是一件事物的两个方面,不可分离的。清代词话家刘熙载说:“词即曲之词,曲即词之曲”(《艺概·词曲概》);清代另一个词话家宋翔凤说:“以文写之则为词,以声度之则为曲”(《乐府馀论》)。这些话都对词与曲两者之间的关系作了正确的解释。

还需要说明的是,在词体产生之前,一般的歌诗都是先有了歌词,然后由乐工为之谱曲;而新兴的“曲子词”是先有曲谱,然后根据曲谱填上歌词,专业术语叫“倚声填词”,也就是以乐曲为主,以歌词为辅,歌词服从于曲谱。因此,要了解词是怎样产生的,就得先从音乐,也就是从隋唐时期的“流行音乐”——燕乐谈起。

我国古代在隋朝之前,一直流行清商乐。清商乐就是唐人杜佑《通典》所说的“清乐”,它们大部分是汉魏六朝以来流行于汉族地区的“街陌谣讴”。而自从西晋之末“五胡乱华”以后,由于战争、通商、外交、婚姻或其他原因,西域(中国西部各兄弟民族地区)、中亚细亚和印度等地的音乐——当时称为“胡乐”——便传入了中原一带,并逐渐流行开来。

隋朝建立以后,中国历史上延续了近三百年的南北分裂局面重归统一,这使得胡乐迅速传遍大江南北,与原先的清乐和民间歌曲相融合，形成了以胡乐为主体的一个新的音乐系统——燕乐。

燕乐又叫宴乐，最初是供隋朝宫廷和初盛唐统治者在宴会上或举行典礼时演奏的。这种新音乐与国内固有的清商乐大不相同，因此必须为之配上新的歌词以供演唱。这是因为，燕乐主要的伴奏乐器是琵琶，琵琶是一种和胡乐一起从西域传入中原的弦乐器，共有二十八调，音律错综复杂而多变化，传统格式整齐的五七言句式很难和这些新乐曲配合，教坊乐工和民间作者们就只好增减诗的字句来合乐。这样，一种长短句的新体歌词便在隋唐之际萌芽、在中晚唐时期成型并蓬勃发展起来了。宋代女词人李清照的《词论》一开头就追溯和描述词这种新体歌诗产生的历史道：

> 乐府声诗并著，最盛于唐。开元、天宝间，有李八郎者，能歌擅天下。时新及第进士开宴曲江，榜中一名士，先召李，使易服隐姓名，衣冠故敝，精神惨沮，与同之宴所，曰："表弟愿与坐末。"众皆不顾。既酒行，乐作，歌者进，时曹元谦、念奴为冠。歌罢，众皆咨嗟称赏。名士忽指李曰："请表弟歌。"众皆哂，或有怒者。及转喉发声，歌一曲，众皆泣下。罗拜曰："此李八郎也！"自后郑、卫之声日炽，流靡之变日烦，已有《菩萨蛮》、《春光好》、《莎鸡子》、《更漏子》、《浣溪沙》、《梦江南》、《渔父》等词，不可遍举……

李清照这里说的，主要是唐玄宗开元、天宝年间，也就是盛唐时期的情况，而实际上，词的兴起，可以追溯到隋代。著名的《杨柳枝》本来就是隋代的民歌，水调《河传》则是隋炀帝开凿大运河时民间创作的歌词，是配上乐曲来演唱的；隋炀帝和王胄作的《纪辽东》，其句式、字声和韵位等与后来的曲子词都没有什么不同。《隋书·音乐志》还记载，隋炀帝命乐正白明达造新声，创制《斗百草》、

《泛龙舟》等曲。《泛龙舟》的曲辞今见于宋人郭茂倩所编《乐府诗集》卷四十七,和敦煌曲子词中所载的作品在词律上很相近。

这些事实表明,曲子词这种新形式在隋代已经萌芽。但隋朝只有短短三十多年的历史,到了唐代,词才有了新的发展。比如《阿那曲》、《纥那曲》、《怨回纥》、《八拍蛮》等等,虽多为五七言体,但曲律不同,歌法亦异,与一般近体诗显然有别。中宗时李景伯、沈佺期和裴谈所作的六言四句的《回波乐》是同一格式,已具词的形式;而伶人根据李景伯等人的《回波乐》格调重写《回波乐》在宫廷演唱,这更是当时已经有依曲填词之举的一个有力证明。

但唐人在自己的创作过程中发现,要用这些句式整齐的诗歌去协调燕乐那繁音曼节、变化无方的曲子,自然是十分困难的。为了演唱的方便,当时的歌词作者们开始把整齐的五、七言改成长短句。改诗歌的齐言句为词的长短句的途径有三:一是给乐曲的泛声填上实字;二是给乐曲增加散声,并也给所增的散声填上字句;三是干脆抛开齐言句式,完全依照乐曲曲拍的长短来创制长短句。

先来看第一个途径。晚唐词人皇甫松有这样一首《采莲子》:

> 菡萏香连十顷陂,举棹。小姑贪戏采莲迟,年少。晚来弄水船头湿,举棹。更脱红裙裹鸭儿,年少。

这首词里的两个"举棹"、两个"年少"是为了合曲趁拍而添的泛声,它们与文意并无关系,但就是这么一增添,原本整齐的七言绝句就变成了长短句的词。

再来看第二个途径。近人刘毓盘在他的《词史》一书中公布了这么一个考证成果:署名唐玄宗李隆基的词《好时光》并非其原创,原作是一首五言诗,在演唱时添加了散声,并把散声填上了字句,于是原作变成了一首长短句的词。为了说明问题,现将五言诗《好时光》和长短句《好时光》一并引录如下：

宝髻宜宫样，脸嫩体红香。眉黛不须画，天教入鬓长。莫倚倾国貌，嫁取有情郎。彼此当年少，莫负好时光。（原诗）

宝髻偏宜宫样，莲脸嫩体红香。眉黛不须张敞画，天教入鬓长。莫倚倾国貌，嫁取个有情郎。彼此当年少，莫负好时光。（配合散声添字后的长短句）

对比之后可以发现，后一首第一句的"偏"，第二句的"莲"，第三句的"张敞"，第六句的"个"，都是配合乐曲的散声增添的字，这样一改动，原本方方正正的五言诗变成了句式长短错落的词。

从音乐的角度看，散声和泛声的性质和作用基本相同，有所不同的是前者添加音声，后者引长音声。不论是添加或引长音声，经过了如宋人朱熹所说的"逐一声添个实字"，原先句式整齐的绝句或律诗，就变成了长短句式的词。

第三个途径：依乐曲曲拍长短变化的情况直接创作长短句的词。最有说服力的例证是中唐诗人刘禹锡的这首《忆江南》：

春去也，多谢洛城人。弱柳从风疑举袂，丛兰裛露似沾巾。独坐亦含嚬。

这首词的调名下原有作者自注："和乐天春词，依《忆江南》曲拍为句。"白居易的原唱，当即下面这首名作：

江南好，风景旧曾谙。日出江花红胜火，春来江水绿如蓝。能不忆江南？

刘禹锡的这条自注,是词史上有关文人依曲填词(即倚声填词)的最早记录。事实上,这样的作词方法并不是文人的发明,而是民间早已有了的。现存最早的长短句的词是敦煌曲子词,其中有《感皇恩》、《献忠心》等反映盛唐时期国家政治安定、经济繁荣的词作,这说明至迟在中唐前后,民间已经有了比较成型的长短句的词作。而由刘、白唱和这个例证可以证明,在文人中依乐曲曲拍填写长短句的词,是白居易首先开始,而由刘禹锡来响应的。刘禹锡和他的好友白居易都十分留意民间歌曲,所以在依照燕乐曲调填词方面能够相互交流和切磋。这样做的结果,确实开晚唐、五代之盛,促进了词体文学的发展和成熟。

从存世的文献资料可以判定,中唐前后是民间词与文人词交织发展的时期。一方面,民间出现了如敦煌曲子词中收录的下列优秀词作:

> 莫攀我,攀我太心偏。我是曲江临池柳,这人折去那人攀,恩爱一时间。
>
> ——唐·无名氏《忆江南》

> 枕前发尽千般愿:要休且待青山烂,水面上秤锤浮,直待黄河彻底枯。　白日参辰见,北斗回南面。休即未能休,且待三更见日头。
>
> ——唐·无名氏《菩萨蛮》

> 叵耐灵鹊多漫语,送喜何曾有凭据?几度飞来活捉取,锁上金笼休共语。　比拟好心来送喜,谁知锁我在金笼里。欲他征夫早归来,腾身却放我向青云里。
>
> ——唐·无名氏《鹊踏枝》

另一方面,文人作家借鉴民歌和民间词,写下了许多抒发个人情怀的曲子词。比如，张志和的《渔歌子》组词的第一首：

> 西塞山前白鹭飞，桃花流水鳜鱼肥。青箬笠，绿蓑衣，斜风细雨不须归。

韦应物描写边塞地区辽阔自然风光的《调笑令》：

> 胡马，胡马，远放燕支山下。跑沙跑雪独嘶，东望西望路迷。迷路，迷路，边草无穷日暮。

白居易代闺中女子言相思之情的《长相思》：

> 汴水流，泗水流，流到瓜洲古渡头，吴山点点愁。思悠悠，恨悠悠，恨到归时方始休，月明人倚楼。

从以上的回顾可以看出，在从隋到中唐的二百六十多年中，由于燕乐和民间歌曲的双重刺激与推动，曲子词从萌芽到逐渐成熟，在文人圈子和民间都涌现了一些优秀作品，取得了初步的创作成就。不过在这漫长的二百多年中，不管在文人圈还是民间，词的创作基本上还是一种规模很小的“业余”活动，还没有宏大的格局，更没有从诗的领域里独立出来，形成词之为词的艺术特质。到了晚唐，随着一批以温庭筠为代表的“专业”词人的出现，情况才产生了质的变化。

温庭筠（约812—870）号称“花间鼻祖”，是晚唐写词最多、词的创作成就最显著，因而对五代、两宋词影响最大的作家。他出身于没落贵族家庭，精通音律，富于文采，偏偏性情落拓不羁，不为主流文化圈所接纳，科场失意，终身仕途困顿，不得不长期出入于歌楼妓馆,按谱填词,供歌妓们演唱,成了中国古代文学史上第一个专业的词人。

他填词严于依声,多用拗句,有一种特殊的声情效果。他除了按旧调填词外,还新创了一些词调,这些新词调每一首都有法度可循,与五七言诗的格律大不相同。所以刘毓盘《词史》为温词在艺术上作总结道:"其所创各体,如《南歌子》、《荷叶杯》、《蕃女怨》、《遐方怨》、《诉衷情》、《定西番》、《酒泉子》、《玉蝴蝶》、《女冠子》、《归自谣》、《河渎神》、《河传》等,虽自五七言诗句法出,而渐与五七言诗句法离,所谓解其声故能制其调也。宜为后人奉以为法矣。"他的以下一些精美的抒情小令,都是人所公认的唐宋词中的经典作品:

小山重叠金明灭,鬓云欲度香腮雪。懒起画蛾眉,弄妆梳洗迟。　　照花前后镜,花面交相映。新帖绣罗襦,双双金鹧鸪。

——《菩萨蛮》

梳洗罢,独倚望江楼。过尽千帆皆不是,斜晖脉脉水悠悠,肠断白蘋洲。

——《望江南》

玉炉香,红蜡泪,偏照画堂秋思。眉翠薄,鬓云残,夜长衾枕寒。　　梧桐树,三更雨,不道离情正苦。一叶叶,一声声,空阶滴到明。

——《更漏子》

温庭筠卓特的创作成就表明,萌芽于隋代的曲子词,经过唐代三百年的培养发育,到晚唐已经根深苗壮,在艺术上完全成熟,成了一种开始独立于传统五七言诗之外的新体诗。接下去,到了五代、两宋时期，它就更加繁荣发展，扬波衍流，掀开了古代诗歌史上全新的一页。

二、宋词要眇宜修、境美言长的艺术特征

宋代是中华千年词史的高峰时期，宋词典型地体现了曲子词这种古典诗歌后起样式的本质特征。词的本质特征包含两个方面：一是特殊的音韵格律要求和艺术体制，二是有别于传统五七言诗的艺术独特性和审美趣味。关于第一点，在第二讲再来详说，这里先说说第二点。

词与诗相比，在语言、意境、风格和表现手段等诸方面各有哪些相同和不同之处？在艺术上各有哪些长短？这是历代诗话、词话家们反复论说的一个热门话题。就中近人王国维《人间词话》中的一段论述可谓简明扼要地说到了点子上：

> 词之为体，要眇宜修。能言诗之所不能言，而不能尽言诗之所能言。诗之境阔，词之言长。

王国维仅仅是概括地总结词的主要特征，而现代词学名家缪钺则全面、细致而形象地描述了词的"要眇宜修"、言美情长的艺术特质。其《诗词散论·论词》指出：

> 词之所以别于诗者，不仅在外形之句调韵律，而尤在内质之情味意境。外形，其粗者也；内质，其精者也。自其浅者言之，外形易辨，而内质难察。自其深者言之，内质为因，而外形为果。先因内质之不同，而后有外形之殊异。故欲明词与诗之别，及词体何以能出于诗而离诗独立，自拓境域，均不可不

> 于其内质求之，格调音律，抑其末矣。人有情思，发诸楮墨，是为文章。然情思之精者，其深曲要眇，文章之格调词句不足以达之也，于是有诗焉。文显而诗隐，文直而诗婉，文质言而诗多比兴，文敷畅而诗贵蕴藉，因所载内容之精粗不同，而体裁各异也。诗能言文之所不能言，而不能言文之所能言，则又因体裁，运用之限度有广狭也。诗之所言，固人生情思之精者矣，然精之中复有更细美幽约者焉，诗体又不足以达，或勉强达之，而不能曲尽其妙，于是不得不别创新体，词遂肇兴。兹所谓别创新体者，非必一二人有意为之，乃出于自然试验演变之结果。词之起源，上已言之，不过由于中唐诗人，就乐谱之曲折，略变整齐之诗句，作为新词，以祈便于歌唱而已。故白居易、刘禹锡诸人之词，其风味与诗无大异之调，而每调中句法参差，音节抗坠，较诗体为轻灵变化而有弹性，要眇之情，凄迷之境，诗中或不能尽，而此新体反适于表达。一二天才，专就其长点利用之，于是词之功能益显，而其体亦遂确立。

在同一篇文章中，缪钺具体地指出了诗与词不同的风格、境界和表现手法："诗显而词隐，诗直而词婉，诗有时质言而词更多比兴。"并归纳出了词的四个特征："一曰其文小，二曰其质轻，三曰其径狭，四曰其境隐。"他还以自然物象与人事为喻，形象化地向人们展示出词的特殊风格："词中所用，尤必取其轻灵细巧者。言天象则微雨淡云，疏星淡月；言地理则远峰曲岸，烟渚渔汀；言鸟兽则流莺凉蝉，双燕孤雁；言草木则残红飞絮，芳草垂杨；言居室则藻井画堂，雕栏绮窗；言器物则银缸金炉，玉钟翠屏；言衣饰则彩袖罗衣，瑶簪翠钿；言情绪则闲愁幽怀，俊赏芳思。"

近、现代词学大家对词体文学艺术特质的这些总结和描述，主要是以唐五代两宋词的主流风格（清丽婉约）和主导的审美倾向（尚柔尚艳）为依据的。那么，究竟为什么会形成这样一种艺术风格和审美倾向呢？我认为主要有以下三个原因：

1．新靡绝丽、清飙流荡的燕乐对歌词创作的巨大影响。

前面已经说过，词所配合的音乐——燕乐，是一个源于北朝而成于隋唐的新兴乐曲系统。这种“杂胡夷里巷之曲”的“燕（宴）乐”，迥异于传统的雅乐和清乐，充溢着世俗性的欢快冶荡心音，赢得了朝野市庶各阶层众多接受者的普遍喜爱，是地道的“俗乐”与“淫乐”。它的基调与风格是什么样子呢？《新唐书·礼乐志》这样描述道：

> 凡所谓俗乐者，二十有八调：正宫、高宫、中吕宫、道调宫、南吕宫、仙吕宫、黄中宫为七宫；越调、大食调、高大食调、双调、小食调、歇指调、林钟商为七商；大食角、高大食角、双角、小食角、歇指角、林钟角、越角为七角；中吕调、正平调、高平调、仙吕调、黄钟羽、般涉调、高般涉为七羽。皆从浊至清，迭更其声，下则益浊，上则益清，慢者过节，急者流荡。其后声器濅殊，或有宫调之名，或以倍四为度，有与律吕同名，而声不近雅者。其宫调乃应夹钟之律，燕设用之。

这里所谓俗乐二十八调，即指燕乐二十八调。其特点为“从浊至清，迭更其声，下则益浊，上则益清，慢者过节，急者流荡”，繁声淫奏，极富变化。《新唐书》为精通词学的欧阳修、宋祁所撰，这一段话其实就代表了北宋倚声家（词人）对燕乐特点的认识。其实这些特点，早在“胡声”初入中原的北朝时期就已具备。《文献通考·乐二》记载道：

竹

> 自宣武(北齐)以后,始爱胡声,洎于迁都屈茨,琵琶、五弦、箜篌、胡直、胡鼓、铜钹、打沙罗、胡舞,铿锵镗鞳,洪心骇耳,抚筝新靡绝丽,歌音全似吟哭,听之者无不凄怆。……是以感其声者,莫不涉淫躁竞,举止轻飙,或踊或跃,乍动乍息,蹻脚弹指,撼头弄目,情发于中,不能自止。

这种融入“胡乐”、中外合奏而雅郑不分的新兴燕乐,其演奏时的声音效果恰如《续通典》卷九十《乐六·清乐》附注所说明的:

> 高至紧五夹清,低至上一姑洗,卑则过节,高则流荡,甚至佚出均外,此所以为靡靡之乐也。

从以上引证可以看出,词体文学所赖以产生的隋唐燕乐,有异于原先中土流行的从容雅缓的“华夏正声”,而另具“新靡绝丽”、“凄怆”、“轻飙”、“流荡”等容易拨动人之心弦的风格特征。我们都知道,乐音是空间流动的一种特殊声波,它与在时间中展开的情感意绪及人的听觉器官有着内在的联系,因此以声音为媒介的音乐得以发展为表情艺术之极致,是所有艺术门类中最善于表达情感、也最能够挑动人的情绪的。

燕乐在当时的各种音乐中,具有最为强烈的感动人心的作用,能使人的感情尽量宣泄个痛快,乃至“或踊或跃,乍动乍息,蹻脚弹指,撼头弄目,情发于中,不能自止”。这种音乐虽已在宋代以后失传,但从上述记载不难想见,入乐的长短句歌词一旦与这种音乐相应合,由于词的句式、平仄、用韵、择调及声情效果本来就有较传统五七言诗为优的宛曲错落的特点,因而极易形成一种哀感顽艳、缠绵悱恻的风格。

前人谓词有“极怒极伤极淫而后已”(清·沈雄《古今词话》引王岱语)的特点，之所以如此，多半与燕乐的基调有关。也就是说，词体文学由于以旖旎传情之辞，应合燕乐的管弦冶荡之音，因此成了一种委婉曲折活泼的抒情诗。燕乐的乐曲显然适宜于女声演唱，同时也自然地要求所配歌词以吟咏柔情绮思为其主要内容。早期民间词中，描写爱情相思、特别是征夫思妇离愁别恨的作品，就已占了很大的比重。在词的成熟时期产生的文人词，更是自觉地配合燕乐的上述特点，以女性化的描写为基本的体貌特征(例如《花间》、《尊前》二集所录作品中的大多数)。唐五代两宋词的主体风格，便是在这种情况下奠定的。

2. 时代精神和审美思潮的重大转变。

上面简介了燕乐对词体文学主体风格形成的巨大作用。但是，如果光是燕乐的影响，未必从中唐到宋代会有那么多作者几乎一边倒地竞相创作婉约小词。词的主体风格的形成，还与从中唐开始的政治形势、时代精神和审美思潮的转变密切相关。

熟悉唐代历史的人们都知道，自从“安史之乱”以后，原本如日中天的大唐帝国无可挽回地一步步走向衰落。特别是自从中唐所谓“元和中兴”消失之后，大唐时代精神已无可挽回地由外向渐转为内向，由雄豪奔放渐转向沉潜幽微，由乐观昂扬渐变为感伤乃至悲伤；一代作家的审美情趣也由政坛风云、疆场血火转向酒边花前、庭院闺房，由大漠孤烟、长河落日转向烟柳画桥、清溪曲涧，由“春风得意马蹄疾”的功名追求转向“心有灵犀一点通”的男女柔情。

到了唐末五代，更是干戈四起，乱象如沸，唐帝国的太阳坠下地平线，中华大地沉入瓜分豆剖的黑暗深渊。一代文人才士、诗人词客苟全性命于乱世，无路进取功名，无力救国回天，除少数人还在那里徒然无功地激昂呼喊，热心外部世界的斗争之外，大多数人遁入平康巷陌的朱楼画阁之中，沉醉声色，应歌征辞，以求得心灵的慰藉与解脱。

在这种社会文化大背景的作用下，文学风格大变，作为唐代文学之主干的诗歌创作，由盛、中唐时期的黄钟大吕之声变为此时的幺弦秘响之奏，题材多是艳情绮思，意境多趋狭深幽细，格调十九悱恻缠绵，风格不外缛丽婉约。而新兴的曲子词，本来就是以冶荡轻靡的燕乐曲调来配合句式长短错落曲折如意之歌辞的，更宜于负载此种题材、此种风格和此种审美时尚。词史上第一批大力创作文人词的作者——以温庭筠为代表的晚唐五代词人群，十之八九都是以诗人身份而兼作词人的，于是他们把晚唐诗风带进了词中，铸成了作为词体文学主导风格的“花间”词风。显然，在词体成熟、词风奠定的晚唐五代，是时风决定了诗风，诗风又横向地影响乃至决定了词风。

李泽厚《美的历程》对于中、晚唐这种“时代变异”及其对“词境”创造的决定性影响作了如下详细、精辟而形象化的描述：

> 这里（指中晚唐诗词作家们的“新词丽句”）的审美趣味和艺术主题已完全不同于盛唐，而是沿着中唐这一条线，走进更为细腻的官能感受和情感色彩的捕捉追求中。爱情诗、山水画成了最为人们心爱的主题和吟咏描绘的体裁。这些知识分子尽管仍然大作煌煌政论，仍然满怀壮志要治国平天下，但他们审美上的真正兴趣实际已完全脱离这些了。拿这些共同体现了晚唐五代时尚的作品与李白杜甫比，与盛唐的边塞诗比，这一点便十分清楚，时代精神已不在马上，而在闺房；不在世间，而在心境。所以，从这一时期，最为成功的艺术部门和艺术品是山水画、爱情诗、宋词和宋瓷，而不是那些爱发议论的宋诗，不是鲜艳俗丽的唐三彩。……实际上乃是：盛唐以其对

事功的向往而有广阔的眼界和博大的气势；中唐是退缩和萧瑟，晚唐则以其对日常生活的兴致，而向词过渡。这并非神秘的“气运”，而正是社会时代的变异发展所使然。

3. 晚唐诗风向词的渗透。

诗境类似词境，诗风接近词风，这种现象萌生于中唐，李贺即其发端者。袁行霈先生有《长吉歌诗与词的内在特质》一文，从浓厚的都市色彩、对女性的出色描写、浓郁的抒情性和低回感伤的情调等诸方面详细论证了李贺歌诗“已经具有词的内在特质，并对词的内在特质的形成产生过影响”。李贺之后，晚唐诸人的诗风更趋艳丽婉约，乃至成为时风时尚，而其中的佼佼者，无疑是李商隐。

李商隐的诗歌，虽也有少数境界阔大风格雄豪之作，但其主导倾向却是绮情艳思，主体风格是丽密婉约。李诗注重个人内心意绪的抒发，语言艳丽而情思细密，题目常常很纤小，如“花”、“柳”、“蜂”、“蝶”、“泪”、“圣女”、“流莺”、“楚宫”、“锦瑟”、“屏风”、“霜月”、“细雨”、“妓席”，乃至“碧瓦”、“破镜”、“袜”、“肠”、“灯”等等，几乎是要多小有多小，要多细有多细，其审美趣味与艺术境界，比起盛唐的“黄河之水天上来，奔流到海不复回”的气派，真是迥然而异的两极。这样的创作倾向，导致李商隐诗大都哀婉曲折，意境狭深，形成一种深情绵邈、幽约朦胧的美。

此外，由于“夕阳无限好，只是近黄昏”的晚唐时代气氛的感染和李商隐本人“虚负凌云万丈才，一生襟抱未曾开”的失意情怀的影响，他的诗充溢着比李贺歌诗更为浓郁的低回感伤情调。凡此种种，虽是通过五七言诗表现出来的，但已比李贺歌诗更加接近了长短句词的内在特质和主体风骨格调。可以说，李商隐诗在题旨、意境、语言、表现手法及感情倾向等主要方面都接近了“艳科”——词的艺术规范，只差穿上词的“外衣”——能配合燕乐曲调的长短句体式格律。

让人感到遗憾的是，李商隐的诗歌虽然在相当程度上已经“词化”，但他本人一生却未曾倚声填词。不过，我们在遗憾的同时又感到庆幸：这个将晚唐诗格诗风横向转移渗透到新兴词体之中，从而促成词体的独立和繁荣的历史任务，却由李商隐的朋友和诗坛齐名者温庭筠来出色地完成了！温庭筠可以说是晚唐审美风尚的代表人物，他为当时的人们在长短句的词里找到了晚唐时代精神的归宿。还是李泽厚《美的历程》说得好：

> 在词里面，中、晚唐以来的这种时代心理终于找到了它的最合适的归宿。内容决定形式。“花落子规啼，绿窗残梦迷”（按此乃温庭筠《菩萨蛮》[玉楼明月长相忆]中句——引者）；“夜夜梦魂休谩语，已知前事无寻处”；“风不定，人初静，明日落红应满径”（按此乃宋人张先《天仙子》[水调数声持酒听]中句——引者）……这种种与“诗境”截然不同的“词境”的创造，正是这一时期典型的审美音调。所谓“词境”，也就是通过长短不齐的句型，更为具体、更为细致、更为集中地刻画抒写出某种心情意绪。诗常一句一意或一境。整首含义阔大，形象众多；词则常一首（或一阕）才一意或一境，形象细腻，含义微妙，它经常是通过对一般的、日常的、普通的自然景象（不是盛唐那种气象万千的景色事物）的白描来表现，从而也就使所描绘的对象、事物、情节更为具体、细致、新巧，并涂有更浓厚、更细腻的主观感情色调，不同于较为笼统、浑厚、宽大的“诗境”。

第二讲　曾题名字号诗馀，叠唱声辞体自殊

——宋词的体式、句式、格律和章法

在唐五代两宋时期，词并非案头文学，而是一种音乐文学，一种合乐的长短句歌词。词这种新体诗受其所配音乐——燕乐乐曲的影响，形成了一整套与传统五七言诗歌大不相同的形式上的规定。

一、宋词的体式

关于词体的种类，古今的词学家们根据各自对燕乐乐曲和词本身配乐演唱情况的理解，有多种不同的划分。种类划分比较全面和周延的是现代词曲名家任中敏先生，任先生的《词曲通义》一书中列有一个《词体表》，从音乐着眼把词分为五大类，这就是：寻常散词、联章词、大遍、成套词、杂剧词。

这五类词中的所谓散词，是相对于联章、大遍（唐宋大曲用语—编者注）和其他成套之词而言的，它具有音乐上独立的性质，可用以单独歌唱，我们现在一般称为“词”的，就是这一类。这五类词中的后四类，当词与音乐分离以后，大多已经佚亡，有的则演变为曲，所以今天我们能看到的“词”就多是散词一类。我们拿《全唐五代词》和《全宋词》来对照这五种分类即可发现，现存唐宋词作品绝大多数属于“散词”一类。那么所谓“散词”又可分为哪些小类呢？任先生《词体表》在“寻常散词”之下又列了如下三行，介绍了

散词的全部小类：

(1) 令……引……近……慢……犯调……摘遍……三台……序子

(2) 单调……双调……三叠……四叠……叠韵

(3) 不换头……换头……双拽头

任先生对散词的分类几乎是包诸所有，当然很全面很详细。但这样的分类一般的宋词欣赏者不易掌握，特别是在燕乐早已失传的情况下，人们根本无法依凭这种分类来认识词的体制特征。所以至今为止，人们还是普遍沿用古已有之的一种简便的词体分类法，即按字数的多少将词大致划分为小令、中调、长调三种。

按字数多少将词分为小令、中调、长调的做法，始于明人顾从敬。南宋中后期的人编有一部宋词选本《草堂诗馀》，此书在明代影响很大。嘉靖年间，上海人顾从敬重刊这部词选，不采原来的体例，将书中的词按字数多少分为小令、中调、长调三类，重新编排，各自成卷，改书名为《类编草堂诗馀》。

在这部重刊的《草堂诗馀》中，小令最长的一首是《踏莎行》，全词五十八字；中调最长的一首是《夏云峰》，九十一字；至于长调，此书中最长的不过一百几十字，宋词中另有超过两百字的词，如吴文英《莺啼序》长达二百四十字，此书并没有选进去。这种分类法固然有一些机械和不周延之处，但它简便易行，所以在当时就被选家沿袭下来，比如万历年间刊刻的陈耀文辑唐宋词选本《花草萃编》就是采用这种分类。

到了清代初年，更有人对这种三分法加以具体的说明，如毛先舒在其《填词名解》中说："五十八字以内为小令，五十九字至九十字为中调，九十一字以外为长调。"这种划分有其拘执的一面，因而遭到当时一些词学家的非难和驳斥，如朱彝尊谴责顾从敬道："宋人编集，歌词长者为慢，短者为令，初无中调、长调之目。自顾从敬编《草堂词》，以臆见分之，后遂相沿，殊为牵率”（《词综·发凡》）；万树更是非难毛先舒道：“若以少一字为短，多一字为长，必无是理。如《七娘子》有五十八字者，有六十字者，将名之曰小令乎？抑中调乎？如《雪狮儿》有八十九字者，有九十二字者，将名之曰中调乎？抑长调乎？”（《词律·发凡》）

平心而论，由顾从敬发明的这种三分法虽然是不完善的，但却是迄今为止出现的各种词体分类法中较有操作性和认同度最高的，所以，在还没有人提出更好的分类标准的情况下，人们就都普遍用它来划分词的类别和认识词的体制了。

下面就让我们通过小令、中调、长调的分类来认识词的体制面貌。

1. 小令。从字数最少的《十六字令》到五十八字以内的词，称为小令。前者如蔡伸的《苍梧谣》（即《十六字令》）：

天，休使圆蟾照客眠。人何在，桂影自婵娟。

五十八字的如晏几道的《临江仙》：

梦后楼台高锁，酒醒帘幕低垂。去年春恨却来时。落花人独立，微雨燕双飞。　　记得小苹初见，两重心字罗衣。琵琶弦上说相思。当时明月在，曾照彩云归。

从上举二例可以看出，小令这种形式可分为全词不分段和由两段组成两种格式。段，词学的术语称为片。全词由一片组成的称为单调，由上下两片组成的称为双调。上举二例中，蔡伸的《苍梧谣》为单调，晏几道的《临江仙》为双调。兹再各举一首：

忆王孙·春词　　李重元

萋萋芳草忆王孙，柳外楼高空断魂。杜宇声声不忍闻。欲黄昏，雨打梨花深闭门。

江城子·乙卯正月二十日夜记梦　　苏　轼

十年生死两茫茫，不思量，自难忘。千里孤坟，无处话凄凉。纵使相逢应不识，尘满面，鬓如霜。　　夜来幽梦忽还乡，小轩窗，正梳妆。相顾无言，惟有泪千行。料得年年肠断处，明月夜，短松冈。

2. 中调。中调就是从五十九字到九十一字的词。中调都由上下两片组成。兹举六十字、七十七字、八十八字的各一首：

钗头凤　　陆　游

红酥手，黄縢酒，满城春色宫墙柳。东风恶，欢情薄，一怀愁绪，几年离索。错！错！错！　　春如旧，人空瘦，泪痕红浥鲛绡透。桃花落，闲池阁，山盟虽在，锦书难托。莫！莫！莫！

祝英台近·晚春　　辛弃疾

宝钗分，桃叶渡，烟柳暗南浦。怕上层楼，十日九风雨。断肠片片飞红，都无人管，倩谁唤、流莺声住。　　鬓边觑，试把花卜心期，才簪又重数。罗帐灯昏，呜咽梦中语。是他春带愁来，春归何处？却不解、带将愁去。

惜红衣　　姜　夔

簟枕邀凉，琴书换日，睡馀无力。细洒冰泉，并刀破甘碧。墙头唤酒，谁问讯、城南诗客？岑寂，高柳晚蝉，说西风消息。

虹梁水陌，鱼浪吹香，红衣半狼藉。维舟试望故国，眇天北。可惜渚边沙外，不共美人游历。问甚时同赋，三十六陂秋色。

3. 长调。凡九十二字以上者都称为长调。长调大部分也由上下两片组成。如秦观《满庭芳》：

山抹微云，天黏衰草，画角声断谯门。暂停征棹，聊共引离尊。多少蓬莱旧事，空回首、烟霭纷纷。斜阳外，寒鸦万点，流水绕孤村。　　销魂，当此际，香囊暗解，罗带轻分。谩赢得、青楼薄幸名存。此去何时见也，襟袖上、空惹啼痕。伤情处，高城望断，灯火已黄昏。

也有相当一部分长调由三片（也称三叠）组成。如周邦彦《西河·金陵》：

佳丽地，南朝盛事谁记。山围故国绕清江，髻鬟对起。怒涛寂寞打孤城，风樯遥度天际。　　断崖树，犹倒倚，莫愁艇子曾系。空馀旧迹郁苍苍，雾沉半垒。夜深月过女墙来，伤心东望淮水。　　酒旗戏鼓甚处市？想依稀、王谢邻里。燕子不知何世，入寻常、巷陌人家，相对如说兴亡，斜阳里。

三叠的长调词中有一种特殊的体制，即前两叠字数、音韵完全相同，被称为“双拽头”，例如周邦彦《瑞龙吟》：

章台路，还见褪粉梅梢，试花桃树。愔愔坊陌人家，定巢燕子，归来旧处。　　黯凝伫，因念个人痴小，乍窥门户。侵晨浅约宫黄，障风映袖，盈盈笑语。　　前度刘郎重到，访邻寻里，同时歌舞。唯有旧家秋娘，声价如故。吟笺赋笔，犹记燕台句。知谁伴、名园露饮，东城闲步？事与孤鸿去。探春尽是，伤离意绪，官柳低金缕。归骑晚、纤纤池塘飞雨。断肠院落，一帘风絮。

四叠就是将词分为四段。如北宋晁补之将双调五十二字的小令《梁州令》合二首为一首，变成了四叠一百零四字的长调《梁州令叠韵》：

田野闲来惯，睡起初惊晓燕。樵青走挂小帘钩，南园昨夜，细雨红芳遍。　　平芜一带烟光浅，过尽南归雁。俱远，凭栏送目空肠断。　　好景难常占，过眼韶华如箭。莫教鶗鴂送韶华，多情杨柳，为把长条绊。　　清樽满酌谁为伴？花下提壶劝：何妨醉卧花底，愁容不上春风面。

四叠长调词中字数最多的，是二百四十字的《莺啼序》。试看吴文英的这首代表作：

残寒正欺病酒，掩沉香绣户。燕来晚、飞入西城，似说春事迟暮。画船载、清明过却，晴烟冉冉吴宫树。念羁情游荡，随风化为轻絮。　　十载西湖，傍柳系马，趁娇尘软雾。溯红渐、招入仙溪，锦儿偷寄幽素。倚银屏、春宽梦窄，断红湿、歌纨金缕。暝堤空，轻把斜阳，总还鸥鹭。　　幽兰旋老，杜若还生，水乡尚寄旅。别后访、六桥无信，事往花萎，瘗玉埋香，几番风雨。长波妒盼，遥山羞黛，渔灯分影春江宿，记当时、短楫桃根渡。青楼仿佛，临分败壁题诗，泪墨惨澹尘土。　　危亭望极，草色天涯，叹鬓侵半苎。暗点检、离痕欢唾，尚染鲛绡，骈凤迷归，破鸾慵舞。殷勤待写，书中长恨，蓝霞辽海沉过雁，漫相思、弹入哀筝柱。伤心千里江南，怨曲重招，断魂在否？

二、宋词的句式

词的别称叫长短句，这个称呼表明，与整齐得像豆腐块那样的传统诗歌相比，词的句式是参差不齐的。诗除了少量的杂言体之外，绝大多数都以四、五、六、七言为基本句型，而词则从一字句到十一字句都有，即使字数与诗句相同的，因词汇的安排和平仄的配合等关系，也有很多变化。这里结合《全宋词》中的使用情况，对词的句式逐一加以介绍。

1. 一字句。宋词中一字句不多见，据电脑统计，《全宋词》中总共只有二十多句。其中大致有两种使用情况：

一是用在篇首，单独成句的：

> 归，目断吾庐小翠微。（袁去华《归字谣》）
> 天，休使圆蟾照客眠。（蔡伸《苍梧谣》）
> 归，猎猎薰风飐绣旗。（张孝祥《苍梧谣·饯刘恭父》）

二是在句中出现，由于词意需要而单独成句的：

> 噫！归去来兮，我今忘我兼忘世。（苏轼《哨遍》）
> 杯，汝来前！老子今朝，点检形骸。（辛弃疾《沁园春》）

2. 二字句。宋词中二字句比一字句多见，据电脑统计，《全宋词》共有二千五百四十七句。这分五种情况：

一是用于句首的：

春衣，素丝染就已堪悲。（无名氏《九张机》）
佳树，翠阴初转午。（袁去华《剑器近》）

二是用于换头的：

年年，如社燕，飘流瀚海，来寄修椽。（周邦彦《满庭芳》）
日暮，望高城不见，只见乱山无数。（姜夔《长亭怨慢》）

三是用作叠句的：

无寐，无寐，门外马嘶人起。（秦观《如梦令》）
知否，知否，应是绿肥红瘦。（李清照《如梦令》）

四是用以结上句的：

料峭春风吹酒醒，微冷。（苏轼《定风波》）
不会沉吟思底事，凝眸。（周邦彦《南乡子》）

五是句首领下的：

春早，柳丝无力，低拂青门道。（寇准《甘草子》）
凄然，望江关，飞云黯淡夕阳间。（柳永《戚氏》）

3. 三字句。宋词中三字句较多，据电脑统计，《全宋词》中共有二万七千七百八十多句，可见这是作词的常用句式。三字句用途很广，有的用作领句，有的用作叠韵，有的用作叠句，有的用作散句，这里不再一一举例。三字句短促简洁，连续使用时能造成繁音促节、铿锵有力的艺术效果。有的词调用三字句特多，如《六州歌头》中的三字句多达二十二句；有的词调甚至全篇都用三字句，如向子諲《三字令》：

> 春尽日，雨馀时。红蔌蔌，绿漪漪。花满地，水平池。烟光里，云影上，画船移。　　纹鸳并，白鸥飞。歌韵响，酒行迟。将我意，入新诗。春欲去，留且住，莫教归。

4. 四字句。词中四字句最多，据电脑统计，《全宋词》中有七万一千一百多句，是宋词中使用频率最高的一种句式，可见四字句为词的基本句式。四字句在词中虽用途颇广，但用于排比对偶最多，所以汪东《词学通论》说："四字句例，于词中极为紧要，其排偶处，尤须精警动目，不可草草。"长调词中，《沁园春》就是四字句用得又多又好的范例，如辛弃疾的《沁园春·灵山齐庵赋，时筑偃湖未成》：

> 叠嶂西驰，万马回旋，众山欲东。正惊湍直下，跳珠倒溅；小桥横截，缺月初弓。老合投闲，天教多事，检校长身十万松。吾庐小，在龙蛇影外，风雨声中。　　争先见面重重，看爽气朝来三数峰。似谢家子弟，衣冠磊落；相如庭户，车骑雍容。我觉其间，雄深雅健，如对文章太史公。新堤路，问偃湖何日，烟水濛濛。

有的词牌，本已有词牌名，因其四字句最显特色，干脆就另起名为"四字令"。如刘过的《四字令》(实际上就是《醉太平》)：

情深意真，眉长鬓青。小楼明月调筝，写春风数声。
思君忆君，魂牵梦萦。翠销香暖云屏，更那堪酒醒。

5. 五字句。词中五字句亦较多，据电脑统计，《全宋词》中有五万四千多句，仅次于四字句、七字句，是宋词中使用频率较高的一种句式。词至五言，句法变化繁多，有的与五言律诗相同，如晏几道《临江仙》的“落花人独立，微雨燕双飞”一联，干脆就是搬用五代翁宏的五律成句；有的近似于五古的散句，如周邦彦《红林檎近》的“暮雪助清峭，玉尘散林塘”；有的五字句以一字领起，如秦观《满庭芳》的“渐酒空金榼，花困蓬瀛”，就是用四字句加领字而成；有的把五言诗句的上二下三句式改为上三下二句式，如姜夔《齐天乐》的“写入琴丝，一声声更苦”，等等。此外，全首用五字句的有《生查子》、《怨回纥》、《一片子》等，它们都是从五言律诗演化而来的。试看欧阳修的《生查子》，就是如此：

去年元夜时，花市灯如昼。月上柳梢头，人约黄昏后。
今年元夜时，月与灯依旧。不见去年人，泪满春衫袖。

6. 六字句。传统诗歌里面本就有六言诗，而骈文的基本句式就是“四六”，所以词中使用六字句当是受了诗歌和骈文两种文体的双重影响。宋词中六字句也很多，据电脑统计，《全宋词》中共有三万八千五百多句，少于四字句、七字句、五字句，多于三字句。但词中六字句的句法变化比五字句、七字句要少，主要是在长调中运用较多。在小令中多以单句发端，如张先《双燕儿》起句：“榴花帘外飘红”；也有用对句发端的，如晏几道《临江仙》：“梦后楼台高锁，酒醒帘幕低垂。”在长调中则有用于换头的，如周邦彦《瑞鹤仙》下片：“不记归时早暮，上马谁扶，醒眠朱阁”；有用于结尾的，如姜夔

《疏影》上片结句为"化作此花幽独"，下片结句为"已入小窗横幅"。长调词中六字句用得最多的是柳永《西平乐》，多达十句：

尽日凭高目，脉脉春情绪。嘉景清明渐近，时节轻寒乍暖，天气才晴又雨。烟光淡荡，妆点平芜远树。黯凝伫。台榭好、莺燕语。　　正是和风丽日，几许繁红嫩绿，雅称嬉游去。奈阻隔、寻芳伴侣。秦楼凤吹，楚馆云约，空怅望、在何处？寂寞韶华暗度。可堪向晚，村落声声杜宇。

词中有全首用六字句的，如唐刘长卿《谪仙怨》：

晴川落日初低，惆怅孤舟解携。鸟向平芜远近，人随流水东西。　　白云千里万里，明月前溪后溪。独恨长沙谪去，江潭春草萋萋。

7. 七字句。宋词中七字句极为普遍，据电脑统计，《全宋词》中共有六万九千多句，仅次于四字句，是宋词中使用频率最高的句式之一。

宋词中七字句，有相当大一部分与七言律诗相同，常见的是上二中二下三句式和上四下三句式，如晏殊《浣溪沙》："一曲新词酒一杯，去年天气旧亭台"；苏轼《浣溪沙》："山下兰芽短浸溪，松间沙路净无泥"；苏轼《忆江南》："休对故人思故国，且将新火试新茶"；朱敦儒《鹧鸪天》："拖条竹杖家家酒，上个蓝舆处处山"；辛弃疾《鹧鸪天》："却将万字平戎策，换得东家种树书"等等。

有的则是词家创造的上三下四句式，凡属这种句式，前三字作领句字处理，后四字作律句安排平仄。例如柳永《八声甘州》："想佳人、妆楼颙望，误几回、天际识归舟"；苏轼《八声甘州》："约他年、东还海道，愿谢公、雅志莫相违”；贺铸《薄幸》：“更的的、频回眄睐。便认得、琴心相许，……记画堂、斜月朦胧”等。有好几个词调全篇都用七字句，其实多是七言律诗的变体，个别的就是七言律诗。兹举以下三例：

木兰花　钱惟演

城上风光莺语乱，城下烟波春拍岸。绿杨芳草几时休？泪眼愁肠先已断。　情怀渐变成衰晚，鸾鉴朱颜惊暗换。昔年多病厌芳尊，今日芳尊惟恐浅。

浣溪沙　欧阳修

堤上游人逐画船，拍堤春水四垂天。绿杨楼外出秋千。

白发戴花君莫笑，六么催拍盏频传。人生何处似尊前。

瑞鹧鸪·送晁伯如舅席上作　侯寘

遥天拍水共空明，玉镜开奁特地晴。极目秋容无限好，举头醉眼暂须醒。　白眉公子催行急，碧落仙人著句清。后夜萧萧葭苇岸，一尊独酌见离情。

8. 八字句。词中八字或八字以上句式称为长句，使用频率较低，因此《全宋词》中八字句不多，其句式多是在五、七言的基础上扩展而成。较常见的是上三下五句式，如柳永《传花枝》：“道人生、但不须烦恼”；贺铸《铜人捧露盘引》：“九河清、神物出龟图”；岳飞《满江红》：“待从头、收拾旧山河”等。

也有上五下三句式，如柳永《八声甘州》：“对潇潇暮雨洒江天”；晁补之《洞仙歌》：“更携取胡床上南楼”；周邦彦《浪淘沙慢》：“念汉浦离鸿去何许”；向子諲《七娘子》：“但长江无语东流去”等等。这种句式实际上是用一个领字领起一个七字句。还有一种八字句是由四个二字词语组成的，如柳永《雨霖铃》：“应是良辰好景虚设”；周邦彦《拜新月慢》：“似觉琼枝玉树相倚”；《解连环》：“尽是旧时手种红药”等。

9．九字句。九字句宋词中使用也不多，大致有四种句式。一是上二下七句式，如黄庭坚《虞美人》：“不道晓来开遍向南枝”；周邦彦《虞美人》：“一向捧心啼困不成娇”等。二是上三下六句式，如柳永《玉女摇仙瓶》：“未消得、怜我多才多艺”；周邦彦《瑞鹤仙》：“叹西园、已是花深无地”；姜夔《法曲献仙音》：“谁念我、重见冷枫红舞”等。三是上四下五句式，如范成大《南柯子》：“江已东流那肯更西流”；辛弃疾《青玉案》：“那人却在灯火阑珊处”等。四是上五下四句式，如柳永《望远行》：“放一轮明月交光清夜”；晁补之《洞仙歌》：“看玉做人间素秋千顷”；史达祖《瑞鹤仙》：“奈春风多事吹花摇柳”等。这实际上是以一字领一个八字句。

10．十字句。十字句在宋词中也不多见，一般多用于长调慢词。据电脑统计，《全宋词》中共有一百四十多句。大致可分三种句式：一是上三下七句式，如柳永《迎新春》：“太平时、朝野多欢民康阜”；晁补之《摸鱼儿》：“最好是、一川夜月光流渚”；辛弃疾《摸鱼儿》：“见说道、天涯芳草无归路……君不见、玉环飞燕皆尘土”等。二是上三中三下四句式，如辛弃疾《粉蝶儿》上片的“甚无情便下得雨僝风僽”，下片的“把春波都酿作一江春酎”等。三是“二、八”或“六、四”句法，如柳永《夜半乐》：“岸边两两三三浣纱游女”，既可划为上二下八，亦可划为上六下四。除此三种外，也有以一领九的长句者，如柳永《夜半乐》：“忍良时辜负少年等闲度”，即以“忍”为领字，领一九字句，成为一个十字句。

11．十一字句。这是宋词中最长也最罕见的一种句式，有上三下八、上四下七、上六下五三种句式。这里仅举一例：黄庭坚《归田乐令》：“引调得、甚近日心肠不恋家”。

三、宋词的格律

所谓词律,本来具有两重意义,一是指词的音律,一是指词的格律。词的音律,是与词乐有关的乐律、宫调、曲调谱式、叶乐方式以至歌唱方法等音乐上的问题。词的格律,则是来自作词所遵从的各种词调的字数、平仄、句式、押韵、对仗等体式上和作法上的问题。

音律和格律,本来是词作为音乐文学的一个问题的两个方面,二者互相依存,词的格律产生于词的音律,它是根据词的音律而定的。但由于唐宋词乐(燕乐)早已失传,音乐史上固然需要对词的音律问题继续进行深入的探讨,但一般说来,词的音律问题与词体文学的研究和创作已经没有多大的直接关系。因此我们今天来谈宋词的格律,就只能谈它的句式、平仄、押韵、对仗等规则了。关于句式,我们上面已经详细介绍,下面介绍平仄、押韵、对仗。

1. 平仄。从文字形式上来看,词是从唐代近体格律诗发展演变而来的,因此,词的平仄组合和安排使用的规则,基本上都遵循近体格律诗的那一套。

尽管词是长短句,其句式比近体格律诗繁复多样,有从一字句到十一字句等长短不同的句式,但是格律诗句的平仄相间和节拍划分的原则,除了词中某些句子在某种特定情况下可以改变以外,一般都适用于词的句子,即:以句中的双数字和末一字作为节拍,并且节拍上的字(不包括句末一字)必须平声与仄声交错使用。

但有一点需要说明的是,四声的运用在诗体里一般只分平仄,上、去、入三声皆属仄声,在诗里就不再细分。唐五代词在用字上大致也只分平仄,不拘上、去、入三声。入宋之后,情况起了变化:至柳永时,开始分辨去声,至周邦彦又分上、去二声;以后又有阴阳、清浊之分，并于四声中特别讲究去声的运用，于其他三声则稍微灵活，等等。词本来就是音乐文学，所以对四声的运用比律诗更为讲究，宋代是词体文学发展的顶峰，词的创作因此比唐五代更严四声之辨，而不满足于粗辨平仄。

不过，南宋以后词乐和宋人音谱、词谱失传，到明清两代的人来制定词谱的时候，对宋人留下的文字作品一般也就只能标明平仄，而无法再细分四声五音和阴阳清浊。所以我们今天所能读到的词谱书籍，就只有平仄符号了。这里仅举北宋人的小令、长调各一例，说明词的平仄安排是怎么回事（平仄符号标在每个字的下方，平声：—；仄声：|；可平可仄：＋）：

阮　郎　归　　晏几道

旧香残粉似当初，人情恨不如。一春犹有数行书，秋来书更疏。衾凤冷，枕鸳孤，愁肠待酒舒。梦魂纵有也成虚，那堪和梦无！

水龙吟·次韵章质夫杨花词　　苏　轼

似花还似非花，也无人惜从教坠。抛家傍路，思量却是，无情有思。萦损柔肠，困酣娇眼，欲开还闭。梦随风万里，寻郎去处，又还被、莺呼起。　不恨此花飞尽，恨西园、落红难缀。晓来雨过，遗踪何在，一池萍碎。春色三分，二分尘土，一分流水。细看来不是，杨花点点，是离人泪。

2．押韵。韵是构成诗词作品的一个基本因素，但由于词是由长短句组成的，形式不同于格律诗，所以押韵的方式也不相同。按照词调中用韵的不同情况，词的押韵可分为五个类别，即平韵格、仄韵格、平仄韵转换格、平仄韵通押格、平仄韵交错押韵格。现按每种格举小令、长调(或中调)各一首为例的方式,对这五种押韵格介绍如下(韵脚符号标在字的下方,平声韵用◎表示,仄声韵用△表示)。

(一) 平韵格:

浪 淘 沙 欧阳修

把酒祝东风,且共从容。垂杨紫陌洛城东。总是当时携手处,游遍芳丛。　聚散苦匆匆,此恨无穷。今年花胜去年红。可惜明年花更好,知与谁同?

水调歌头·沧浪亭 苏舜钦

潇洒太湖岸,淡伫洞庭山。鱼龙隐处,烟雾深锁渺弥间。方念陶朱张翰,忽有扁舟急桨,撇浪载鲈还。落日暴风雨,归路绕汀湾。　丈夫志,当景盛,耻疏闲。壮年何事憔悴?华发改朱颜。拟借寒潭垂钓,又恐鸥鸟相猜,不肯傍青纶。刺棹穿芦荻,无语看波澜。

(二) 仄韵格:

卜 算 子 李之仪

我住长江头,君住长江尾。日日思君不见君,共饮长江水。　此水几时休,此恨何时已。只愿君心似我心,定不负相思意。

声 声 慢 李清照

寻寻觅觅,冷冷清清,凄凄惨惨戚戚。乍暖还寒时候,最难将息。三杯两盏淡酒,怎敌他、晚来风急?雁过也,正伤心,却是旧时相识。　　满地黄花堆积，憔悴损，如今有谁堪摘？守著窗儿，独自怎生得黑？梧桐更兼细雨，到黄昏、点点滴滴。这次第，怎一个、愁字了得？

(三) 平仄韵转换格：(按，此种格式只有小令)

菩　萨　蛮　　王安石

数家茅屋闲临水，窄衫短帽垂杨里。花是去年红，吹开一夜风。　　梢梢新月偃，午醉醒来晚。何物最关情？黄鹂三两声。

唐河传·效花间集　　辛弃疾

春水，千里。孤舟浪起，梦携西子。觉来村巷夕阳斜。几家？短墙红杏花。　　晚云做造些儿雨。折花去，岸上谁家女？太狂颠！那边，柳绵，被风吹上天。

(四) 平仄韵通押格：

西江月·丹阳湖　　张孝祥

问讯湖边春色，重来又是三年。东风吹我过湖船，杨柳丝丝拂面。　　世路如今已惯，此心到处悠然。寒光亭下水如天，飞起沙鸥一片。

曲　玉　管　　柳　永

陇首云飞，江边日晚，烟波满目凭阑久。立望关河萧索，千里清秋，忍凝眸？杳杳神京，盈盈仙子，别来锦字终难偶。断雁无凭，冉冉飞下汀洲，思悠悠。　　暗想当初，有多少、幽欢佳会，岂知聚散难期，翻成雨恨云愁！阻追游。每登山临水，惹起平生心事，一场消黯，永日无言，却下层楼。

（五）平仄韵交错押韵格：

定风波 苏轼

莫听穿林打叶声，何妨吟啸且徐行。竹杖芒鞋轻胜马，谁怕？一蓑烟雨任平生。　料峭春风吹酒醒，微冷，山头斜照却相迎。回首向来萧瑟处，归去，也无风雨也无晴。

最高楼·醉中有索四时歌者，为赋 辛弃疾

长安道，投老倦游归，七十古来稀。藕花雨湿前湖夜，桂枝风淡小山时。怎消除？须殢酒，更吟诗。　也莫向、竹边孤负雪，也莫向、柳边孤负月。闲过了，总成痴。种花事业无人问，惜花情绪只天知。笑山中，云出早，鸟归迟。

3. 对仗。与近体诗中五、七言律诗中间两联硬性规定必须用对仗不同，词并不要求用对仗，词中的对仗是词人们约定俗成的。某些词调之所以有对仗，是由于那些词调的某一些地方上下句或一连几句字数相同，作者常常在这些地方使用对仗，形成对偶或排偶句子，以加强艺术效果。

在唐宋词人中，往往是最初有人在某一词调中的某个地方偶然写出了对偶或排偶句子，以后的人们觉得好，就把这种对偶或排偶句承袭下来，于是这一词调的某些句子就成了固定用对仗的句子(但并不强行要求所有的人都这么做)。比如宋人常常使用的《踏莎行》和《西江月》，这两个词调的上下片的开头两句宜于对仗，大多数人就在这几个部位都用了对仗，但也有少数作品不用对仗，

照样写出了佳作,并没有被认为"失律"。由于这种对仗只是随便的而不是必需的,所以词人们在写作的时候并不像五、七言律诗那样严格地讲究平仄相对,而可以有许多变通。

宋词的对仗大致可分为双句对、鼎足对和扇对(即隔句对)三种,兹举例介绍如下:

(一)双句对(三字句至七字句):

三字句 柳丝长,桃叶小。(晏几道《更漏子》)
山远近,路横斜。(辛弃疾《鹧鸪天》)
采幽香,巡古苑。(吴文英《祝英台近》)
四字句 小径红稀,芳郊绿遍。(晏殊《踏莎行》)
一种相思,两处闲愁。(李清照《一剪梅》)
落日楼头,断鸿声里。(辛弃疾《水龙吟》)
五字句 月上柳梢头,人约黄昏后。(欧阳修《生查子》)
雨暗初疑夜,风回便报晴。(苏轼《南歌子》)
飘零疏酒盏,离别宽衣带。(秦观《千秋岁》)
六字句 照野弥弥浅浪,横空隐隐层霄。(苏轼《西江月》)
夜月一帘幽梦,春风十里柔情。(秦观《八六字》)
醉里挑灯看剑,梦回吹角连营。(辛弃疾《破阵子》)
七字句 绿杨烟外晓寒轻,红杏枝头春意闹。(宋祁《玉楼春》)
休对故人思故国,且将新火试新茶。(苏轼《望江南》)
万里中原烽火北,一尊浊酒戍楼东。(张孝祥《浣溪沙》)

(二)鼎足对:

三字句 时易失,心徒壮,岁将零。(张孝祥《六州歌头》)
制荷衣,纫兰佩,把琼芳。(张孝祥《水调歌头》)

破青萍，排翠藻，立苍苔。（辛弃疾《水调歌头》）

望石城，思东府，话西州。（丘崈《水调歌头》）

四字句 玉宇无尘，金茎有露，碧天如水。（柳永《醉蓬莱》）

孤馆灯青，野店鸡号，旅枕梦残。（苏轼《沁园春》）

络纬催凉，断虹收雨，庭梧报秋。（晁端礼《沁园春》）

记愁横浅黛，泪洗红铅，门掩秋宵。（周邦彦《忆旧游》）

（三）扇对： 水风轻，苹花渐老；月露冷，梧叶飘黄。

（柳永《玉蝴蝶》）

羡金屋去来，旧时巢燕；土花缭绕，前度莓墙。

（周邦彦《风流子》）

似谢家子弟，衣冠磊落；相如庭户，车骑雍容。

（辛弃疾《沁园春》）

香渐远，长烟袅穟；光不定，寒影摇红。

（赵长卿《潇湘夜雨》）

青未了，柳回白眼；红欲断，杏开素面。

（史达祖《东风第一枝》）

四、宋词的章法

宋词的章法，主要是指宋词篇章组织结构的一定规则及其方法，包括分段、起结、开合、过片及谋篇布局等内容。下面分三个主要方面来介绍。

1. 分段及其专用名称。

词是依调填写、配乐歌唱的歌词，其章法也就与一般诗文有所区别。乐曲有几段，歌词也就相应地分几段；乐曲的每一段不尽相同，歌词的每一段也就相应地有所变化。词的分段，向有其专用名称，最常用的是“片”或“阕”。但这两个专用名称通常用于两段的词(即所谓“双调”)，其第一段称“上片”或“前片”，第二段称“下片”或“后片”。阕，本是一个音乐术语，指乐曲演奏终止。由此引申指乐曲演奏一遍，或称一首乐曲为一阕。到了宋代，“阕”又被较广泛地用来作为词的单位名称，一首词称一阕。宋代以后，词话家们更将“阕”用来作为“段”或“片”的别名，于是双调词的两片，又有了上阕、下阕或前阕、后阕之称。至于三段、四段的长调词，则一般不用“片”或“阕”，而多半是径直称一段、二段、三段、四段或一、二、三、四“叠”了。

2. 过片和意脉。

两片以上的歌词从上片过渡到下片，称为“过片”，也称“过遍”、“过变”或“过拍”。这些概念的涵义大体相同，一个较小的区别在于，对于上、下片首句句式相同者多称“过片”，对于上、下片首句句式不同者则多称“换头”或“过变”、“过遍”、“过拍”。要认识这些区别，宋词中例子很多，这里不来罗列了。

“过片”这个术语是宋人就开始使用的，宋张炎《词源》卷下说：“过片不要断了曲意，须要承上转下。”陆辅之《词旨》注云：“过片，谓词上下分段处。”明清以来，词论家们对于词的“过片”的重要性特别强调，如清人周济《介存斋论词杂著》就说：“吞吐之妙，全在换头煞尾。古人名换头为过变，或藕断丝连，或异军突起，皆须令读者耳目振动，方成佳制。”

过片在章法上能起到让词的上、下片意脉相通的重大作用。这是因为，一首词中，片与片之间的关系在音乐上是暂时休止而非全曲终了；在词的章法上也就相应地要做到若断若续，彼此才能密切配合。一首词的上、下两片之间，上片的结句总是似合似起，下片的首句则总是似承似转，于是全篇的意脉就贯通了。

对于过片的要求，张炎《词源》卷下“制曲”一条曾举例论说道：

“最是过片不要断了曲意，须要承上转下。如姜白石词云：‘曲曲屏山，夜凉独自甚情绪’，于过片则云：‘西风又吹暗雨’，此则曲之意脉不断矣。”与张炎同时代的沈义父《乐府指迷》则说：“过处(按指过片处——引者)多是自叙，若才高者方能发起别意，然不可太野，走了原意。”他们指出的“不要断了曲意”和“发起别意”“不可太野”等等，都是强调过片的正确运用能使词全篇意脉贯通。下面举宋人名作二首加以评析，以见一斑：

高阳台·西湖春感　　张　炎

接叶巢莺，平波卷絮，断桥斜日归船。能几番游？看花又是明年。东风且伴蔷薇住，到蔷薇、春已堪怜。更凄然，万绿西泠，一抹荒烟。　　当年燕子知何处？但苔深韦曲，草暗斜川。见说新愁，如今也到鸥边。无心再续笙歌梦，掩重门、浅醉闲眠。莫开帘，怕见飞花，怕听啼鹃。

此词为张炎《山中白云词》中的压卷之篇，它是南宋灭亡后作者重游杭州西湖时所作。全篇借春景以寓其亡国之悲。上片平起，叙写眼前西湖春景，虽愈转愈深，仍不外寻常伤春之意。为了把哀愁之感写得更为深广沉重，过片是关键所在：作者在本该连续不断的写景句子“万绿西泠，一抹荒烟”和“苔深韦曲，草暗斜川”之间陡然插上一个问句“当年燕子知何处”，意境便大大不同了。这个问句实是暗用刘禹锡《乌衣巷》诗中“旧时王谢堂前燕，飞入寻常百姓家”二句。通过这样一提问，读者自然就领会到作者写这个句子时的心情：不仅有盛衰无常之感，更怀着家国兴亡之痛。

因为有了这个过片句子，于是下面的“无心”、“怕见”、“怕听”诸句表面看是伤春，实际上是“伤心人别有怀抱”，连上片的“能几番游”和“东风且伴蔷薇住”等寻常伤春之语，也显得沉哀感人了。

这个过片不但使全词意脉贯通，而且如周济所说，“令读者耳目振动”，达到了作者预期的抒情效应。

眉妩·新月　王沂孙

渐新痕悬柳，淡彩穿花，依约破初暝。便有团圆意，深深拜，相逢谁在香径？画眉未稳，料素娥、犹带离恨。最堪爱、一曲银钩小，宝帘挂秋冷。　　千古盈亏休问，叹慢磨玉斧，难补金镜。太液池犹在，凄凉处、何人重赋清景？故山夜永。试待他、窥户端正。看云外山河，还老桂花旧影。

这首词是通过咏物——新月——来寄寓王沂孙作为一个南宋遗民的山河破碎之悲情。上片描绘新月，境界清幽而笔触细腻。下片就新月寄寓家国之感，词旨悲愤。作者在过片处陡然接以“千古盈亏休问，叹慢磨玉斧，难补金镜”三句，遂将读者的思想感情由清丽之境引入悲凉之境中。但下片仍是句句写新月，并没有“跑题”，更没有断了意脉，而是以新月难圆来寄寓山河破碎之痛。陈廷焯《白雨斋词话》评论此词过片道：“‘千古’句忽将上半阕一笔撇去，有龙跳虎卧之奇。”这是称赞此词章法绝妙，过片能出奇制胜，但这个过片表面上是将上片“一笔撇去”，暗中还是意脉相通的。

3. 常规与特殊的谋篇布局。

关于词的谋篇布局，近代词学家蔡嵩云曾比喻道：“（词之谋篇布局）如建大厦然，其中曲折层次甚多，入手必先惨淡经营，方能从事土木。若枝枝节节为之，外观纵极堂皇，内容必破碎不成格局。”（《柯亭词论》）又说：“作慢词，全篇有全篇之意，前遍有前遍之意，后遍有后遍之意。故运意时，必先分别主从，庶词成后联贯统一，脉络井然。”（同上）这就是说，作词之先，即须设想上、下片之间如何安排，先写什么，后写什么，何者为主，何者为从，材料如何剪裁分布等等，都应该像建楼房那样先有一个通盘的构想。

宋代著名词人对于自己如何构思、如何谋篇布局、如何安排材料少有描述，但通过分析他们的代表性作品，仍可知其大略。词大多是由上下两片组成的，所以，词的谋篇布局，说白了就是一首词中上片写什么，下片写什么。

现代词学大家唐圭璋先生曾著《论词之作法》一文，将宋人作词的谋篇布局分为十二种：一、上景下情；二、上情下景；三、上今下昔；四、上昔下今（此二者就时间而言）；五、上外下内（内外指空间）；六、上去下来（指送客与归来）；七、上昼下夜；八、上问下答；九、上虚下实；十、上下相连；十一、上下不连；十二、上下相反。

宋词中采用“上景下情”者数量最多，许多名篇如柳永《八声甘州》（对潇潇暮雨洒江天）、秦观《水龙吟》（小楼连苑横空）、贺铸《石州引》（薄雨收寒）、姜夔《一萼红》（古城阴）等等均是；属“上昔下今”者亦不少，如周邦彦《夜飞鹊》（河桥送人处）、史达祖《湘江静》（暮草堆青）等；“上外下内”者如辛弃疾《祝英台近》（宝钗分）；“上今下昔”者如刘辰翁《兰陵王》（送春去），等等。

其实唐圭璋先生也仅仅是作大致的区分，宋词中相当多的作品均以时空交错、情景交融为特点，并不纯以上片写什么下片又另写什么，需要作具体分析。比如苏轼的名篇《念奴娇·赤壁怀古》是在今—昔—今的时间变换中实现景—情—景之间的转换的；而柳永的《雨霖铃》（寒蝉凄切）则在今—后（今宵）—更后（经年）的时间变化中实现空间转换与情景交错；秦观《八六子》（倚危亭）则在今—昔—今的时间变换中实现空间转化与情景交错。更有的宋词名篇干脆打破上下片的界限，不顾先景后情、先外后内、上今下昔等等惯例，只是将郁积于胸中的感情一泻如注地直抒出来。比如辛弃疾的《破阵子·为陈同甫赋壮词以寄》：

醉里挑灯看剑，梦回吹角连营。八百里分麾下炙，五十弦翻塞外声。沙场秋点兵。　马作的卢飞快，弓如霹雳弦惊。了却君王天下事，赢得生前身后名。可怜白发生。

此词从起句“醉里挑灯看剑”，直至下片倒数第二句“赢得生前身后名”，从文意来看应是一段，都是在忆“昔”——在做沙场梦和功名梦，末句“可怜白发生”才转入伤“今”——感叹英雄老矣。末句虽然只是一句，却自成一段。不按常规，打破上下片界限，一气贯注，当止处才止，不少直抒胸臆的宋词名篇都是如此，如辛弃疾的另一首词《贺新郎》（甚矣吾衰矣）、文天祥的《酹江月》（乾坤能大），采用的就是这样不拘常格的特殊章法。

第三讲　兰畹花间百辈词，千年流派我然疑

——宋词发展阶段及其风格流派(上)

文学流派在任何文学里都是一种普遍的存在,宋词也不例外。纵观一千多年的中华词史,唐五代只能算是一个序幕,元、明、清以迄近代的六百多年,尽管时间很长,作家作品很多,但因为已经过了"词的时代",只能算是词的尾声和馀韵了,只有在宋代,词才可称一代之胜。词体和词派的发展、变化及其波谲云诡的高潮,都是在两宋三百来年间有声有色地进行的。就像明人夏树芳在为毛晋的大型宋词别集丛刻《宋名家词》所作序言中描绘的:

> 夫词至宋人,而词始霸。曼衍繁昌,至宋而词之名始大备。其人韶令秀世,其词复鲜艳殢人,有新脱而无因陈,有圆倩而无沾滞,有鲜丽而无冗长,有峭拔而无钩棘。一时之以赓和名家,而鼓吹中原,不啻肩摩于世云。

这里列述的四"有"四"无",说明了宋词鲜明的艺术个性和风格上的丰富多彩、尽态极妍;而所谓"曼衍繁昌"、"以赓和名家,而鼓吹中原"及"肩摩于世"云云,又为我们勾画出了两宋时期词人群体互动频繁,声势浩大,各种流派竞相登场表演,蔚为一代大观的历史盛况。这样看来,宋人艺术创造性强、群体互动频繁,因而宋词流派十分繁盛,本是不争的事实。但可惜的是,从古到今,许多研究者和读者对宋词流派的丰富性和复杂性认识不足。因此本讲

在介绍宋词发展阶段和风格流派之前，要先反思一下历史。

一、破除“豪放”、“婉约”二分法，重新认识宋词流派

1.“豪放”、“婉约”二分法溯源。

宋词在发展过程中，究竟出现过多少种风格、多少个流派？这是每一个宋词读者和研究者在接触宋词之初都会提出的问题。打开上个世纪九十年代之前的各种文学史和词学著作，我们会看到，它们千篇一律地回答说：宋词分为“豪放”、“婉约”两大派。这个流行了几百年的“二分法”，是由明人张延首倡的。张延在其《诗馀图谱》一书的“凡例”之后的“附识”中论述道：

> 词体大略有二：一体婉约，一体豪放。婉约者欲其词情蕴藉，豪放者欲其气象恢宏。盖亦存乎其人。如秦少游之作，多是婉约；苏子瞻之作，多是豪放。大抵词体以婉约为正。故东坡称少游为“今之词手”，后山评东坡词“如教坊雷大使舞，虽极天下之工，要非本色。”

张延标举婉约、豪放，本来是用以论词体的，其本意并非以此来强分词派，所以此说虽嫌粗略，倒有其长处，即便于人们粗线条地把握宋词的两种主要的审美倾向和词人的大致分野。到清初王士祯《花草蒙拾》则混一“派”、“体”，借张延的话来改说词派，并推出他的山东同乡先贤李清照、辛弃疾分别为这两大派的宗主：

> 张南湖（即张延——引者）论词派有二：一曰婉约，二曰豪放。仆谓婉约以易安（李清照）为宗，豪放惟幼安（辛弃疾）称

首，皆吾济南人，难乎为继矣！

从此，将宋词划分为婉约、豪放两大派，并以此来褒贬词人，撰写词史，成为一种认同度很高的传统说法，其影响一直至于二十世纪八九十年代。但这种“二分法”不但是粗略的，而且是不符合宋词发展之实际的。在整个宋词发展的历程当中，并不单单只有“婉约”、“豪放”这两种风格和两个流派，而是出现过若干种风格、若干种体式和若干个流派。

为了弄清问题的来龙去脉和传统“二分法”的利弊，不妨从辞源学的角度简单追溯一下婉约、豪放二词的原生义、衍生义与附加义。

“婉约”一词，最早出现于先秦典籍《国语·吴语》中：“故婉约其词，以从逸王志。”语义为卑顺宛转。以后《世说新语·言语》刘孝标注引《司马徽别传》亦出现此词：“时人有以人物问(司马)徽者，初不辨其高下，每辄言‘佳’。……其婉约逊遁如此。”其语义与《国语》同。大约从魏晋之际始，“婉约”被移用于文学批评乃至文学描写中，形容一种宛转轻柔、含蓄蕴藉的风格。如陆机《文赋》：“或清虚以婉约，每除烦而去滥。”徐陵《玉台新咏序》：“婉约风流，异西施之被教。”晚唐五代之际，文学的时代风格转向柔靡浮艳，相应地，诗词作品中不时出现“婉约”一词，用以形容柔美的物态和美女的风姿。

特别值得注意的是，文人词的第一个总集《花间集》中较多地出现了“婉约”的字样，这都是用来形容女子柔婉风度的。因此后来的人们取《花间集》用过的“婉约”一词来命名自《花间集》开端的一种富于轻柔宛曲之美的传统词风，如果仅仅是辨识风格，循名责实，并无不妥。问题在于，婉约词风虽有一定代表性和相当的涵盖面，但毕竟只是“阴柔”(或曰优美)这一大类词中的一体，用来概括和代指全部柔美之风，就显不足。在一定场合取便说明粗略辨识风格大类尚可，若以之具体地辨体析派，甚至武断地认为普天下不归杨则归墨，只有婉约、豪放两大派，那就势必左支右绌，不能解释复杂的词学现象。

比如柳永虽自宋代以来就被目为“婉约”派，但这种划分根本不合实情，因为他的集子里就有很多境界开阔、风格雄放的词（特别是那些描写城市风光的名篇和羁旅行役之作，走的是“豪放”一路）；即使是艳情之作，也多半不以“婉约”见长，特别是代表他的个人风格的那些表现市民生活、反映市民情趣的慢词，写得明白如话，大开大合，乃至露而又露，尽而又尽，一点儿也不“婉约”。那么，我们能含含糊糊地把柳永划入婉约派或者是豪放派吗？

“豪放”一词，最初是指为人处世时狂放不检点。《魏书》卷六十四《张彝传》：“彝少而豪放，出入殿庭，步眄高上，无所顾忌。”又《新唐书·李邕传》称：“邕资豪放，不能治细行。”大约是从唐朝中后期开始，这个词由形容人的性格转而用于形容一种文学风格。司空图《诗品·豪放》描绘此种风格形态是：

> 观花匪禁，吞吐大荒。由道返气，处得以狂。天风浪浪，海山苍苍。真力弥满，万象在旁。前招三辰，后引凤凰。晓策六鳌，濯足扶桑。

从司空图的描绘可知，唐代文学批评家心目中的“豪放”，是一种属于阳刚之美的诗歌风格。拿唐宋词来看，虽然风格趋向阴柔一路的作品一直占据主流，但具有阳刚之美的作品从唐代起就断断续续地出现，到北宋中期以后终于形成与阴柔美之作品并立的另一潮流，而风格“豪放”的词也确属阳刚之作中数量较多且较有代表性的一种。但需注意的是，“豪放”仅仅是阳刚这一大类中的一种(尽管是其中较有典型性的一种),不宜处处用它来代指甚至总括一切阳刚美的词作和词派。

因为司空图《诗品》所论列的属于阳刚的风格中,除了豪放之外,就还有雄浑、高古、劲健、悲慨、旷达等多种。这些风格形态与"豪放"固然有相同或相近之处,但其明显的相异之处却不容含混。倘若把"壮士拂剑,浩然弥哀"的"悲慨"形象与"由道返气,处得以狂"的"豪放"气派硬说成一回事,这就显然不只是误差,而是连基本的辨异能力都没有了。

在北宋词发展中,出现了苏东坡,于是宋人在词学批评当中也引入了"豪放"这个概念。但宋人称苏东坡词"豪放"主要不是指他的词有阳刚壮大之美,而是指他作词不愿意受音韵格律的束缚。

陆游的《老学庵笔记》记载:"世言东坡不能歌,故所作乐府多不协律。晁以道云:'绍圣初,与东坡别于汴上,东坡酒酣,自歌《古阳关》。则公非不能歌,但豪放不喜剪裁以就声律耳'。"后人不知道宋人称东坡"豪放"含义为何,将东坡定为豪放派,是不符合东坡词的实际的。

流派的划分要以风格为基础,而对作家的个人风格的认定必须以其一定量的作品为依据。如果说东坡词的主导风格是豪放,那他的作品中就应该有相当数量的词是豪放的,但《东坡乐府》中像"大江东去"之类的豪放之作只有二十多首,仅占其三百四十多首词的十分之一不到,你能说他是"豪放派"吗?

2."婉约"、"豪放"二分法的局限性。

由上面的追溯可知,婉约、豪放"二分法"很不科学,局限性很大。早在1983年,吴世昌先生就在他的《有关宋词的若干问题》一文中激烈地批评这种"二分法"道:

> 近来有些词论家把宋词分为婉约与豪放两派,而以苏轼为

后者的领袖。这样评价宋词和苏轼，是否符合历史实情？这是一个宋代文学史上的重大问题。这是在解放以前即有人谈起，而解放以后越谈越起劲，越谈越肯定的问题。由此而推演发挥，则豪放一派变为中国词史上的主流或进步或革新的力量，思想性、艺术性、文学价值最高；而婉约派则是保守力量，消极成分，落后乃至庸俗不堪，不值得赞扬提倡，必须加以批判等等。于是不谈词则已，一谈则言必称苏、辛，论必批柳、周。"豪放派"既奉苏轼为教主，而据说苏词不守绳墨（"曲中缚不住"）可以随意写去的，因此更受那些想做词而又无此才力者之欢迎，使他变成了不调平仄不押韵的所谓豪放派自由词或"解放牌"词的"保护神"。好像"姜太公在此，百无禁忌"似的，只要苏东坡在此，词的一切格律都可以不管了。但按之实际，所谓北宋"豪放派"根本从不存在。苏东坡这个主将，也有将而无兵。

1985年，吴熊和先生在其《唐宋词通论》一书的第四章《词派》中更进一步举著名唐宋词人为例分析这种局限性：

如同属婉约词人，温庭筠与韦庄、周邦彦与秦观、贺铸与晏几道，向来并称，但他们的相异之点实在不下于他们的相同之点，更不用说李清照与柳永相去之远了。同属豪放派的苏轼、辛弃疾之间，也不只是貌同心异的问题，而是心貌各异，有难以强合之处。对这些创作上各有特色的词人，都不能以一体一派视之。他们还各有源流所自。如果失之简单化，反而使泾、渭相混，雅、郑无别。同时，苏、辛等一些大词人，往往兼备众体。他们固然词多豪放，然其婉约之作亦不减于他人，这类词在集中也不是少数。尤其是他们的一些名作，如苏轼的

> 《水调歌头》、《贺新郎》，辛弃疾的《摸鱼儿》、《水龙吟》，完全是一种刚柔相济的词风，兼有婉约与豪放之胜。这些词很难偏于一端，做出简单的归属。姜夔在南宋后期词坛影响不小，他即有意于婉约、豪放之外另辟一径。因此，始于张延的这种分词为婉约、豪放两体两派之说，其缺陷实还不少，难以弥缝，于唐宋词亦难以尽合。

在充分认识了婉约、豪放二分法的局限和“缺陷”之后，我们就可以按照宋词发展的实际情况，结合宋词发展的五个阶段来了解宋词的主要流派了。

二、俗、雅二词派并立的北宋前期词坛

这里所谓北宋前期，指的是从公元960年赵宋建国到公元1063年宋仁宗去世这一百零二年的时间。这段时间又可以公元1022年宋真宗去世为界，分为前后二段。前一段的六十来年，时间虽然较长，却是宋词的沉寂期；后一段的四十来年，虽然时间相对较短，却是宋词作为时代之文学开始繁荣并显出自己时代特色的时期。

前一段的六十来年，词作者很少，统共只有十七人；词作品也少得可怜，十七个人的作品加起来才有四十五首，平均每人不到三首。从这六十来年词作者不多、作品更少，并且这仅有的几十首作品多是小令，全不脱晚唐五代风格体貌的基本事实，可以看出词这种前程远大的新兴样式当时尚未受到宋人的重视，更谈不上利用这种样式来进行有声有色的艺术创造。

当时的词坛仅仅是散漫而稀少地回响着晚唐五代的流风馀韵，基本上还没有（或者说还来不及）显出宋人自己的风貌。几个文人士大夫偶尔操觚染翰做几首小词，不过是一时兴到之作，无人

想在这个领域投注才力开宗立派，因而也没有产生词的专门名家。由此可见宋初五六十年是宋词流派史的一段空白时期。当时不但词的情况如此，其他文学门类的情况也基本如此。因此宋初文学的不发达，亦略同于唐初。所以日本著名汉学家吉川幸次郎在其《宋诗概说》一书中评论宋初文学道：

> 直到进入十一世纪初，人们一直继续着时代错误的努力，就是说尚未达到创造新文明地步，而是权宜地依靠堪称大帝国唐代文明的残影，并且拙劣地祖述它。

该书的《北宋中期》一章的开头又说：

> 北宋的人们自觉到生活在新的时代之中，并确立了与新的时代相适应的新的诗风，是在北宋经过半个世纪以上之后，即在第四代皇帝仁宗拥有长达四十二年的治世的时期。

吉川先生以上所论是宋诗，其实宋词的情况也大致如此。此中的道理其实非常简单：既然连作为案头文学的宋诗都须等到仁宗朝才能确立“与新时代相适应的新的诗风”，那么寄生于城市经济与文化土壤之中的歌词文学，其振兴与繁荣就更有待于城市经济与文化的发展进入高潮的仁宗时期的到来了！

在中国封建时代，京城往往成为引领全国文学风气、带动全国文学创作的中心。宋仁宗在位四十二年间词的繁荣和词的流派的产生，就主要是在汴京进行的。在这里，在这段时间，原本十分冷落沉寂的词坛迅速活跃起来，产生了两个并立甚至是对立的词派——以柳永为首的俚俗词派和以晏殊、晏几道父子与欧阳修为核心的江西词派。

1. 以柳永(987? —1055?)为首的俚俗词派。

这里说明一下,一般的文学史著作和词学著作在说到北宋前期词坛时,都是先说雅词,后说俗词;先介绍晏殊、欧阳修,然后才介绍柳永。这样的排列是将时代倒置了。实际上,柳永不但年长于晏、欧,而且开始从事词的创作的时间也早于后者,晏、欧步入词坛是在仁宗朝,而柳永早在真宗时就已开始作词,到仁宗时他已经名满汴京了。

所以我们这里按照历史的原貌把柳永和俗词派排在前,而将晏、欧和雅词派排在后。柳永就是在仁宗年间在汴京大量写作慢词而打开了词体发展新局面的。清人宋翔凤《乐府馀论》描述这一段时间汴京词坛的情况道:

> 词自南唐以后,但有小令。其慢词盖起宋仁宗朝。中原息兵,汴京繁庶,歌台舞席,竞赌新声。(柳)耆卿失意无俚,流连坊曲,遂尽收俚俗语言,编入词中,以便伎人传习。一时动听,散播四方。其后东坡、少游、山谷辈,相继有作,慢词遂盛。

宋翔凤这段话虽然主要是展示慢词在仁宗朝起来的状况,但在客观上却无异于描述了宋词史上第一个流派——以柳永为开山祖的俚俗词派在汴京的都市文化土壤中产生的过程。这个词派的主要写作形式是慢词,主要题材是市民生活和都市风光,其风格特征是俚俗,所以引来了众多的追随者。

这种众人追星、竞相学习柳词、最终形成流派的盛况,当时人的著作中有不少记载,如王灼《碧鸡漫志》记述柳永词"浅近卑俗,自成一体,不知书者尤好之",又谓"今少年十有八九不学柳耆卿,则学曹元宠",还开列了从北宋前期到后期的沈唐、李甲、孔夷、孔榘、晁端礼、万俟咏等六个"源流从柳氏来"的词人的名单;严有翼

《艺苑雌黄》也说柳词“言多近俗，俗子易悦”；徐度《却扫编》说：柳词“流俗之人尤喜道之”，虽苏轼等出而“柳氏之作殆不复称于文士之口，然流俗好之者自若也”；张端义《贵耳集》更以称赞的口吻说，柳词在当时“虽颇以俗为病，然好之者终不绝也”。

这些记载说明，以风格的俚俗为主要特征的柳耆卿体产生之后，迅速赢得了大批的追随者，并形成了一个绵延至于南宋的强大词派；这个词派的主力军是青年民间词人，同时也有一批能够像柳永那样眼睛向下看、喜好民间文艺的文人士大夫加入。

2. 以晏殊、晏几道父子和欧阳修为核心的江西词派。

这一时期与柳永俗词派并立乃至对立于词坛的，是以晏殊、晏几道父子和晏殊的门生欧阳修为核心的雅词派。基本风格的趋俗与尚雅，是这两个词派的艺术分野。雅词派的核心人物晏殊、晏几道父子和欧阳修都是江西人，所以后世词学家将他们又称作“江西词派”。比如清人冯煦《宋六十家词选例言》就说：“文忠（欧阳修）家庐陵，而元献（晏殊）家临川，词家遂有西江一派。其词与元献同出南唐，而深致则过之。”

这个词派以五代南唐君臣词人群体（李璟、李煜父子和宰相冯延巳）为主要的艺术渊源，以小令为主要的抒写工具，以雅洁婉美为主导风格，与同时期的柳永及其追随者形成对立的两股势力。

我们需要注意的是，一般论述“江西词派”这个北宋前期雅词派时，都只提及二晏一欧这几位江西人，而实际上当时还有一些与晏、欧曾频繁交游唱和、词风与他们相近但并非江西籍的词人，如宋祁、王琪等人，在艺术上与他们应属同派，理应划为江西词派的成员。关于当时俗、雅二词派的对立以及雅词派的首领晏殊排斥打击俗词派的开山祖柳永的具体情况，本书的下一讲还要具体介绍，这里先介绍雅词派骨干晏殊、晏几道父子和欧阳修。

晏殊（991—1055），字同叔，抚州临川（今属江西）人。七岁知学问,能文章。十四岁时被以神童荐之于朝,真宗面试后十分满意,特赐同进士出身,擢为秘书省正字。以后仕途通达,步步高升,到仁宗时,很快跃居政府中枢和宰辅之位。三十五岁自翰林学士礼部侍郎迁枢密副使,四十一岁为三司使,四十二岁为参知政事(副相),五十岁为检校太尉枢密使,五十二岁加同中书门下平章事(宰相)。晚年罢相出知永兴军,移知河南府,兼西京留守。最后以病归汴京,致和二年(1055)去世,享年六十五岁。

晏殊虽是一代名相,却没有显著的政绩,倒是文学上取得了一定成就。其文学成就主要在词。以他在政坛、文坛的崇高地位,他实际上成了北宋前期士大夫雅词派的领袖。他的词,承五代南唐的馀绪,尤其是学习了冯延巳的词风。尽管在他生活的时代柳永等人已经大量创制了长调慢词,他却独喜小令,利用这种抒情短章来抒写他作为上层士大夫富贵闲暇而又微带忧愁的生活感受。其主导风格是舒徐沉静,雍容典雅。他的词集名《珠玉词》,其中的确有许多珠圆玉润的艺术精品。比如名篇《浣溪沙》:

> 一曲新词酒一杯,去年天气旧亭台。夕阳西下几时回? 无可奈何花落去,似曾相识燕归来。小园香径独徘徊。

此词笔触清婉,含蓄蕴藉,善于捕捉刹那间的生活感受。又精于造语炼句,尤以"无可奈何"一联属对工巧而流利,深挚而又自然地表现了作者悼惜春残、感伤年华飞逝的心绪,是历代盛称的名句。

晏几道(1038—1110),字叔原,号小山,是晏殊九个儿子中的第八子。他自幼在富贵人家的绮罗丛中生活,像贾宝玉似的在脂粉队里厮混,不知人世艰辛为何物。不料他十八岁时父亲去世,此后家道中落,他亦遭遇坎坷,不但终生仕宦不得意,而且还受到种种意外的磨难。这样的人生经历使他忍不住要拿起笔来表现生活和宣泄感情。但大半生沦落社会下层的遭遇,丝毫也没有使他像柳永等人那样把生活的基点和艺术创造的视野转向市井民间,相反,他对原先的富贵生活无比怀念,对自己的门第、家风从不放弃精神上的依托。

所以,和他父亲晏殊的词一样,晏几道的词也主要是接续南唐词的传统,用小令来表现上层士大夫的富贵生活,描写这种生活的两个重要侧面——艳情和闲情。只不过,同为表现富贵生活,却有两点不同:一、晏殊表现的是自己正在过着的富贵生活,而晏几道表现的却是过去享受的、但现在已经一去不复返的富贵生活;二、晏殊的抒情基调是圆融舒徐、雍容典雅的,而晏几道的抒情基调却是感伤哀怨、婉曲幽峭的。这两点不同,导致同一词派中的两个主要人物在基本艺术趣味和师承一致的前提下产生了个人风格的变异。试看晏几道的这两首代表作:

鹧 鸪 天

彩袖殷勤捧玉钟,当年拚却醉颜红。舞低杨柳楼心月,歌尽桃花扇底风。 从别后,忆相逢,几回魂梦与君同。今宵剩把银釭照,犹恐相逢是梦中。

临 江 仙

梦后楼台高锁,酒醒帘幕低垂。去年春恨却来时。落花人独立,微雨燕双飞。 记得小蘋初见,两重心字罗衣。琵琶弦上说相思。当时明月在,曾照彩云归。

前一首写与情人重逢的喜悦,后一首写与情人分别后的凄凉,而两首抒写的重点都是“当年”、“当时”,亦即少年得意时富贵温柔乡中的前尘往事。作者善于选取动人的往事片断,与眼前情景相对照,来烘托出一种凄迷怅惘的感伤怀旧心绪,体现了典型的小晏风格。

欧阳修(1007—1072),字永叔,号醉翁,晚号六一居士,吉州永丰(今属江西)人。仁宗天圣八年(1030)进士,为西京(今河南洛阳)留守推官。景祐元年(1034)召试学士院,授宣德郎,试大理评事兼监察御史,充馆阁校勘。三年,因直言为范仲淹辩护,贬夷陵(今湖北宜昌)县令。庆历三年(1043)充太常丞知谏院,以右正言知制诰,参与了范仲淹、韩琦、富弼等的"新政",次年新政失败,范、韩、富等相继离京外放,欧阳修也于不久之后被外贬滁州(今属安徽)。中年之后,官位渐隆,嘉祐二年(1057)以翰林学士知礼部贡举。屡迁礼部侍郎、枢密副使、参知政事。神宗熙宁四年(1071),以太子少师致仕,退居颍州(今安徽阜阳)。次年去世,年六十六。

欧阳修是诗词文兼擅的一代文学大师,在词坛上,他像自己的座师和同乡晏殊一样追步南唐词风,是北宋江西词派中与晏殊并驾齐驱的领军人物。他和晏殊的学习对象都是南唐宰相冯延巳,只不过学习时所取与所得有所不同。清人刘熙载说:"冯延巳词,晏同叔得其俊,欧阳永叔得其深"(《艺概》卷四);冯煦也说,欧阳修词"与元献(晏殊)同出南唐,而深致则过之"(《蒿庵论词》)。所谓"深"、"深致",大约是指的思致深婉、感情沉挚。试举其名篇《踏莎行》为例:

> 候馆梅残,溪桥柳细,草薰风暖摇征辔。离愁渐远渐无穷,迢迢不断如春水。寸寸柔肠,盈盈粉泪,楼高莫近危阑倚。平芜尽处是春山,行人更在春山外。

对这首词,前人及近人赞语颇多,无论是李攀龙所谓"极切极婉”(《草堂诗馀隽》)，茅暎所谓“韵致远”(《词的》卷三)，抑或是俞陛云所谓“言情婉挚”(《唐五代两宋词选释》)，唐圭璋所谓“写来极柔极厚”(《唐宋词简释》)等等，都可以归结成一点：深挚婉曲。由此可见，晏、欧二人虽然都学冯延巳，但晏多有得于冯氏那俊雅雍容的上层士大夫气度，而欧却似更喜爱冯氏那感伤的基调与深挚沉哀的情怀。在承接南唐词传统以衍成北宋江西词派的道路上，晏、欧二人的确是并驾齐驱、各擅胜场的。

三、新体新派迭起的北宋中晚期词坛

北宋中晚期(1064—1127)的六十多年，是宋词体、派大裂变与大繁荣的重要时期。自从苏轼(1037—1101)登上词坛，创出“以诗为词”的士大夫化的“东坡体”，与俚浅俗艳的“柳耆卿体”分庭抗礼以后，北宋词坛上词体词派多元共存的格局就已形成。尤其是在从宋神宗熙宁、元丰至哲宗元祐年间这一段时间，北宋文学的发展达到高潮，其全盛局面，堪与唐代文学的“盛唐”时期(即唐玄宗开元、天宝时期)媲美。词的体、派的分流曼衍，也自这一时期开始呈汹涌澎湃之势。

而以“东坡体”的产生为主要标志的词体词派演进的历史运动，又是在北宋中叶政治改革与诗文革新大气候的带动和笼罩下开展起来的。这里单拿文坛的大背景来讲，这一时期，以欧阳修为主帅的诗文革新运动，经过数十年的努力与斗争，取得了基本的胜利，宋代各种体裁的文学(如诗、古文等)开始表现出自己时代的艺术特点和文化风貌。

文学、文化大背景的巨大变化，不可能不波及文艺中的一个部门——词坛。词虽为“小道”，毕竟与时代思潮和文化人的精神脉搏相连相通。苏轼是一个应运而生的改革型的词家，他以士大夫意识和诗文革新的主张来改造体卑文小的曲子词，将这种民间流行的文艺样式纳入主流文化之中。在他的手里，终于完成了如同王国维所说的“变伶工之词为士大夫之词”的历史任务。

苏轼在词坛的变革和创新虽在当时引起了很大的争议，但从整个词史上来看，却为以后的创作开了广大法门，启示了新的风格、新的流派，促成了宋词体派的多元共生与群芳竞艳。在诗、词、文、赋、戏曲、小说等各体文学全面繁荣的北宋中晚期，特别是苏轼主盟全国文坛的元祐时期，与诗文领域名家如林、流派竞起的大趋势相同步，词坛也呈现了令人目不暇接的新体新派迭出、名家如群星争辉的壮观局面。这里仅选取几个重要的、影响较大的词体、词派简介如下：

1. 东坡体和东坡词派。

所谓东坡体，是后人对苏轼的词追加的一个称呼，指的是苏轼用“以诗为词”等手段改造传统婉约小词所建立起来的一种新词体。考察有关情况可知，苏轼在仁宗晚期的嘉祐二年(1057)进士及第，十五年以后，神宗熙宁五年(1072)，三十六岁的他开始进行词的创作。

那时，词体文学的发展正到了十字路口。仁宗朝崛起的两个主要词派——柳永俚俗词派和二晏一欧士大夫雅词派——代表的是两种不同的审美思潮和文化倾向。晏欧一派承南唐馀绪，以小令为主要的表现形式，以士大夫的艳情和闲情为主要表现内容，艺术视野颇为狭窄，在词的艺术发展上没有很大的开拓能力。晏殊、欧阳修先后谢世之后，此派的硕果仅存者、晏殊的小儿子晏几道只能(或只愿)遵父辈的传统作艳体的小令，这足以显示自南唐至宋初的士大夫令词传统已经到了终结阶段。

而代表另一潮流的柳永及其追随者，虽然另辟蹊径，吸收市井“新声”来大量创作长调慢词，沾染市民意识而把词的表现范围扩大到市民生活及都市风光等等方面,为词的发展开拓了较为广阔的艺术天地,但因此派具有背离文人士大夫思想文化传统而趋于世俗化、市井化的倾向,遂为整个文人词的阵营所拒纳和排斥。

在这种情况下,要使词体文学得以向前发展,就必须跳出柳永与晏欧两派的蹊径,另寻“第三条道路”,这就是:把士大夫意识与市民意识加以调和,解决士大夫“雅歌”与市井“新声”的矛盾,用士大夫意识与审美观去改造业经柳永一派开拓壮大起来的合乐歌词,使之士大夫化和雅化,以便堂堂正正地使之成为文人士大夫手中的抒情言志体裁之一。

苏轼创新体、开新派的主要手段,就是人们常说的“以诗为词”——转变词的单纯用于应歌佐酒的娱乐功能,让它也像诗一样可以随意地抒情言志。苏轼作词具有自觉而鲜明的革新意识,他在一封给友人的信中就宣称:“近却颇作小词,虽无柳七郎风味,亦自是一家。”(《与鲜于子骏书》)这话是向世人正面宣示自己革新词体的目标:与风靡一时但并不足为士大夫文人作词榜样的“柳七郎”一派相对立,自创词苑的另“一家”。

在苏轼的努力下,在他生前形成了词坛上面貌全新的“东坡体”;在他身后,学苏者绵延不绝,“东坡体”逐渐衍体成派,终于在宋室南渡时期形成了声势很大的东坡词派。关于东坡词、东坡体的特征和成就,本书第六讲有具体介绍,这里就不详说了。

这里还要简略说明一下东坡词派的情况。过去词学界关于东坡词派有两种截然对立的看法:一种看法认为,苏轼创立了一个阵容可观、从北宋延及南宋的东坡词派,即“豪放词派”;一种看法认为,苏轼“以诗为词”,不合北宋的审美时流,所以当时无人响应,连他的门下弟子秦观等作词都不走他的路子,所以那时根本就没有出现过一个东坡词派。

这两种看法都嫌偏颇。实际情况是,当“东坡体”初问世时,确因不合词坛的审美主潮而应者寥寥，且反对者和讥议者不少，确实没有马上形成流派；但在苏轼逝世前后的北宋晚期，词坛学苏者已不绝如缕，南宋初年王灼《碧鸡漫志》一书在表扬苏轼作词为时人"指出向上一路"的同时，指出从北宋晚期到宋室南渡时共出现过五位学苏的词人，他们是：苏门文人黄庭坚、晁补之以及叶梦得、蒲大受、石耆翁。这可以证明"东坡体"在北宋末年已开始衍派，只是还没有形成大的影响。

到了靖康之变、宋室南渡之后，由于山河巨变引起词风巨变，学苏成为时代潮流，于是一个强大的东坡词派崛起了！在王灼评论到的五个学苏词人中，叶梦得活到了南宋，所以放到下一讲介绍；蒲大受、石耆翁二人成就不显，且蒲无作品流传，石则只存词二首，故不作介绍。这里仅介绍一下黄庭坚和晁补之。

黄庭坚(1045—1105)，字鲁直，号山谷道人，晚年又号涪翁，洪州分宁(今江西修水)人。他比苏轼小八岁，为苏门四学士中最年长者，也是苏门文人中唯一的文学声名能与苏轼相媲美者。他的诗与苏轼齐名，时称"苏、黄"，是宋代最大的诗歌流派江西诗派的开山祖。但他仅以余力作词，词的成就和名声远比诗小得多。

黄庭坚的词品颇杂，早年写词颇多俗艳尘下之作，曾被别人斥为"笔墨劝淫"。不过他结识苏轼以后，政治上、文学上及人品、作风上受苏轼影响甚大，因此中年以后作词就自然地倾向于后者。特别是被连续贬官流放至蜀南、广西等地后，他潜心学习佛、老，养成与东坡相近的旷达胸怀，于世事人生感慨更深，因而词风更加自觉地趋向东坡，成为词史上学苏派的先驱人物。其长调名篇《念奴娇》(断虹霁雨)在宋代就被公认为"可继东坡赤壁之歌"(胡仔《苕溪渔隐丛话》)；其他如《水调歌头》(瑶草一何碧)、《鹧鸪天》(黄菊枝头生晓寒)等，都是学苏有得而又能自具面目的力作。

晁补之(1053—1110)，字无咎，自号归来子，济州巨野(今属山东)人，为苏门四学士之一。他是苏门文人中受苏轼词风影响最深且学苏最为用功的一位。自北宋以来，论者对别的词人评论颇多分歧，唯独对晁补之则一致认定其为苏词嫡派：王灼《碧鸡漫志》列举由北宋晚期到南渡时期诸多学苏词人，独许黄庭坚、晁补之两家学苏"韵制得七八"；金人元好问论苏词流派，将黄、晁并列为上继苏轼、下启辛弃疾的两家(见其《新轩乐府引》)；清人更一致推崇晁是苏派传薪的首选人物，如胡薇元《岁寒居词话》认定："(晁)无咎为苏门四学士之一，其词神姿高秀，可与坡老肩随。"他的词集中名篇甚多，如《摸鱼儿·东皋寓居》、《八声甘州·扬州次韵和东坡钱塘作》、《洞仙歌·泗州中秋作》等等，都是深得东坡神韵的佳作。

2．以周邦彦为首的浑雅典丽派。

紧接着"东坡体"和苏轼词派而崛起于北宋晚期词坛的周邦彦词派，也是当时社会文化动向和时代审美思潮的派生物。北宋前期文官政治的确立、上层士大夫地位的优越稳定和这个阶层风雅娱乐活动的需要，决定了晏欧雅词派的产生。而同一时期与士大夫文化异质异趋的都市文化的高涨，以及伴随着这种高涨而来的新兴市民阶层文化及其审美意识的觉醒，使得柳永的新声俗调风靡四海，成为最时髦的"流行歌曲"。

而在北宋中期，当晏欧一派的艺术规范已经过时而柳永俗词又不能见容于士大夫主流文化之际，作为士大夫改革派所发动的诗文革新运动在词坛的一种连锁反应，苏轼"以诗为词"的言志词派乃应运而生。但当时应歌合乐、独赏女音(亦即独尊婉约词)的世俗潮流已无可扭转，苏轼的新体新词显得十分不入时和孤立。而北宋晚期由于变法派的彻底变质和元祐党人的彻底失败，一代士人主体意识失落，思想情绪感伤低迷，歌台舞榭足以作为精神的逃亡地，于是，折中于柳派与苏派之间，恢复"浅斟低唱"的审美主调和婉约含蓄的抒情"正宗"的周邦彦浑雅典丽词派乘时而兴了。

周邦彦的词,既重文学抒情功能,又重其本来应有的娱乐功能;既重篇章辞句之美,又重音律之美;能清能丽,亦雅亦俗,化俗为雅,从风格体貌和艺术技巧上来看,的确称得上是当行本色而且极为出色的"诗客曲子词"。

综观北宋词的发展源流,苏轼词中那些"以诗为词"的惊世骇俗之作,"高处出神入天"(王灼语),自不易为笃于时尚的同时代文人们所理解和追随,必待"靖康"南渡词风巨变时方能演为大宗;其他自柳永开始的俗词一派,又被士大夫阵营群起抵制,视为"野狐禅"。于是,屏苏轼之"豪"(指不肯细加剪裁以协音律)、避柳永之"俗"(指"词语尘下"),于音律和谐规范之中兼求词章之浑厚醇雅,以便大家都能接受,这样就产生了清真词。

关于清真词的审美风貌和艺术成就,本书第七讲还会具体介绍,这里要交代的是:清真词为那令人眼花缭乱的北宋后期词坛提供了一种规范化的艺术标准,并在词的音律、语言、章法技巧等方面,为与作者一起在皇家音乐机关大晟府供职的同僚们提供了有辙可循的借鉴,所以周邦彦生前就拥有了众多的追随者,在他周围实际上形成了一个清真词派。这个词派以大晟府诸人为骨干,所以又被词学家称为"大晟词派"。

大晟词派的成员,据近人王国维《清真先生遗事·尚论三》的考证,计有:大晟府典乐徐伸、典乐大司乐田为、协律郎姚公立、大晟府大乐令官晁冲之、制撰官江汉、万俟咏、协律郎晁端礼等七人;民国时期李文郁《大晟府考略》又补列了刘诜、任宗尧等五人。总共是十二人。不过这些人中,姚公立等六人的作品已经失传,无从评论;其余六人虽有作品流传至今,且在当时名声也很大,却没有任何一个人的成就能与周邦彦相提并论,在整个词史上来衡量,这些追随者都只能算二流的词人。周邦彦的词风与词法,要到南宋中期以后才能适逢其会、衍为大宗了。现仅简单介绍一下曾为周邦彦大晟府同事的徐伸、田为、万俟咏、晁冲之四人：

徐伸(生卒年不详)，字幹臣，三衢(今浙江衢州)人。政和初，以知音律为大晟府典乐，出知常州。有《青山乐府》，今不传。其词仅存《转调二郎神》(闷来弹雀)一首，却是宋词中第一流的抒情佳作。此词据宋人王明清《挥麈录馀话》所记，为怀念其去妾之作。全篇情感深挚而赋情婉转，无论其字面、章法和整体风调，皆为典型的周派词。

田为(生卒年不详)，字不伐。精音律，善琵琶。政和末年充大晟府典乐，宣和元年(1119)八月为大晟府乐令。他是周派词人中的写情高手，王灼《碧鸡漫志》称赞他："极能写人意中事，杂以鄙俚，曲尽要妙，当在万俟雅言之右。"其词仅存六首，其中《江神子慢》(玉台挂秋月)一阕，是运用周邦彦赋体写情之法而作的女子怀人词，为宋词名篇。

万俟咏(生卒年不详)，字雅言，自号大梁词隐。游上庠不第。徽宗朝任大晟府制撰。南渡初补下州文学。有《大声集》五卷，周邦彦、田为都为之作序，但集与序均已失传。近人辑得其词二十九首。其中《明月照高楼慢》、《恋春芳慢》、《安平乐慢》等都是任大晟府制撰时依月用律所进的应制之作，这些应制之作中堪称宋词名篇的则是《三台·清明应制》。除此之外，他的一些抒情小词如《诉衷情·送春》、《忆少年·陇首山》、《长相思·雨》等，也都是平而工、和而雅的佳作。他是大晟词人中影响仅次于周邦彦的一位名家，据说"每一章出，信宿喧传都下"(王灼《碧鸡漫志》)。南宋人甚至称他为"词之圣者"(黄升《中兴以来绝妙词选》)，虽不免偏爱夸张，也可见他在宋代影响之大了。

晁冲之(生卒年不详)，字叔用，人称具茨先生，济州巨野(今属山东)人。为晁补之的从弟，南宋著名藏书家晁公武之父。生于书香大族，父兄昆季多才士文人，浸染家族文学气氛，故早年即才华出众，崭露头角。但举进士不第，遂隐居于河南新郑具茨山下。政和年间，为大晟府丞。长于诗，名列《江西诗社宗派图》中。其词多写柔情离思，基本风调近于周邦彦，以音律谐婉、清丽含蓄见长。如其代表作之一《汉宫春·梅》，清人许昂霄评论道："圆美流转，何减美成！"(《词综偶评》)

3. 北宋晚期的俳谐词派。

前面所介绍的北宋前期、中期诸家诸词派，尽管艺术风格、审美倾向各不相同，但题旨与内容却大多是正经严肃的。而北宋晚期崛起的俳谐词派，却以滑稽游戏、打趣嘲笑为特征。词从唐五代时就有谐谑打趣之作，到北宋初年，更出现了专作俳谐词的"滑稽之雄"陈亚。但从唐代直至北宋中期，俳谐词都只是词人们偶尔为之的东西，只是涓涓细流，难以独自光大其体，更没有形成什么流派或群体。到北宋晚期，俳谐词大张声势形成流派的时机到来了。

所谓"时机"，是指当时政治腐败、社会黑暗和士人心态演变的大气候。王安石变法失败以后，统治集团对于自己的权威失去了信心，全靠镇压、打击政敌和收紧文网、钳制舆论来维系社会的"太平"。尤其是到了宋哲宗主"绍述"和宋徽宗重用大奸臣蔡京之际，政治更加腐败，言论更加不自由，词人愤世之情渐渐加深，但又没有正当的反映表达渠道，于是举凡对社会问题与腐败政局的憎恶、对世道人心的种种不以为然，都借嬉笑怒骂、冷嘲热讽的俳谐小词来加以宣泄。

北宋晚期这个松散的以滑稽嘲戏为特征的词派，并没有一个众望所归、成就卓异的宗主，也没有成员之间的群体唱和，更没有打出什么旗号和遵循什么统一的艺术规范，而只是一批生性幽默的文士不约而同地顺着一种风气创作，专门用一些短章小令来调笑嘲谑、讽刺世态或发泄牢骚。后人根据这批词人艺术趣味与审美倾向的趋同性，把他们追认为一个流派。

比如王灼《碧鸡漫志》虽未用“流派”之名，却实际上是把这些人作为一个派别来论述的。王灼的书中说明了这一词派兴起于宋神宗熙宁、元丰至哲宗元祐年间，而繁衍于徽宗政和之后，其代表人物则为：张山人、王齐叟、曹组、张衮臣等。

到了现代，词学家刘永济先生则在其《词论》一书卷上《通论》中首次明确地认定：北宋词“侧艳之外，复有滑稽一派”，并于其《唐五代两宋词简析》一书中介绍了此派的代表作家王齐叟、曹组二人，表扬他们“全用人民口语填词，内容又以滑稽调笑为主，……与俚俗新曲为近，与文人学士的雅调不同。”

除了王灼、刘永济介绍的这些人之外，俳谐词派中还有许多无名氏词人，他们讽刺时政、抨击社会丑态比那些知名文人更尖锐、更无所顾忌、更有火药味。由于种种原因，这一派的词流传极少，现仅举无名氏的两首作品为例：

(一) 宋徽宗即位之初，装模作样地下诏求“直言”，殊不知上书劝谏的大臣和廷试直言的举子通通获罪，于是汴京城里出现了这样一首讽刺徽宗的《滴滴金》词：

当初亲下求言诏，引得都来胡道。人人招是骆宾王，并洛阳年少。　　自讼监官并岳庙，都一时闲了。误人多是误人多，误了人多少！

(二) 北宋末的政治社会讽刺词中有不少抨击科举制度、揭露科场丑态的嘲诮之作。下面一首《青玉案》，就是步贺铸“凌波不过横塘路”一阕之韵，嘲笑徽宗政和年间举子赴试的可怜相的：

钉鞋踏破祥符路，似白鹭，纷纷去。试盏幞头谁与度？八厢儿事，两员直殿，怀挟无藏处。　　时辰报尽天将暮，把笔胡填备员句。试问闲愁知几许？两条脂烛，半盂馊饭，一阵黄昏雨。

4. 笃守“本色”而又各树一帜的婉约名家张先、秦观、贺铸。

在北宋词的流变史上，在本讲前面所介绍的柳永、晏欧、东坡、清真、俳谐五大流派之外，还有几位未曾跟从时流但又各显特色的第一流词人。他们被明代以来主张划宋词为“豪放”、“婉约”两大派的词论家定位于婉约派。从他们各自的大部分作品都笃守晚唐五代以来清切婉丽之正宗、都着重描写女性题材和女性美、都谐音协律宜于女声演唱这几点来看，笼统称之为婉约派亦无可厚非。但他们的艺术风貌和审美特征远非“婉约”二字所能概括。

严格说来，他们既未结成声气相通的一派，也并未倒向同时代的流派中的任何一派。他们与几大流派在艺术上分别有某些相合之处，但又与几大派的流派特征各有歧异。比如他们虽与二晏一欧一样喜写儿女柔情，但二晏一欧只是继承南唐传统，专以小令短章含蓄而概括地写景抒情，而他们却采纳新声时曲，兼用慢词长调，并在内容风格上显出北宋的特色。又如他们在采纳市井新声、运用长调慢词和铺叙手法上与柳永颇为相近，但在题材取向、风格情调上却大致尚雅，坚持士大夫意识，而力避柳永式的俚俗尘下。

再如他们虽也似苏轼那样在词中寓以诗人句法，并注意词的雅洁脱俗，但绝不像苏轼打通诗词界限，纵意言志抒怀和有意摆脱音律，而是严守诗言志、词缘情的传统，并注意协律可歌，做到“当行”和“本色”。又如他们虽也似周邦彦那样尚柔、尚雅、尚音律、讲章法，但却决不似周邦彦那样丽密质实、工巧细腻和流于雕琢与色绘。更不用说他们与俳谐词派在旨趣风格上的巨大差异了。与“时流”的种种不同倒是决定了他们互相之间有一点趋同：笃守传统词的音律谐美、表意婉约的“本色”，创造各自的“缘情绮靡”之新体。他们是:生活于北宋前、中期的张先和生活于北宋中、晚期的秦观、贺铸。

这三位词人都有创体开派的非凡才力,但由于当时社会环境的制约和更有力者(如柳永、苏轼、周邦彦等)的竞争,他们在词坛只创立了各自的一体,未能各自衍成一个流派。但他们所创之体在宋代地位重要,影响也很大。清代词话家论列唐宋词十四体时,就列有“张子野体”、“秦淮海体”、“贺方回体”(参见陈廷焯《白雨斋词话》)。

从传统的婉约正宗词历时态发展的角度来看,这三家词正好纵向连成一道词流,代表着婉约词风从北宋前期到中期再到晚期这三个阶段的面貌。从这个意义上来讲,可将这三家视为一个艺术倾向相近的宽泛而松散的准流派。兹分别简介于下:

(一) 俊逸精妙的“张子野体”。此体的创立者张先(990—1078),字子野,乌程(今浙江湖州)人。仁宗天圣八年(1030)进士。一生官卑职小,所任多为州县长官的助理之职,后以尚书都官郎中致仕家居。张先与晏殊、柳永同时,但其词体词风与晏、柳两大派都有所同而又有所不同,他所独创的“张子野体”,标示了北宋前期笃守“婉约”本色的一部分词人在晚唐五代遗音(晏欧属于这一派)与柳永一派市井新声的对立中所走的一条中间路线,是当时传统与创新两股势力之间互相转化的桥梁。

张先在保持文人词雅洁风格的同时,有意吸取市井新声来改变抒情小词的面貌,他是同辈人中除柳永之外仅有的大量写作长调慢词的词人。他处在词的体制由小令独盛转向慢词勃兴的关键时期,能够具有比词坛领袖晏殊、欧阳修更为开放的艺术胆量和眼光,在慢词的开拓上实际上成了柳永的同盟军,其功虽不及柳永,但也不可埋没。

近代词学家夏敬观评论说:“(张子野)词,凝重古拙,有唐五代之遗音，慢词亦多用小令作法……在北宋诸家中，可云独树一帜。”（《映庵词评》）这段评论简洁地阐明了“张子野体”的艺术特征。他作词善于琢字炼句，以尖新奇巧的警句传达特定的感情，烘托出优美的意境，并经常表现出一种有空间距离感的朦胧清幽、轻倩飘浮的美。

宋代词坛有拿作者的警句起绰号的风气，张先因为警句多而成了当时绰号最多的词人：比如他因为其《行香子》词中有“心中事，眼中泪，意中人”三句而被称为“张三中”；又因为其《一丛花令》中有“沉恨细思，不如桃杏，犹解嫁东风”之句而被呼为“桃杏嫁东风郎中”；还因为其词中有几十处用“影”字的句子，其中“云破月来花弄影”、“娇柔懒起，帘压卷花影”和“柳径无人，堕风絮无影”三句最为人传诵，被呼为“张三影”。

（二）清丽婉约的“秦淮海体”。秦观（1049—1100），字少游，一字太虚，号邗沟居士，学者称淮海先生。高邮（今属江苏）人。为苏门四学士之一。他因与苏轼的关系密切而被入元祐党籍，惨遭贬谪，被流放到广西等地，最后病逝于藤州（今广西藤县）。

秦观在四学士中最受苏轼赏识，但作词偏偏不走老师的路子，而是开径独行，走婉约正宗之路。他比他的词学前辈张先要小六十来岁，是北宋婉约词发展第二个阶段的代表人物。从张先到秦观，意味着婉约“正宗”词从开拓体制（兼采市井新声，创制长调雅词）、追求意精语新的第一阶段，过渡到了发挥柔婉纤丽的特质、专写缠绵悱恻的词心的第二阶段。所谓“秦淮海体”，简单说来就是：承继“花间”、南唐的传统而参以本人幽微深细的“词心”，沿着主情志、尚阴柔之美的方向，将曲子词要眇宜修、言美情长、音律谐婉的艺术特质发挥到了极致。

自宋以来，秦观被不同时代的人们公认为当行本色的婉约正宗：他的同门陈师道誉之为“当代词手”（《后山诗话》）；年辈稍晚于陈师道的叶梦得则说他“善为乐府，语工而入律，知乐者谓之作家歌，元丰间盛行于淮、楚”（《避暑录话》卷下）；宋末张炎也说：“秦少游词，体制淡雅，气骨不衰，清丽中不断意脉，咀嚼无滓，久而知味”（《词源》卷下）；明人张延推之为婉约一体的代表者；近代况周颐更是称赞秦观词美如“初日芙蓉，晓风杨柳”（《蕙风词话》卷二）……秦观词中《满庭芳》（山抹微云）、《望海潮》（梅英疏淡）、《鹊桥仙》（纤云弄巧）、《踏莎行》（雾失楼台）等等，都是千古传诵不衰的婉约词经典。

（三）秾丽与雄奇兼备的“贺方回体”。继张先、秦观之后，贺铸在北宋末年以独创的“贺方回体”显名于当世，成为正宗词流的强大后劲，并以他豪、婉兼擅的新词风预示着两宋词风即将面临一次大的转变。

贺铸（1052—1125），字方回，号庆湖遗老，卫州共城（今河南辉县）人。出身于没落贵族家庭，为太祖孝惠后族孙。本人资兼文武，先任武职，后因苏轼等人推荐改任文官。晚年退居苏州、常州，北宋灭亡前两年逝于常州僧舍。贺铸作词，虽然基本上遵守婉约传统，但由于他个性复杂，经历丰富而又才富学赡，所以写出了一些堪与苏轼、辛弃疾比美的豪放悲慨的壮词，从而使“贺方回体”呈现刚柔相济、五彩斑斓的大观。他的婉约风格的代表作是下面这首写爱情的小词《青玉案》：

> 凌波不过横塘路，但目送、芳尘去。锦瑟年华谁与度？月桥花院，琐窗朱户，只有春知处。　　飞云冉冉蘅皋暮，彩笔新题断肠句。若问闲情都几许？一川烟草，满城风絮，梅子黄时雨。

而他的豪放词的代表作则是下面这首有如侠客自画像的政治

抒情词《六州歌头》：

> 少年侠气，交结五都雄。肝胆洞，毛发耸，立谈中，死生同。一诺千金重，推翘勇，矜豪纵，轻盖拥，联飞鞚，斗城东。轰饮酒垆，春色浮寒瓮，吸海垂虹。闲呼鹰嗾犬，白羽摘雕弓，狡穴俄空，乐匆匆。　似黄粱梦，辞丹凤，明月共，漾孤篷。官冗从，怀倥偬，落尘笼，簿书丛。鹖弁如云众，供粗用，忽奇功。笳鼓动，渔阳弄，思悲翁。不请长缨，系取天骄种，剑吼西风。恨登山临水，手寄七弦桐，目送归鸿。

像《六州歌头》这样的壮词在贺铸的《东山词》中虽然只是少数，但它们预示的是一个新的审美倾向，隐隐然下开南宋前期那股波澜壮阔的豪放词流。

第四讲　兰畹花间百辈词，千年流派我然疑

——宋词发展阶段及其风格流派(下)

四、词风巨变的南渡词坛

公元1127年的“靖康之变”——金人入侵、北宋帝国覆灭和汉族政权南迁——是宋代历史上的一大变局。就文学领域来看，这一事变好似一场陡然从天而降的特大风暴，顷刻之间摧毁了旧有的一切，改变了创作环境，改变了文学家的心态和兴趣，改变了时代的审美趣尚，改变了文学创作的题材取向和反映内容，改变了作家个人、文学群体及流派的风格。

在词坛上，几百年来“婉约”一体独尊的局面消失了，词风剧烈转变了，新的符合时代潮流的词体、词人群体和流派崛起了。其中最显著的变化就是，政治对于文学的积极介入，导致北宋中期由苏轼开创的“言志”一派此时迅速衍成巨流，使得南宋前期七八十年中以颂扬爱国精神、鼓吹抗金北伐为核心内容的“豪放派”独领风骚，形成与北宋词迥然不同的时代特色。于是宋词的发展进入了它的第三阶段——宋南渡时期。

这里对人们习惯称呼的“南渡时期”作一个时间上的大致划分。这一段时间，可以徽宗宣和七年(1125)金兵首次南侵为起始，以孝宗隆兴二年(1164)宋、金对峙局面确定下来为结束，总共有四十年。这是包括金人入侵、北宋灭亡、高宗南渡和金人不断压迫欺

凌南宋等一系列重大事件的一个极为动荡的历史时期。

这段时期,一大批随宋室南迁的词人饱受战乱之苦,纷纷转变了词风,加入到南宋抗战文艺的主流之中,完成了宋词发展历程中由北宋词向南宋词的根本转变。一大批生活和创作年代横跨北、南宋的专业或非专业的词人(前者如张元幹、向子諲、叶梦得、朱敦儒、李清照等,后者如李纲、赵鼎、王以宁、岳飞、胡铨等),共同变承平时的欢愉柔婉之调为战乱后的慷慨悲壮之音,开启了一代新词风和新词派。

这个庞大的南渡词人群体的崛起,并非只意味着词体文学由北宋向南宋的短暂过渡,而是奠定了南宋词的新风格与新流派的基础,他们自身就足以作为一个历史时期民族精神和审美思潮的代表。现在对这个阶段词坛上主要的群体和流派作一个简略的介绍。

1. 慷慨悲壮的英雄豪杰词派。

这一派作者多半是投身于疆场或政坛、以自己的文韬武略去保卫国土和主持国政的栋梁人物,他们多半不是专力作词,而是在从军、从政之余以词为"陶写之具",纵意抒发爱国激情和忧时之思。因而他们一般并不是刻意学习苏轼"以诗为词",而是因言志之需不期然而然地接续苏轼词中豪雄奔放那一部分词的作风。他们作词是为了自励和鼓舞同僚及部下的斗志,因而一般都无暇或不屑顾及音律的精审和字面的妥帖,只以见真性情、显大气魄为贵。

这一派词,在摆脱婉约正宗的局限、以词为诗的一体这一点上对苏轼词派有所继承,但更多地是为词体灌注了英雄豪杰之气和时代忧患色彩,成为继之而起的南宋前期辛稼轩豪放词派的先导。这一派词人又可以按身份角色和性情学养的差异细分为:(一)以岳飞为代表的将帅、军人词人;(二)以李纲、李光、赵鼎、胡铨等"中兴四大名臣"为代表的宰辅重臣词人；（三）以张元幹、张孝祥为代表的以文人之资而积极参与军国大事的士大夫词人。这三个群体中，当推以"二张"为代表的士大夫词人的艺术成就最高，在词史上的影响最显著。现对这几位英雄豪杰词人简介如下：

岳飞（1103—1142），字鹏举，相州汤阴（今属河南）人。出生农家，却自幼苦读兵书，具备了文韬武略。北宋末金兵首次南侵时，年方二十三岁的岳飞就已从军杀敌。南渡后，他在抗金战争中屡建奇功，迅速成长为撑持危局的主要军事统帅。他率领的岳家军以湖北武昌为基地，出师北伐，大败金兵，威震中外。绍兴十年（1140）岳家军北进中原，在河南偃城、朱仙镇两次大破金兵，正要乘胜北上，直捣黄龙府，被昏君赵构和汉奸宰相秦桧强令班师回朝。秦桧设冤狱，将岳飞杀害于杭州风波亭。

岳飞传世的两首抒情言志歌词《满江红》（怒发冲冠）和《小重山》（昨夜寒蛩不住鸣），唱出的是南渡词中的时代最强音，它们表达了击败敌人、收复故土的爱国信念，充分反映了当时南宋军民崇高的民族气节和战斗意志，并且代表了古代中华儿女顽强斗争的民族精神，所以八百年来一直传诵不衰。

李纲（1083—1140），字伯纪，邵武（今属福建）人。徽宗政和二年（1112）进士。钦宗靖康元年（1126）金兵围汴京，他以尚书右丞为亲征行营使，指挥汴京保卫战，并号召天下兵马勤王。高宗即位，拜右丞相，上十议，力主抗金北上，但为汉奸黄潜善所阻，在相位仅七十五日，即被罢至鄂州居住。起复后，又多次被罢黜，五十八岁时病故。有《梁溪词》一卷。

其词专以阳刚之调抒写爱国政治情怀，风格豪壮清雄，一如其人。其代表作是作于绍兴之初的《苏武令》（塞上风高），此词先写北疆荒凉景象及徽、钦二帝蒙尘之惨，次叙孤臣报国的忠忱及救民的宏愿，末叙自己将统领精兵，平戎万里，统一祖国。其精忠大节在篇中尽情吐露,堪为岳飞《满江红》词的先声。

李光(1078—1159),字泰发,越州上虞(今属浙江)人。徽宗崇宁五年(1106)进士。南渡后历官至参知政事(副宰相)。因面斥秦桧"怀奸误国",为桧所恶,屡遭贬谪,一直被流放到海南岛。秦桧死后方得北还,行至江州病逝,年八十二。他是南渡诸臣中著名的方正刚直、力主抗金的领袖人物之一,南渡之前即与李纲订交,在后来的政治斗争中,二人相互支持,彼此勉励,屡通音问,并频频进行诗词唱和。二人词风也相近似,皆以表现从政士大夫的慷慨悲壮之怀和忧时伤世之思为尚。其代表作《水调歌头》(兵气暗吴楚)等篇,就是这样的豪壮之词。

赵鼎(1085—1147),字元镇,自号得全居士,解州闻喜(今属山西)人。崇宁五年与李光同榜进士。南渡后累官至右丞相兼枢密使。因力主抗金,反对和议,被秦桧所排挤,贬官流放,一直流放到海南岛。在海南居三年,知秦桧必欲杀己,乃绝食而死。死前自书铭旌道:"身骑箕尾归天上,气作山河壮本朝。"他是南渡名相,与李纲齐名,是抗战派的两面旗帜之一。他的词传世不多,但其词品与人品高度一致,诚如词话家所论:"清刚沉至,卓然名家,故国故君之思,流溢行间句里。"(况周颐《蕙风词话》)其代表作《满江红》(惨结秋阴)就是这样的作品。

胡铨(1102—1180),字邦衡,号澹庵,江宁(今江苏南京)人,避地居庐陵(今江西吉安)。高宗建炎二年(1128)进士甲科。绍兴七年(1137)为枢密院编修官,秦桧决策对金乞和,胡铨上疏力辟和议,请斩秦桧等奸党,声震朝野。被除名送新州编管。五年后被流放海南。秦桧死去的第二年,才被赦回内地。孝宗即位后复官,历官至工部侍郎,以资政殿学士致仕。胡铨与李光、赵鼎都被贬海南,在海南时来往密切,诗词酬唱和书信往来不绝,三人既是志同道合的政治难友,又是文学上趣味相投的一个流派。从词的创作来看，胡铨的慷慨悲壮的基本风调也与李纲、李光、赵鼎相近。其最负盛名的自明心志之词《好事近》（富贵本无心），就是这样的作品。

张元幹（1091—1161），字仲宗，号芦川居士，又号真隐山人，福州永福（今福建永泰）人。向子諲为其舅父。徽宗政和初为太学上舍生。靖康元年（1126）金兵围汴京，元幹入李纲行营使幕府，辅佐李纲指挥战斗，并登城楼与金兵浴血苦战。汴京沦陷后，元幹南下避难，漂泊吴越。李纲为相，启用元幹为将作监。后因不为主和派所容，挂冠归福州。胡铨上疏请斩秦桧时，李纲也因反对和议而罢居长乐，元幹赋《贺新郎》词相赠，表示对其抗金主张坚决支持。后胡铨被除名送新州编管，亲朋好友都避嫌畏祸不敢沾边，唯独元幹持所赋《贺新郎》一词亲为胡铨送行。秦桧知道此事后，竟然将元幹追赴大理寺狱，除名削籍。出狱后，他漫游江浙各地。最后客死平江（今江苏苏州），年七十一。

张元幹的词，也像他的舅父向子諲一样，分为江北旧词和江南新词两部分：江北旧词是"女儿词"，追随秦观、周邦彦，风格婉约；江南新词则纯然是英雄豪杰之词，专以慷慨悲壮之调，抒其抗战爱国之情。其压卷之作，便是调名《贺新郎》的《寄李伯纪丞相》、《送胡邦衡待制赴新州》二篇。《四库全书总目·芦川词提要》称赞这两首词："慷慨悲凉，数百年后尚想其抑塞磊落之气。"

张孝祥（1132—1169），字安国，号于湖居士，历阳乌江（今安徽和县）人。绍兴二十四年（1154）进士及第，廷试第一，因及第后立即上书为岳飞伸冤，触怒秦桧，竟使人诬告其父张祁谋反，将其下狱。秦桧死后，张父方得出狱，孝祥也才得入仕。他在朝为官时，屡上奏议，提出抗金主张和治国方略。任地方官时，他严明法纪，摧抑豪强，赈济灾荒，使"庭无滞讼"。张浚北伐时，任命他为建康留守。继因北伐失败，他被主和派以曾经赞助张浚的罪名弹劾落职。后起任几路地方长官,乾道五年(1169)因病以显谟阁直学士致仕,退居芜湖。当年去世,享年三十八岁。

张孝祥是一位政治使命感极强而又具有从政资质才略的著名爱国者,他的词今存二百二十余首,多方面地反映了作为动乱时代政治家的张孝祥丰富的精神世界,其中尤以直抒其忠愤慷慨的爱国激情的篇什成就最高,也最感人。其压卷之作,当推《六州歌头》(长淮望断)、《念奴娇·过洞庭》。这两首词不但是《于湖居士长短句》中最优秀的篇章,而且也是宋词中传诵不衰的经典。

2. 由感伤转入旷达的学苏派。

这是一个由一批跟随宋高宗南渡的文人士大夫组成的词人群体,其中成就较高者是叶梦得、向子諲、陈与义、吕本中、朱敦儒、韩驹、徐俯等人。另有一位身份特殊的和尚词人惠洪从艺术风格来看也属于这个词人群。这个文士词人群与上述英雄豪杰词人群有同有异。相同之处是:他们都经历了"靖康之难"和宋政权南迁,产生了强烈的民族忧患意识和爱国思想,转变了词风,并或多或少参加过抗金斗争和南宋初年的政治活动,在一定时期和一定程度上将这些经历也反映到了词中,使他们的词也带上了感伤和慷慨悲凉的时代色彩。

相异之处有三点:(一)英雄豪杰词人在当时的政治、军事活动中有"舍我其谁"的强烈使命感和角色意识,身为政治家或军事家,"业余"作词,全是为了抒写自己的政治抱负或宣泄对时事的苦闷和不平之情,他们的作品虽难免有时也感伤低回,但基调是豪壮慷慨的;而纯粹的文人词人则使命感较弱,性情也比较软弱,虽也能慷慨悲歌,但多半只能作感伤低沉之吟;(二)与上一点相关联,英雄豪杰词人虽处困厄之境,犹如虎在柙,要怒吼狂吟,壮志不衰,豪情仍在(如胡铨在词中痛骂"有豺狼当辙",李光倔强地"矫首讯苍穹",张元幹高呼"犹有壮心在"等等),并始终用豪壮之词来宣泄豪壮之情；而文人词人则因现实政治的黑暗和看不到抗金事业的前途而易生消极情绪，最终徜徉山林，优游卒岁，其为词也不再发悲慨雄豪之音，而完全转入清旷颓放之吟；(三) 与上两点相关联，这两个词人群虽然都学习苏轼，但所取各有侧重，所得也颇有不同：英雄豪杰词人取苏轼思想中"登车揽辔，有澄清天下之志"的积极用世的一面，学苏轼以词言志，词风趋向于苏词中少量的清雄豪放、壮气感人之作；文人词人则偏取苏轼思想中超然物外、心平气和、随缘自适的一面，作词力追苏词清旷超逸、通脱自然的主导风格，并将之发展为南渡时期后半期的一种基本风格。

这批词人中学苏最为成功的是向子諲、陈与义、叶梦得三人。他们南渡后所作的学苏之词受到了当时人的肯定和赞扬。

向子諲(1085—1152)，字伯恭，号芗林居士，河南开封人，后卜居临江军清江(今江西清江)。为宋初宰相向敏中五世孙，神宗皇后向氏的再从侄。哲宗时以恩荫补官，徽宗时为京畿路转运副使兼发运副使。靖康之难后统兵勤王，任江淮发运副使，因与李纲善，被奸相黄潜善所罢。建炎三年(1129)起复知潭州。金兵围城，子諲率军民死战。城破，又坚持巷战。后在任平江知府时，金国议和使将入境，子諲以不肯拜金诏书而得罪秦桧，遂明哲保身，请求致仕，营建芗林别墅于临江军清江，作清旷小词以啸傲山水，隐居十余年而卒。

向子諲晚年自编平生所作词为《酒边集》二卷，上卷为南渡后学苏之词，称"江南新词"；下卷为北宋时旧作，全为婉丽香艳小词，称"江北旧词"。由此可见他对自己南渡后转变词风、努力学苏所作之词的看重。因此当时胡寅为这部词集作序，称赞道："芗林居士，步趋苏堂而哜其胾者也。"

陈与义(1090—1138)，字去非，号简斋，洛阳(今属河南)人。南渡前登政和三年(1113)上舍甲科，官太常博士。靖康难起，他仓促南逃，饱受流离之苦。绍兴元年(1131)召为兵部员外郎。二年，迁中书舍人。四年，出知湖州，擢翰林学士、知制诰。七年，拜参知政事。明年，以病辞职退隐。当年冬天去世，年方四十九。陈与义是诗人而兼词人，他南渡后作词学习苏轼的清旷飘逸，在南渡词人中属于正宗的苏派。其最为优秀的作品是那篇与苏词风格毕肖的《临江仙·夜登小阁忆洛中旧游》。南宋黄升《中兴以来绝妙词选》评此词道："语意超绝，可摩坡仙之垒。"清陈廷焯《白雨斋词话》也说陈与义："笔意超旷，逼近大苏。"

叶梦得(1077—1148)，字少蕴，苏州长洲(今江苏苏州)人。哲宗绍圣四年(1097)进士。历官翰林学士、知汝州、知蔡州、知颍昌府。南渡后，建炎二年(1128)除户部尚书。次年迁尚书右丞。绍兴间两镇建康，为江东安抚制置大使，兼知建康府、行宫留守，致力于抗金防务，兼总四路漕计，以给馈饷，军用不乏，使诸将得悉力以战。这是他人生中最辉煌的一段经历。后加观文殿学士，移知福州。上章请老，致仕隐居于湖州卞山石林谷，自号石林居士，啸咏自娱以终。

叶梦得是南渡词人中艺术成就较高的一家，他的词主要是学习苏轼，佳作不少，所以王灼《碧鸡漫志》肯定他学苏"亦得六七"。但他的词风也有一个转变过程。他在南渡之初也写过一些抒发悲慨情怀的壮词，比如其名篇《水调歌头·九月望日与客习射西园，余病不能射》，词学家就认为有"百尺楼头气概"(俞陛云《唐五代两宋词选释》)。当他中年之后渐生退隐之心，刻意要以啸傲山林为乐、与清风明月为伍时，其词的风格就转向平淡清旷了。所以同时人关注其作《题石林词》，称叶梦得"晚岁落其华而实之，能于简淡时出雄杰，合处不减靖节(陶渊明)、东坡之妙。"

3. 开径独行的女词人李清照。

上面所介绍的两个南渡词人群体，尽管风格有所不同，却都是男性词人的组合体，他们的词都带上了男性词人共有的男性特征。但南渡词人中确有一位以“如今憔悴，风鬟雾鬓，怕见夜间出去”的独特身姿与众男子比肩而立的女词人，她一个人的存在，在那种男权社会里的文学界就足抵一个词派的存在。这是因为，她在那个由男性词人统治的词坛上开径独行，划下了一道与众不同的艺术发展轨迹，另外开放了一朵色、香、味都与众不同的艺术之花。她，就是被认为是唐宋词史上真资格的婉约之宗的女词人李清照。

李清照在北宋末年也和男性词人们一样，用柔婉的小词咏叹着爱情和闲情；但在“靖康之难”以后，她却彻底转变了词风，用自己独特的声调和旋律，参加了苦难时代的悲怆大合唱。关于李清照，本书第八讲还将详细介绍，这里从略。

4．超然物外的供奉词人群与隐逸词人群。

在宋南渡词坛上，在上述几个流派、群体和杰出个人之外，还有两个基本上游离于时代审美主潮之外的词人群体，这就是混迹于南宋宫廷专事应制之作的供奉词人群和遁迹于山林自咏其世外之乐的隐逸词人群。这两个词人群共同的一个特点是，他们在“靖康之难”前后词风并无显著变化，都与血与火的时代保持着一定的距离，但两个群体的人在人品、词品与词风上又有着明显的差别。

（一）混迹于宫廷的供奉词人群，是一批所谓“东都故老”，他们随宋政权南迁，到杭州后成为宫廷文学侍从之臣，活跃于高宗一朝至孝宗朝初期。他们的词以取悦于皇帝的应制之作为多，其形迹与人品有类于南朝的江总和唐初的宗楚客、崔湜等。他们的那些应制词，不消说都缺乏思想意义和艺术价值，但其中有些人因为曾经奉命出使金国，目睹南北分裂的现实，不能无动于衷，所以也写下了少量忧时伤世的有意义的词篇。这一派词人中名气较大、成就也较高的是曹勋、康与之、曾觌、史浩、张抡五人：

曹勋（1098—1174）字公显，号松隐，为北宋俳谐词家曹组之子。阳翟(今河南禹县)人。有《松隐乐府》三卷,其中大多是宫廷应制词和咏物词。但由于几度使金,不能心无所感,所以也写下了《饮马歌》这样有现实气息的边塞词。

康与之(1127 前—1177 后),字伯可,号顺安,原籍登封(今属河南),家陈州宛丘(今河南淮阳县),遂为宛丘人。建炎初,高宗驻扬州,与之上《中兴十策》,名震一时。后媚事秦桧,并成为宫廷应制词人。他的词,音律谐婉,多杂俗白之语,风格追随柳永,为南宋学柳第一名家。其词传世者仅二十五首,其中《长相思》(南高峰)等可称为通俗而不鄙俗的佳作。

曾觌(1109—1180),字纯甫,号海野老农,汴京(今河南开封)人。是高宗朝晚期和孝宗朝前期的宫中侍宴应制词人。他的词多半都写于侍奉高宗、孝宗的筵席上,所以总体成就不高。但他乾道六年(1170)奉使入金途中所作的《金人捧露盘》、《忆秦娥》等作,却感慨淋漓,与南渡众多英雄豪杰词人同调,黄升《中兴以来绝妙词选》评之为"凄然有黍离之悲"。

史浩(1106—1194),字直翁,明州鄞县(今属浙江)人。孝宗朝官至宰相。他一生久处高位,安享富贵,所以他的词多半是应制颂圣词、寿词、劝酒词、时令佳节及朋友应酬词,文学价值不高。他对词的贡献主要在于他的集子里所保存的那七套大曲歌词——亦即供歌舞连续表演用的整套脚本。

张抡(生卒年不详),字才甫,号莲社居士,汴京(今河南开封)人。高宗绍兴年间多次奉命使金,并当过金国来使的接伴使。黄升《中兴以来绝妙词选》说他是"南渡故老,及见(北宋)太平之盛者。集中多应制之词"。这些都与曹勋、曾觌相似。他的词中较为可取的,也是少数伤时怀旧的作品,比如怀念汴京的《烛影摇红·上元有怀》便是。

(二) 遁迹于山林的隐逸词人群。这是一群比供奉词人距离现实生活更远的山林高士。他们仅仅是生活于南渡这一历史时期，但并没有如上述的绝大多数人那样由战乱的中原播迁流离到南方，而是本来就出生和成长于山清水秀的江南大地，在山光水色中自得其乐。大宋江山南北分裂之后，他们或许也感受到了时代的变迁和社会的动荡，但根本没有或大致上没有改变自己一贯的生活态度与生活方式，相应地，他们在词的创作上一如既往地沿着北宋时的审美艺术倾向继续运动，基本上没有改变自己的词风。

这是南渡词坛上置身于血与火、泪与恨的主潮外的独特的一群或一派。他们人数不少，其中艺术个性比较鲜明、成就也比较显著的是苏庠、杨无咎、周紫芝、吕渭老等人。

苏庠(1065—1147)，字养直，自号眚翁，澧州(今湖南澧县)人。后卜居润州丹阳(今属江苏)之后湖，更号后湖病民。高宗绍兴间曾受朝廷征召，固辞不赴，隐居终老。他的词，多写其闲适恬淡的生活，幽婉爽洁，兼清旷与柔丽之美，自北宋至南渡，贯穿其一生，并无明显的作风改易。这当然与他终身隐居不仕的经历和志趣是直接相关的。他的代表作《鹧鸪天》(枫落河梁野水秋)等，反映的正是他的隐士作风。

杨无咎(1097—1171)，字补之，自号逃禅老人，又号清夷长者，清江(今属江西)人。高宗朝，他因为不满秦桧所为，屡被征召而不就，人品甚高。向子諲晚年隐居芗林，常与他诗酒唱和。工书画，尤善画梅，又工词，故人称“逃禅三绝”。其词抒情委婉，风格清丽，当时人们就认为它们“不减‘花间’、‘香奁’及小晏、秦郎得意之作”(南宋刘克庄《杨补之词画跋》)。比如他的自题其墨梅图的《柳梢青》十首，就是借梅花自寓审美理想与人格精神的佳作。

周紫芝(1082—1155)，字少隐，自号竹坡居士，宣州(今安徽宣城)人。早年为隐士，六七十岁之间出来做了几任小官，后又重新隐居，直至去世。所以他一生基本上还是一位隐士。他自称“少时酷喜小晏词”(《鹧鸪天》小序),故其《竹坡词》三卷,大多数是清丽婉约之作,风格近于晏几道。

吕渭老(生卒年不详),一作滨老,字圣求,嘉兴(今属浙江)人。一度为朝官,后归隐故里,是一位山林隐逸。他作词追随北宋晚期绮艳之风,其《圣求词》一卷,多是风格介于周邦彦、柳永之间的婉媚深窈之作。

五、稼轩派引领风骚的南宋前期词坛

这里所谓南宋前期,大致是指从孝宗乾道元年(1165)起至宁宗开禧三年(1207)止(这一年辛弃疾去世)这四十三年的时间。“靖康之难”后国运危殆的社会现实,激起了南宋士大夫们“天下兴亡,匹夫有责”的强烈使命感,唤回了自晚唐五代以来沉埋了二百多年的“男子汉精神”,在一向重文轻武、尚柔抑刚的宋代文化土壤里陡然间吹起了一股强劲的崇武尚刚之风。这种时代精神的新变反映到文艺创作上,便是慷慨豪壮的吟唱成为众流朝宗的审美主潮。

在词坛上,代表这一审美主潮的,最先是以爱国英雄志士为主干的南渡词人群体。但是,到了高宗朝与孝宗朝交接之际,因南宋偏安渐成定局,江南人心士气重新陷入低落迷惘之中,且南渡英雄志士们大多数或死或隐,基本上停止了慷慨豪壮的吟唱,这样,这个审美主潮面临落潮乃至断流的危险,一时间声浪渐小,远远不如建炎、绍兴之时那样壮阔磅礴了。

在这存亡绝续的关键时刻,从北国南下的抗金英雄辛弃疾,以飞将军的雄姿闯入词坛,以其“喑呜鸷悍”之气,光大南渡词风,建立起以他本人为盟主的强大的稼轩词派,从而使新时代的审美主潮重现高潮,并绵延至南宋中晚期而余波不绝。稼轩词派,是南宋前期词坛审美主潮的最高代表，也是整个南宋时期人数最多、艺术生命力最强大且影响最深远的第一大词派。

1．稼轩派的主帅和灵魂：失意英雄辛弃疾。

辛弃疾(1140—1207)，字幼安，号稼轩居士，济南历城(今山东济南市)人。他出生时，山东地区沦陷于金已十三年。弃疾受有爱国思想的祖父辛赞的影响，自幼便立下了抗击入侵者、恢复祖国统一的宏图大志。绍兴三十一年(1161)，金主完颜亮举兵南侵，后方空虚，中原抗金义军趁时蜂起。二十二岁的辛弃疾聚众两千人在济南南面的山中起义，成为反金游击将军。次年他率众加入济南农民耿京率领的强大起义队伍，被任命为掌书记。旋即受耿京之命奉表渡江归宋。从此留在南方，继续为抗金复国事业奋斗。

但这位民族英雄生不逢时。他来到南方直至去世的四十多年，不巧正是南宋抗金的低潮期。他刚到南方时，宋孝宗起用张浚主持北伐，这次北伐刚挺进到符离即告溃败，宋廷慌忙与金媾和，从此宋、金南北对峙的局面稳定下来，几十年间宋廷上层人物不敢再言抗战北伐，主和派重占上风。在这样的可悲形势下，辛弃疾英雄无用武之地，宋廷不让他参与军国大事，只是时不时委任他为地方官，利用他的才能来解决一些地方治安和民政问题。

辛弃疾不顾自己职位低下，屡屡向朝廷上书，陈述对抗战北伐与其他军国大事的意见和建议，但最高当局都不予采纳。宋廷只用他安内而不用他攘外，只用其人而不问其志，这使他后半生陷入无可解脱的精神苦闷之中。所以他的知心朋友陈亮为他惋惜说：“真鼠枉用，真虎不用。”不但如此，就在辛弃疾不能尽展其才的地方官任上，他也因主和派的诬陷打击而屡遭罢废，长期投闲置散，在南方的四十多年中，竟有大约二十来年被迫隐居在江西农村田园之中，由一只“真虎”变成了潜伏爪牙卧荒丘的“闲虎”和“废虎”！最终在铅山瓢泉含恨去世。

但辛弃疾始终是一个战士。他在失意之余以笔作剑,成功地用文学创作来替代了或者说补偿了自己政治上的未竟之业。他的悲壮慷慨的词章震撼了当时的词坛,并带出了一个延展近百年而不衰的稼轩词派。关于他的词,本书第八讲将作详细介绍和评论,这里先略述稼轩派的产生、发展过程,检阅一下稼轩派的强大阵容。

2. 稼轩派:志同道合的爱国者的集合体。

辛弃疾在政治上不幸是一个失败者,但他在政治和文学活动中却决不是一个孤立者,恰恰相反,他以自己卓绝的才华和强大的人格魅力,呼朋引类,广事交游,几十年间在他周围聚集了一批志同道合的政友兼文友。以他本人为核心的这个文人集团,虽然并无固定的组织形式、团体名称和聚合地点,但却在事实上构成了南宋时期声势最浩大、影响最深远的一个词派。

辛弃疾与他的这些政友文友之所以能在词的创作中结成一派,除了文学上气味相投之外,更主要的是他们有着共同的思想基础。这些人与辛弃疾一样,都是满腔热血、志在事功的新一代爱国者,都立志献身于恢复大业,都以改变偏安局面、促成抗金北伐为己任,都对孝宗、光宗二朝及宁宗朝之初南北对峙的胶着状态极为愤恨和不安,因而都有着满腹的政治牢骚和怨气。因此他们与辛弃疾一拍即合,声气相通,无论在政治上或文学上都成了战友和同盟军。

这个庞大群体的成员来自社会各阶层,上有名公巨卿、赵宋宗室,中有地方文武官吏、大小乡绅,下有布衣山民,范围极广,人数很多。我们在这里只能择取几位艺术成就较高、社会影响较大的作者介绍一下。

(一) 稼轩派第一健将陈亮。陈亮(1143—1194),字同甫(一作同父),号龙川,婺州永康(今浙江永康)人。他大半生以布衣奔走于各地，但一直不得志，五十一岁时才中进士第一，五十二岁授官，未及到任即不幸病逝。他是南宋著名思想家，“永康学派”代表人物。提倡事功，反对理学家空谈性理。政治上力主抗金，曾多次上书朝廷，倡言恢复，完成北伐统一大业，因此与辛弃疾十分投契，二人既是政治知音，又是艺术旨趣相近的词友，二人多次以词唱和，以此来交流思想，探讨救国之道。

陈亮作词意在陈述自己“平生经济之怀”，他的词可以说是稼轩派诸名家中政治意识最鲜明、现实功利性最强的。他的政治抒怀的著名词篇有《贺新郎·寄辛幼安，和见怀韵》、《水调歌头·送章德茂大卿使虏》、《念奴娇·登多景楼》和《水龙吟·春恨》等。

(二) 稼轩派第二健将刘过。刘过(1154—1206)，字改之，自号龙洲道人，吉州太和(今江西泰和县)人。出身贫寒，但少怀志节，勤苦向学，读书论兵，好言古今治乱盛衰之变。自幼便立下抗金复国之志，并希望通过科举考试得到重用，为北伐大业效力，但却屡试不第，只好浪迹江湖，寄人篱下。与陆游、陈亮、辛弃疾等人交游唱和。布衣终身，最后病逝于江苏昆山。他比辛弃疾小十四岁，比陈亮小十一岁，在稼轩派词人中属于晚辈。

与陈亮的平揖稼轩、联辔并进的战友姿态不同，刘过对稼轩更多的是崇拜、追随和潜心学习，其《呈稼轩》绝句称：“只欲稼轩一题品，春风侠骨死犹香。”可见他是辛弃疾的最虔诚的崇拜者，是辛氏门下未曾正式行拜师之礼的一位学生。因此他的词大多趋向“稼轩风”，其代表作有：《六州歌头·题岳鄂王庙》、《沁园春·御阅还上郭殿帅》、《念奴娇·留别辛稼轩》、《唐多令》(芦叶满汀洲)等。

(三) 稼轩派中的老一辈词人韩元吉、陆游。

韩元吉(1118—1187)，字无咎，自号南涧翁，颍昌(今河南许昌)人，宋室南渡后寓居信州(今江西上饶)。历任州郡长官，入朝后于乾道九年(1173)奉命出使金国，除吏部尚书。晚年归老于信州。与陆游、辛弃疾多有唱和,词风皆趋向豪壮悲慨一路。其代表作有:《好事近·汴京赐宴闻教坊乐有感》、《霜天晓角·蛾眉亭》、《水调歌头·寄陆务观》等。

陆游(1125—1210),字务观,号放翁,越州山阴(今浙江绍兴)人。他是人所熟知的南宋第一大诗人。与辛弃疾专力作词不同,陆游的主要成就在诗不在词,他仅仅是以余力偶作小词。但他的词毕竟具有一个厚积薄发的文学大师的独特风采和鲜明的南宋时代特色,足以在南宋中兴词人群体中自成一家而毫无愧色。

陆游的词,豪、婉兼擅,但以雄放悲慨为主调,以他在诗中反复咏唱的忧时爱国之情为主要内容,成为在风格、旨趣上颇为接近其友人辛弃疾的一家,所以词史上向以"辛陆"并称。其豪放名篇有:《夜游宫·记梦寄师伯浑》、《汉宫春·初自南郑来成都作》、《诉衷情》(当年万里觅封侯)等。

3. 南宋中后期的稼轩派词人。

南宋中后期,词坛上"歌词渐有稼轩风"(戴复古《望江南》),声势浩大的稼轩词派,在稼轩晚年和稼轩辞世后仍然具有强大后劲,出现了一批又一批的殿军人物。现将这些词人中成就和影响较大者分作三类简介于下:

(一) 亲炙稼轩风的杨炎正、程珌、黄机、岳珂等人。

杨炎正(1145—1216?),字济翁,庐陵(今江西吉安)人。是杨万里的族弟。五十二岁时才中进士,官至安抚使。一生力主抗金,因而与辛弃疾交谊甚厚,多有酬唱,其集子中与辛氏唱和者今犹存六首,风格都与后者相近。他的一些言情小词,风格也毕肖辛弃疾的那些幽婉绵密之作。所以《四库全书总目》称其"纵横排奡之气,虽不足敌(辛)弃疾,而屏绝纤秾,自抒清俊,要非俗艳所可拟。一时(与辛弃疾)投契,盖亦有由云。"

程珌(1164—1242),字怀古,休宁(今属安徽)人。先世居河北洺水，因自号洺水遗民，以示不忘中原故土。三十岁时中进士，累官至知福州兼福建安抚使，以端明殿学士致仕。他比辛弃疾小二十四岁，二人为忘年之交。他属于抗战派中坚人士，且颇通治国方略，因此与辛弃疾十分投契，作词也追随辛氏，其《洺水词》中颇多学辛之作。清人冯煦《蒿庵论词》称其为“与幼安周旋而即效其体者”。

黄机（生卒年不详），字几仲，一云字几叔，东阳（今属浙江）人。主要活动于宁宗朝（1195—1224）。曾举进士第，仕宦于湘南。庆元中，曾与退居铅山瓢泉的辛弃疾唱和。开禧元年（1205），与稼轩派词人岳珂、刘过等在京口（今江苏镇江）聚会，以诗词唱和。其词集《竹斋诗馀》风格多样，但主导风格趋向稼轩一路，《四库全书总目》推其与岳珂往还诸词“皆沉郁苍凉，不复作草媚花香之语”；陈廷焯《白雨斋词话》举其政治抒怀词《虞美人》，以为“慷慨激烈，发欲上指，词境虽不高，然足以使懦夫有立志”。可见黄机确为南宋后期稼轩派的一员干将。

岳珂（1183—?）字肃之，号亦斋、东几，晚号倦翁，汤阴（今属河南）人。为民族英雄岳飞之孙，岳霖之子。累官至户部侍郎、淮东总领兼制置使。宁宗嘉泰末辛弃疾镇守京口时，岳珂为承务郎监镇江府户部大军仓，为辛弃疾属下。弃疾念岳珂为英烈之后，特加优待。每逢府中有歌舞诗酒之会，就将岳珂招去。弃疾作了新词，就令侍姬当场演唱，然后叫岳珂提出修改意见。由岳珂的家世和个人经历可以推知他作词的路子是远承祖父遗风，近效稼轩体制。可惜他本人的词集已经失传，今仅存词八首，其主调为悲歌慷慨、豪壮沉郁。其中《祝英台近·北固亭》一首，明人杨慎《词品》评曰：“此词感慨忠愤，与辛幼安‘千古江山’一词相伯仲。”

（二）应合稼轩风的戴复古、刘仙伦、崔与之、葛长庚等人。

戴复古（1167—1252?），字式之，号石屏居士，天台黄岩（今浙江温岭)人。终生未曾仕进,大半生浪迹江湖,晚年回乡隐居以终。曾登陆游之门,而诗艺益进。是江湖诗派的前辈名家。他主要从事诗歌创作,仅以余力作词,但其词也如其诗一样具有极强的现实性,气势雄壮,风格豪放。他与辛弃疾没有交往,但自谓"歌词渐有稼轩风",作词趋向稼轩一路。其代表作《水调歌头·题李季允侍郎鄂州吞云楼》、《满江红·赤壁怀古》、《沁园春》(一曲狂歌)等,或写爱国情怀,或抒身世之感,皆慷慨悲凉,逼近稼轩词的格调。

刘仙伦(生卒年不详),字叔儗,号招山,庐陵(今江西吉安)人。毕生不仕,以布衣终。与同郡刘过齐名,时称庐陵二布衣。他的词,亦多感慨时事,以议论纵横、昂扬激越见长。如《念奴娇·送张明之赴京西幕》一阕,其风调酷似稼轩体中那种"以论为词"之作,其刚硬激烈处尤且过之。陈廷焯《云韶集》评论说:"此词议论纵横,无限感喟,真是压倒古今。魄力不亚辛稼轩,并貌亦与之仿佛。而一二名贵处,直欲驾而上之。"

崔与之(1158—1239),字正之,号菊坡,广州增城(今属广东)人。光宗绍熙四年进士。历任地方军政长官,理宗端平三年(1236)官至右丞相兼枢密使。此人是南宋后期一个有所作为的政治家,作词不是其本行,但偶有所作,全是为了抒写政治抱负,所以趋向辛稼轩一路,以悲壮雄豪为美。其代表作《水调歌头·题剑阁》是他担任成都路安抚使时所作,近人麦孟华评论此词道:"菊坡虽不以词名,然此词豪迈,何减稼轩!"(《艺蘅馆词选》丙卷引)

葛长庚(1194—?),字白叟,号白玉蟾,闽清(今属福建)人。幼时父亡母嫁,乃弃家游海上,至雷州,继白氏后,改姓白,家琼州(今海南海口市)。后入武夷山为道士。宁宗嘉定中,诏征赴临安,馆太乙宫,封紫清明道真人。传说后来于鹤林羽化。有词二卷,存词一百三十余首。他并非一开始就超然物外的道教徒,他也曾为在尘世有一立足之地而南北奔走,尝过人间的种种况味;入道之后,也还时时流露对生活的满腔热情。所以他的词并无一般道士词的那种“方外气”，而是一片热肠，感情真挚，豪气满纸，近于稼轩。

葛长庚的抒情名篇如《酹江月·武昌怀古》、《贺新郎》（且尽杯中酒）等，都是稼轩式的俊爽豪迈之作。所以陈廷焯《白雨斋词话》评论说：“葛长庚词，一片热肠，不作闲散语，转见其高。其《贺新郎》诸阕，意极缠绵，语极俊爽，可以步武稼轩，远出竹山（蒋捷）之右。”

（三）南宋后期稼轩派主将刘克庄及其他同派词人。

南宋后期，随着国势衰弱，恢复无望，许多士大夫不恤国事，热心于在苟安环境中燕笑歌舞，于是审美风尚发生巨大变化，北宋晚期浅斟低唱的词风趁势复活并挤占了词坛主流地位（详见下一节）。不过在这种文化氛围中，一批志切恢复、热心事功的豪杰之士仍在做着悲壮的“中兴”梦，坚持南渡时期形成的政治理念和斗争精神，作词学习稼轩体，发扬稼轩风，将稼轩词派延续了下来。

这个时期的稼轩词派人数不少，大致包括士大夫词人和江湖布衣词人两类人。其中成就较显著、特色较鲜明的，便是以江湖诗派主将而兼作豪壮词的刘克庄。

刘克庄（1187—1269），字潜夫，号后村，莆田（今属福建）人。早年曾卷入“江湖诗案”，经人营救，受免官处分。晚年仕途渐显达，官至权工部尚书兼侍读，出知建宁府，以焕章阁学士致仕。诗为江湖派大家，词尤有特色，为南宋后期稼轩派主将。他对本朝词人最崇仰辛弃疾，从少年时代便对辛弃疾及其词深怀钦佩之情（见其《辛稼轩集序》），所以他本人作词极为自觉地趋向稼轩一路。

刘克庄在“辛派三刘”（另二人为刘过、刘辰翁）中艺术成就最大，甚至被认为“与放翁、稼轩，犹鼎三足”（清·冯煦《宋六十一家词选例言》）。他的豪放词的代表作《贺新郎·送陈真州子华》、《沁园春·梦孚若》、《玉楼春·戏林推》、《贺新郎·实之三和，有忧边之语,走笔答之》等,都是南宋词中的经典之作。

与刘克庄同时的稼轩派著名词人还有吴潜、李曾伯、方岳、陈仁杰等。

吴潜(1196—1262),字毅夫,号履斋,宣城(今属安徽)人,生于德清(今属浙江)。嘉定十年进士第一。累官至右丞相兼枢密使,封许国公。后遭贾似道排挤,贬至循州(今广东龙川),死于贬所。他为人忠直而豪迈,不肯阿附权要,其品节为时所重,其词亦类其为人,豪迈悲壮,风格近于辛弃疾,多抒写其壮怀远志及对国事时政的感慨,富于时代感和积极进取的精神。其词集名《履斋诗馀》,存词近二百六十首,数量可观,艺术水平亦较高,其中调名《满江红》的《送李御带珙》、《九日郊行》等篇都是典型的稼轩派作品。

李曾伯(1198—?),字长孺,号可斋,怀州(今河南沁阳附近)人,南渡后寓居嘉兴(今属浙江)。任过多处地方军政长官。素知兵。理宗宝祐二年(1254)蒙古兵侵四川,他被委任为四川宣抚使兼京湖制置大使,赴前线主持大局。功成,召赴阙,特赐同进士出身。后又屡任方面大帅,为奸相贾似道所嫉,度宗咸淳元年(1265)罢职。有《可斋词》,存词二百余首。

李曾伯是热心事功的用世之臣,作词的目的是抒写自己满腔的忧时爱国之情,所以自觉地趋向辛弃疾一路。他曾明确地表示自己作词的流派倾向道:“愿学稼轩翁。”(《水调歌头 · 寿刘舍人》),所以他的词风格与内容都与辛弃疾相近,如《沁园春 · 丙午登多景楼和吴履斋韵》、《八声甘州 · 自和》等,都是形神毕肖的稼轩派作品。

方岳(1199—1262),字巨山,号秋崖,歙州祁门(今属安徽)人。理宗绍定五年(1232)进士。先知南康军、邵武军,因忤权奸贾似道而罢。后起知袁州,复以忤另一权奸丁大全而罢。有《秋崖先生词》四卷。其词与同时期的刘克庄、陈仁杰等人同调,走辛弃疾一路。陈廷焯《云韶集》评论说："巨山词与龟峰（陈仁杰）相伯仲。"

陈仁杰（1218—1243），又名经国，号龟峰，长乐（今属福建）人。少年时为应举而寓居杭州，二十岁时曾在建康（今南京）应试，不第。以才气自负，浪游淮、湘间。嘉熙四年（1240）回杭州，三年后去世，才活了二十六岁。有《龟峰词》一卷，调皆用《沁园春》，共三十一首，全都是宣泄其报国无门的悲痛之情和对现实社会的牢骚愤懑的。这些作品慷慨激昂，雄放劲健，纯然一派稼轩风。

除了上述诸人外，南宋中后期属于稼轩派的词人还很多，限于本书篇幅，这里仅再列举其中知名度较高的十位的姓名、籍贯及作品集于下，稍补遗珠之憾：袁去华，字宣卿，豫章奉新（今属江西）人，有《宣卿词》；王质，字景文，号雪山，东平（今属山东）人，有《雪山词》；李泳，字子永，号兰泽，扬州（今属江苏）人，词见《李氏花萼集》；京镗，字仲远，豫章（今江西南昌）人，有《松坡词》；赵善括，字无咎，宋宗室，有《应斋词》；韩玉，本金人，隆兴初南归，有《东浦词》；李好古，高安（今属江西）人，有《碎锦词》；王埜，字子文，号潜斋，金华（今属浙江）人，词见《全宋词》；李昴英，字俊明，番禺（今广州）人，有《文溪词》；陈德武，三山（今福州）人，有《白雪遗音》。

六、崇尚雅正和讲求词法的南宋中后期词坛

这里所谓南宋中后期词坛，是指从辛弃疾逝世的宁宗开禧三年（1207）到南宋彻底覆亡的帝昺祥兴二年（1279）这七十二年的时间。此前，在自"靖康"南渡至辛弃疾称雄词坛这七八十年间，士大夫精英人物作词时或心系故国，表达抗战恢复的愿望与激情，或感叹世变，抒写黍离麦秀之悲，以诗化、言志化的词体来负载慷慨豪壮的民族忧患意识和爱国情思，这一创作倾向成了词的发展的主潮。但是，南宋词并未一直沿着这个主潮单线发展。

随着南宋偏安小王朝的没落和江南士气民心的低落，就在词坛上“歌词渐有稼轩风”的同时，北宋晚期浅斟低唱的典雅词风也在悄然地并且大规模地回潮，审美风尚发生了逆向的移变。这股“复雅”之风的持续吹动，结束了稼轩派一派独盛几十年的局面，促成了南宋中后期词派的衍变，使词坛呈现了一个众派并立的多元格局。稼轩词派虽仍继续存在和发展，但从全局来看，这一时期“复雅”诸词派和群体已经取代稼轩派而成为新时期的主导词流，成为时代风尚和审美倾向的代表者。

“复雅”诸派尽管流派风格有所不同，但都崇尚雅正和讲究词法，这一点共同的时代特征将南宋中后期词坛与南渡词坛、南宋前期词坛明显地区别开来。这一时期词的流派比此前几个时期都多，尤其宋末元初之时，江南词社蜂起，众派林立，但大的、有广泛深远影响的词派是这么四个：姜张词派、学清真派、梦窗词派和作为稼轩派在特定时期和地区变种的宋末元初江西词派。这里我们略过小的词社和词派不提，仅对这四个大的词派简介如下：

1. 清空骚雅的姜张词派。

由姜夔、张炎前后呼应所形成的姜张骚雅词派，是南宋词坛上除稼轩派之外阵容最强大、影响最深远的一个词派。在南宋中晚期，这个词派更是从者如云，其影响甚至远远超过了稼轩派。

姜张词派的创派大师姜夔，年龄大约比辛弃疾小十五岁，原是辛弃疾的崇拜者之一（他曾赞辛氏为“前身诸葛”），并曾有意仿效辛氏作词。所以清代词学家往往将辛、姜并称（如周济、刘熙载等），理由是“辛、姜气味相通”（刘熙载《艺概·词曲概》），或“白石脱胎稼轩”（周济《宋四家词选目录叙论》）。

但是使得姜夔在词坛另外开宗立派、足以与辛弃疾并立而毫无愧色的，并不是他与辛的相同或相通之处，而是相异之处。这种相异之处主要表现在，与曾经活跃于战场、叱咤于政坛的辛弃疾及其同派作家相比，姜夔只是一个纯粹的文人，而且是一个仕宦无路的江湖文人，他在科场失败之后，不得不以“野云孤飞”（张炎形容他的话）似的半隐居半游食的生活方式了其一生。

姜夔既未曾沦入社会下层，更广泛深入地接触一般民众的生活，也未曾跻身官宦阶层而参与军国大政，因而也无从滋生匡时济世的才略和在事功上有所建树，只成了一个飘荡于江湖山林而无所依归的清客式的人物。像他这样的人在文化审美创造上便不可能像李纲、岳飞、张孝祥、辛弃疾、陆游、陈亮等事功型、英雄豪士型的作家那样发雄狮之吼、抒风云之怀，而只能“仗酒祓清愁，花销英气”（《翠楼吟》），表现这一阶层的文士特有的风神意态和喜怒悲欢。

由于这一点不同，姜夔所创立的“姜白石体”便与当时盛行的稼轩体有了大不相同的风格面貌，在词坛上竖起了一面新的旗帜。于是在他身后陆续聚集了一批又一批的追随者——他们大多是江湖游士、山林隐逸，宋亡之后一些不愿出仕元朝的遗民也加入了这个行列，形成了一个历时性的词派。关于姜夔本人及其词，本书第十讲还将详细评介，这里先将这个词派的重要成员作一番简单介绍。

（一）继承白石衣钵的张辑、赵以夫、柴望。

张辑（生卒年不详），字宗瑞，号庐山道人、东泽、东泽诗仙、东仙等，饶州鄱阳（今江西波阳）人。父履信为当时著名诗人。张辑主要活动于宁宗、理宗二朝。一生未入仕途，优游山林江湖，终老布衣。他是姜夔的同乡晚辈，身世经历与布衣身份又复相似，遂为姜夔的崇拜者和学生。曾学诗法于姜夔，并作《白石小传》。他不但作诗学姜夔，作词也对姜夔亦步亦趋。

其词集名《东泽绮语债》，存词四十一首，其中多处套用姜夔词的语句，显露出模仿的痕迹，不过也颇有既得白石精髓又具自家面貌的佳词,比如《月上瓜洲·寓〈乌夜啼〉·南徐多景楼作》、《疏帘淡月·寓〈桂枝香〉·秋思》等作就是。

赵以夫(1189—1256),字用父,号虚斋,郓城(今属山东)人,居长乐(今属福建)。为宋宗室。宁宗嘉定十年进士。累官至礼部尚书,进资政殿学士。有《虚斋乐府》二卷,存词六十七首。他终生为官,是名利场中人,而词风却趋向姜夔。善作长调,多为咏物及酬和之作,大多表现士大夫生活的闲雅清高的情致,偶尔也透露出对世道人生的某些复杂感受。其词有平浅直白之病,水平低于张辑,是学白石而大不及者。但其中也有能窥白石堂奥的清空雅洁之作,比如朱彝尊《词综》所录九首就是。

柴望(1212—1280),字仲山,号秋堂,又号归田,衢州江山(今属浙江)人。理宗绍定、嘉熙间为太学上舍生。淳祐六年(1246)因上书忤贾似道而下府狱。景炎二年(1277),以布衣特旨授迪功郎、国史馆编校。宋亡不仕,自名宋逋臣,与其从弟随亨、元亨、元彪,称柴氏四隐,有名于时。有词集《凉州鼓吹》一卷。

柴望作词全以姜夔为依归,其《凉州鼓吹自序》推崇姜夔词"登高眺远,慨然感今悼往之趣,悠然托物寄兴之思,殆与古《西河》、《桂枝香》同风致,视青楼歌、红窗曲万万",因而自谓其词能够继承"白石衣钵"。由此可知柴望是南宋末年最自觉的一位姜派词人。他的《桂枝香》(今宵月色)等篇,就是富有姜派特色的佳作。

(二)姜派最佳传人和理论家张炎。

张炎(1248—1319后),字叔夏,号玉田,晚号乐笑翁,西秦(今陕西)人,寓居临安(今浙江杭州)。为南渡大将循王张俊六世孙。二十九岁时南宋灭亡,家产籍没,因而流浪各地,至以卖卜为生。四十三岁时北游大都,次年春后失意南归。晚年纵游于金陵、苏杭一带。卒于元延祐四年(1319)之后,年七十余,上距宋亡已经四十多年。他的曾祖张镃、父张枢均为精通音律、讲究词法、词风与姜夔相近的著名词人。因此他的家庭，既是累世簪缨，又有姜派词学渊源。

作为一个亡国遗民，张炎在长时间的流浪生涯中做得最多的一件事就是寄情山水与其他自然之物，在清幽旷远的艺术境界的创造中寻求心灵的慰藉和精神的解脱。因此，他继承姜夔的词法，不以激昂豪壮为美而以清刚疏宕为美；羡慕和仿效姜夔那"野云孤飞，去留无迹"的文化行为模式，标榜和力追姜夔清空骚雅的词风，这就是一种顺理成章的审美选择了。他的借写景咏物以抒发感情的名篇《高阳台·西湖春感》、《解连环·孤雁》、《南浦·春水》等，便都是堪为姜张词派典则的家喻户晓之作。

张炎不单是后期姜派的领袖人物，而且是这个词派的词艺词法的理论总结者。他在宋亡以后所写的《词源》一书，就是一部较系统的词学理论著作。宋末元初，讲论词法、探讨词艺之风很盛，张炎此书分上下两卷，上卷专论乐律，下卷兼论词法与词的批评。下卷的核心部分是姜派论词的如下三项标准：一、意趣高远，二、雅正，三、清空。由此可见张炎无愧为姜派的理论家。

（三）"得白石意度"的王沂孙等人。

王沂孙（生卒年不详），字圣与，又字咏道，有碧山、中仙、玉笥山人等别号，会稽（今浙江绍兴）人。工文词，广交游，尤与周密、张炎、唐珏、仇远等浙中遗民词人关系密切。宋亡前几年中，与周密在杭州、会稽等地多有交往。景炎三年（1278），在越中与李彭老、周密、唐珏、张炎、仇远等同赋《天香》、《齐天乐》等诸调，托意龙涎香、莲、蝉等物，以抒家国沦亡之悲。至元中，一度出任元朝的庆元路学正。晚年往来于杭州、会稽间，卒年大约六十来岁。张炎等曾有词悼之。

王沂孙主要以咏物词见长，在他存世的六十多首词中，咏物词几乎占了一半，其艺术成就和个人风格特征就主要体现在这些咏物词上。其代表作有：《齐天乐·蝉》、《眉妩·新月》、《水龙吟·落叶》、《庆宫春·水仙花》等。他之所以被公认为姜派苗裔,主要是因为这些咏物词最得姜夔真传,咏物而不留滞于物,能以凄冷清苦的物象和空灵蕴藉的意境表达自己特定的“托意”。

清人戈载《宋七家词选》论王沂孙与姜夔之间的流派渊源关系道:“白石之词,……能学之者惟中仙,其词运意高远,吐韵妍和;其气清,故无粘滞之音;其笔超,故有宕往之趣。是真白石之入室弟子也。”这就把碧山学白石所得都说全了。

除了以上诸人之外,南宋后期至宋末元初之际作词趋近姜夔之风的名家,尚有严仁(字次山,号樵溪,福建邵武人)、黄升(字叔旸,号花庵词客,福建晋江人)、仇远(字仁近,号山村,浙江杭州人)等人,这里就不一一具体介绍了。

2. 南宋中后期的学清真派。

宋南渡后,沧桑巨变引起词风巨变,词人争学苏轼,极盛于北宋晚期的“周清真体”及其“大晟词派”几十年间暂告消歇。但随着偏安成为定局,征歌选舞、浅斟低唱重新成为时尚,以诗为词、悲歌慷慨不再为时俗所喜,而审音度律、讲求词法重新为世人所需,周邦彦自然就被作为最有号召力的祖师爷请了出来,以便复活他的传统,帮助人们推演出符合士大夫“典雅”标准的歌词创作新局面。

周邦彦词重新受到重视和效法,大约始于孝宗朝的中期。到宁宗朝,社会上搜集、刊刻周邦彦词集更是蔚然成风,连一些名公巨卿也加入了编辑、宣传周邦彦作品的队伍。如嘉泰年间(1201—1204)明州籍大官僚楼钥与周邦彦的曾孙周铸合作编成《清真先生文集》二十四卷,楼钥亲自作序,由明州太守陈杞予以刊行。南宋后期,各种版本、各种体例和用途的周邦彦词集竞相出现,刊刻周词竟成为时尚。

在这个举世好尚清真词的风气的熏染下,南宋中后期词坛学清真者日益增多,形成了与辛弃疾、姜白石两派鼎足而三的格局。

这一派发展到宋末吴文英那里，已大变面目，成为一个丽密质实的新流派。吴文英留待下一小节单独介绍，这里先介绍一批专学清真而在主导风格上没有大变异的词人。

(一) "清真之苗裔"史达祖。

史达祖(生卒年不详)，字邦卿，号梅溪，汴(今河南开封)人。曾在宰相韩侂胄府中为堂吏，韩对之极为倚重，奉行文字，拟帖撰旨，俱出其手。开禧元年(1205)随李壁出使金国，途经汴京及真定、定兴等地时，作词多首，抒写爱国之情和北伐统一之志。后韩侂胄北伐失败被杀，史达祖也受牵连，被送大理寺根究，受黥刑，贬逐而死。他曾与前辈词人张镃、姜夔及同辈词人高观国、卢祖皋等交往颇密，艺术上颇有相通之处。但他的词主要是学周邦彦，可视之为清真之苗裔。

张镃《题梅溪词》评梅溪词"端可以分镳清真，平睨方回"，就是说史达祖的词乃是周邦彦典雅词派的支脉，其成就足以与贺铸比肩。清人戈载《宋七家词选》更确定地说："予尝谓梅溪乃清真之附庸，若仿张为作词家主客图，周为主，史为客，未始非定论也。"陈廷焯《白雨斋词话》亦谓："梅溪全祖清真，高者几于具体而微，论其骨韵，尤出梦窗之右。"

史达祖之所以足称南宋学清真派之第一人，不但因为外在风格逼肖清真，更因为其思致神理、表情方式、章法结构乃至遣词造语皆能得清真之法乳。比如其名篇《三姝媚》(烟光摇缥瓦)，唐圭璋《唐宋词简释》就认为其"忆旧游，辞情俱胜，最得清真之神理"，并谓其"与清真《瑞龙吟》之'事与孤鸿去'作法相同"。至于他最负盛名的咏物词《绮罗香·咏春雨》、《双双燕·咏燕》、《东风第一枝·咏春雪》等，就更是像周邦彦一样"言情体物，穷极工巧"的佳作。

(二) 肩随史达祖的高观国、卢祖皋及宋末的周密等人。

在史达祖的同辈词人中，高观国、卢祖皋二人与他艺术趣味相近，主导词风趋同，应属同一流派。宋末元初遗民词人周密作词也主要学清真，且成就最显著，我们视之为学清真派的一位殿军。

高观国（生卒年不详），字宾王，号竹屋，山阴（今浙江绍兴）人。其生平事迹可知者甚少，仅从其词题、词序等可知：他与史达祖同时，二人趣味相投，常相唱和，为同社之友；他与老诗人陆游、陈造都有交往，与陈造交情颇厚。陈造曾为高的词集《竹屋痴语》作序，称高与史达祖所作"皆秦（观）周（邦彦）之词，所作要是不经人道语，其妙处少游、美成若唐诸公亦未及也"。由此可见高观国词的流派归属。他的名篇《解连环·柳》、《金人捧露盘·水仙》、《齐天乐·中秋夜怀梅溪》等，都是"工而入逸，婉而多风"的清真式的佳作。

卢祖皋（生卒年不详），字申之，又字次夔，号蒲江，永嘉（今浙江温州）人。宁宗庆元五年（1199）进士，累官至将作少监、兼直学士院。他是楼钥的外甥，学有渊源；与"永嘉四灵"为友，以诗相唱和。今诗集不传，只有词集《蒲江词稿》存世。其词学周邦彦，以审音协律、纤丽典雅见称。与高观国齐名，称为"卢、高"，但他思力较弱，艺术成就逊于高观国。其长调一般都写得枯寂平直，小令则时有佳篇妙境，是南宋学清真派中以小令偏胜者。其小令《谒金门》（风不定）、《江城子》（画楼帘幕卷新晴）等，就曾受到近代几位词学家的称赏。

周密（1232—1298），字公谨，号草窗、蘋洲，又号四水潜夫、弁阳老人、弁阳啸翁等。其先济南人，南渡后流寓吴兴（今浙江湖州）。少从其父宦游浙、闽。宋末为义乌令。宋亡入元，不仕，迁居杭州，以故国文献自任，潜心文史著述。词集有《草窗词》、《蘋洲渔笛谱》。他作词主要取法于周邦彦，这是因为他年轻时即登紫霞翁杨缵之门学词，而杨缵正好是一位精于音律、专门钻研和传授清真词法的名宿，著有《紫霞洞谱》、《圈法周美成词》、《杨守斋作词五要》等。

周密以杨缵为师，所得自然多为周邦彦的语丽而律协的大晟词法。他是宋末学清真派中最成功的一家，其词在艺术手法、风格上"步骤美成"（清先著、程洪《词洁辑评》），写来婉丽浑成、缠绵深至，一派清真之风。其名篇《拜星月慢》（腻叶阴清）、《夷则商国香慢·赋子固凌波图》、《绣鸾凤花犯·赋水仙》、《高阳台·寄越中诸友》等，都是这样的作品，从中可见其师法清真、登堂入室的流派轨迹。

周密在宋亡后的部分作品如《一萼红·登蓬莱阁有感》、《献仙音·吊雪香亭梅》等，风格有所变化——变婉丽为悲凉，变缜密为空阔。这是因为国破家亡的惨剧使他改变了思想，也部分地改变了审美趣尚。

（三）遍和清真词的方千里、杨泽民和陈允平。

在南宋后期词坛竞学周邦彦的潮流中，有一批在形式上走极端的作者，他们奉清真词为不可丝毫改易的艺术经典，一字一音皆为效法的准则，甚至逐首、逐句、逐字地按腔死填，不敢稍越雷池一步，以机械地模仿前贤之作为能事。他们当中的三个代表人物就是方千里、杨泽民和陈允平。

方千里（生卒年不详），衢州信安（今属浙江）人。曾官舒州签判。其余生平事迹则已不可考。有《和清真词》一卷，收词九十三首，编次与同时代人陈元龙注《片玉集》相同。

杨泽民（1182—1242后），乐安（今属江西）人。曾为赣州推官。其余生平事迹已不可考。亦有《和清真词》一卷，收词九十二首，编次亦与陈元龙《片玉集》同。

陈允平（1205？—1280?），字君衡，一字衡仲，号西麓，四明（今浙江宁波）人。理宗淳祐间为余姚令。恭帝德祐间授沿海制置司参议官。宋亡后被元朝征至大都，不受官，放还。词存《西麓继周集》一卷,《日湖渔唱》一卷,共有词二百零七首。

这三家都和过周邦彦的《清真集》,都字字依周词填四声,弄得不少地方文理欠通,语意费解,更不用说三家的和词从总体来看都内容空虚、格调凡庸了。他们都是为了继承周词的传统,特别是陈允平,刻意取法周邦彦,其词集取名“继周”,更是公开标明以周邦彦为宗师,以自己是清真派的传人为荣。但他那一卷对清真词亦步亦趋、字字奉为标准的《西麓继周集》,却实在平庸肤廓,无甚艺术创造。这三人都犯了只重形式、为文造情的错误,所以不可能取得较大的艺术成就。

三人中陈允平艺术成就要高过其他二人,之所以能如此,一是因为他经历了宋、元易代的巨大变局,生活感受比方、杨丰富深刻;二是他除了和清真词的《西麓继周集》之外,也还有一卷并不对清真亦步亦趋、而能多多少少按己意抒己情的《日湖渔唱》(尽管这个集子里的词也是学周的)。

3. 丽密质实的梦窗词及其同派。

在南宋后期词人中,吴文英是一个比较特殊的创派者。他作词从清真家数入手,又变其面目另成一家,终于形成了与稼轩派、白石派和学清真派并峙争雄的又一派。

吴文英(1200? —1260?),字君特,号梦窗,晚年号觉翁,四明鄞县(今浙江宁波)人。本为翁姓,与翁逢龙、翁元龙为亲兄弟,因过继给吴氏为子而改姓吴。他未登科第,未入宦籍,游幕终身。曾为苏州仓台(即江南东路提举常平司)幕宾,也曾入浙东安抚使吴潜幕,并曾为嗣荣王赵与芮门客。

吴文英一生中无远游记载,足迹所至未出今江、浙两省,而以在苏州、杭州、绍兴三地居留为最久,是宋代大词人中游历较少、视界较窄的一位。加上他又生性柔弱,遭遇坎坷,种种主客观因素在很大程度上决定了他作起词来不可能有辛派的豪情壮志、姜派的清虚骚雅，而只可能如周邦彦那样作多愁善感的曼声低吟。但他生活遭遇远不如周邦彦那样顺畅，因而内心积聚了太多的盘曲郁结之情；他艺术天分不及周邦彦，而研炼之功则过之。于是他在词境的深曲密丽上惨淡经营，在词藻的秾艳新奇上狠下功夫，参酌吸取清真词法而又较多地出以己意，个人特色十分显著。

他的代表作《莺啼序》（残寒正欺病酒）、《三姝媚·过都城旧居有感》、《高阳台·丰乐楼分韵得“如”字》、《渡江云·西湖清明》、《宴清都·连理海棠》、《风入松》（听风听雨过清明）等，大都好用浓墨重彩，喜欢密集意象，意境求深求曲，用语求新求奇，故意用僻典和替代字，这些都和他力避凡庸平淡、刻意追求幽奇生新的创派倾向有关。

当然，吴文英作词由于意存神秘，刻意追求朦胧飘忽之美，这就不免带来了晦涩之弊。尤其是他的不少长调，词藻太多，意象太密，用典太僻，线索太乱，笔触跳荡太大，所以就更难顺畅地为人所接受。因此自宋以来，梦窗词一直饱受争议。最早向梦窗发难的，是与之同时而异派的张炎，他的《词源》在肯定梦窗词的某些技巧之长的同时，对其丽密质实、色彩繁复的主体风格全无好感，意欲一概抹倒。他说：

> 词要清空，不要质实。清空则古雅峭拔，质实则凝涩晦昧。姜白石词如野云孤飞，去留无迹；吴梦窗词如七宝楼台，眩人眼目，碎拆下来，不成片段。

张炎这段评语的片面性是不待多说的，但“七宝楼台”云云，几百年来却成了贬低、否定梦窗词者的习用语。倒是梦窗的词友沈义父对梦窗词艺术上的长短得失评论得比较中肯：“梦窗深得清真之妙，其失在用事下语太晦处，人不可晓。”

平心而论,吴文英的词有得有失,得大于失,在南宋词坛不愧为大家。他以其明显不同于稼轩派、白石派和学清真派的艺术独创性而在宋末词坛上另张一军,成为南宋后期的第四派。陈廷焯《白雨斋词话》卷八划分唐宋词体派时,单列"吴梦窗为一体";近人詹安泰《宋词风格流派略谈》划宋词为八派,称吴文英一派为"密丽险涩"派。可见梦窗词自成一派是唐宋词流派发展史上的客观事实。

吴文英生活于南宋晚期,他死后不久南宋即告灭亡,宋词的发展很快合上了帷幕,梦窗词的独特风格和繁密词法,要到"词学中兴"的清代(尤其是清中晚期)才获得发扬光大的历史契机。而在宋末,他的追随者尚不多。明显地看出是走梦窗一路的宋末词人有尹焕、翁元龙、黄孝迈、楼采及李彭老、李莱老兄弟等。现对这几个人简介如下:

尹焕(生卒年不详),字唯晓,号梅津,福州长溪(今属福建)人,寓居山阴(今浙江绍兴)。宁宗嘉定十年(1217)进士,自畿漕除右司郎官。理宗淳祐八年(1248),以朝奉大夫太府少卿兼尚书左司郎中及敕令所删定官。有《梅津集》,不传,存词仅三首。尹焕与吴文英是密友,作词推尊梦窗,他为梦窗词集作序,说是"求词于吾宋,前有清真,后有梦窗",可见其倾心于梦窗词已达无以复加的地步。从尹焕现存词来看,他是力学梦窗而深挚婉美有所不及者。其中《霓裳中序第一·茉莉》是风格和用语都毕肖梦窗的一篇。

翁元龙(生卒年不详),字时可,号处静,四明鄞县(今浙江宁波)人。为吴文英之胞弟。其生平为人所知者甚少,仅知其于理宗朝曾为右丞相杜范门下客,大约也与胞兄吴文英一样,是一位游幕寄食的江湖布衣。他在宋末词坛亦称名家。周密《浩然斋雅谈》记载道:"翁元龙时可,号处静,与吴君特为亲伯仲,作词各有所长。世多知君特,而知时可者甚少。予尝得一编,类多佳语,已刊于集

(《绝妙好词》)矣。”翁元龙作词，颇似其兄，追求造语之工曲、意象之繁密、色泽之秾丽及境界之幽奇。比如名篇《水龙吟·雪霁登吴山见沧阁闻城中箫鼓声》，就是这样的作品。

黄孝迈(生卒年、籍贯、仕履皆不详)，字德文，号雪舟。从刘克庄《黄孝迈长短句跋》的语气看，他的年岁应该比刘克庄晚一辈。他传世的词仅仅二首、二残篇。从这些作品看，风调近于吴文英。其中最杰出的一首是《湘春夜月》(近清明)，这是历代许多宋词选本都不会遗漏的佳作。

楼采(生卒年不详)，字君亮，明州鄞县(今浙江宁波)人。其词仅存六首，见于周密《绝妙好词》卷四。他的词风颇近梦窗，以致个别作品如《玉漏迟》被误收入梦窗词集。清人沈雄《古今词话·词评上卷》评楼采传世的几首词:“词意具足，而又工力悉敌。”其中最杰出的，应是《法曲献仙音》(花匣么弦)一阕。

李彭老(生卒年不详)，字商隐，号筼房，德清(今属浙江)人。理宗淳祐中，为沿江制置司属官。先后与吴文英、周密交游，以词唱和。其弟李莱老(生卒年不详)，字周隐，号秋崖。曾为朝请郎，度宗咸淳六年(1270)出任严州知州，才两个月即丁母忧离任。兄弟二人宋亡后隐居不仕，号“龟溪二隐”。二人词风皆近吴文英，有二人合集《龟溪二隐词》一卷传世。

4. 宋末元初的江西词派。

在南宋灭亡前后，以江西庐陵(今吉安地区)为中心，聚集、活动过一个吟咏内容相一致(悼宋室之亡，不忘故国，坚持民族意识)、风格大致相近(沉郁悲慨、激楚苍凉)、有杰出的领袖人物(文天祥、刘辰翁、罗志仁、赵文等)的爱国词人群体。

这些人的词作，被收进了元代初年庐陵的凤林书院刊印的一部词选《名儒草堂诗馀》(后又称《元草堂诗馀》或《凤林书院草堂诗馀》)里。后来的几百年中，这个词人群体就默默无闻了。到了清代雍正年间，浙西派词人厉鹗读到这个选本以后，才发现宋末元初确有这么一个词派存在，需要追认和论证，于是作了一首论词绝句道：

> 送春苦调刘须溪，吟到壶秋句绝奇。
> 不读凤林书院体，岂知词派有江西？

《元草堂诗馀》所选的江西遗民优秀词人，其名节声威与悲慨词风并著者，主要有庐陵人文天祥、邓剡、刘辰翁（须溪）、赵文、罗志仁（壶秋），鄱阳人黎廷瑞等人。这些人在宋、元易代之际，高举爱国旗帜，以凛然不可犯的民族气节、威武不屈的浩然正气，进行抗元斗争。失败之后，或英勇就义，杀身成仁；或潜身草野，义不仕元，抱节以终。

在从事政治斗争或坚持民族气节的同时，他们像南渡时期的英雄豪杰词人和稍后的稼轩派诸君那样，用词为陶写之具，纵意抒写悲慨壮烈的政治情怀和悲苦沉重的亡国哀思，以他们的群体大合唱为南宋一代的爱国主义文学留下了一串凄壮高亢的尾声。

这个流派独立于崇尚“雅正”和婉约、讲究词法的南宋晚期主流词风之外，在艺术上所追随和发扬的是稼轩风。从流派渊源上来追溯，宋末元初的这个江西词派，是稼轩词派在特定地域（江西）、特定时期（国家危亡之际）的遗响和变奏。这里仅将这个词派的主要成员简介如下：

（一）江西词派的翘楚刘辰翁。刘辰翁（1232—1297），字会孟，号须溪，庐陵人。二十三岁举于乡。景定三年（1262）举进士，廷试对策，因忤贾似道，被置进士丙等，由此得鲠直名。咸淳元年（1265）出任临安府学教授。四年，在江东转运使江万里处为幕僚。德祐元年（1275）五月被荐居使馆，辞而不赴；十月授太学博士，又因元兵已进逼杭州，江西至杭州通道断绝，未能成行。当年文天祥起兵抗元，辰翁参与其幕府。宋亡后隐居不仕，埋头著书，以此终老。

在宋末词人中，刘辰翁的爱国思想和民族情绪反映得最直接，最强烈，是稼轩词派的爱国政治抒情传统最有力的继承者。《四库全书总目》称赞他："于宗邦沦覆之后，睠怀麦秀，寄托遥深，忠爱之忱，往往形诸笔墨，其志亦多有可取者。"被厉鹗称为"送春苦调"的《兰陵王·丙子送春》，就是这样的作品。此外，他的抒情名篇如《永遇乐》（璧月初晴）、《沁园春》（春汝归欤）、《宝鼎现》（红妆春骑）、《柳梢青·春感》等，无不沉哀入骨，令人不忍卒读。他的词，风格遒劲似辛弃疾，情辞跌宕似元好问，有时意笔俱化，纯任天然，又像苏轼。他是宋末元初江西词派中艺术成就最高的一家。

（二）江西词派名家文天祥、邓剡、罗志仁、黎廷瑞、赵文。

文天祥（1236—1282），字宋瑞，一字履善，号文山，庐陵人。理宗宝祐四年（1256）进士第一。德祐元年（1275）元兵东下，天祥在知赣州任上组织义军，入卫杭州。次年任右丞相兼枢密使，受命出使元营谈判，痛斥敌帅伯颜，被拘留。后逃出敌营，到温州拥立端宗，力图恢复，率兵转战东南。景炎三年（1278）兵败被俘，押往大都（今北京）。被囚四年，誓死不屈，终于从容就义。

文天祥的诗文，悲歌慷慨，表现爱国精神和民族气节。词仅存数首，几乎每首都直抒胸臆，倾诉其顽强战斗、视死如归的心声。其抒情名篇《念奴娇》（乾坤能大）等作，就是这样的沥血之词。

邓剡（1232—1303），又名光荐，字中甫，又字中斋，庐陵人。理宗景定三年（1262）进士。与文天祥为友。随天祥募兵抗元。端宗即位，任宣教郎、宗正寺簿。在厓山时任秘书丞，兼权礼部侍郎，迁直学士院。厓山兵败后，他投海自杀，为元兵打捞，不得死。不久与文天祥一起被押送北上。后得南归，卒于武昌。其诗文曾有名于当时。其词往往以悲壮苍凉之语,写国破家亡之痛,感慨遥深,后人评为“气冲斗牛,无一毫委靡之色”(陈子龙语)。其名篇《念奴娇·驿中言别》就是这样的作品。

罗志仁(生卒年不详),字寿可,一字伯寿,号壶秋,庐陵人。宋末中乡试。曾作诗颂文天祥,讥留梦炎,几乎得祸,逃而免。元初授天长书院山长。与方回、戴表元及刘辰翁之子刘将孙交游,酬答诗文。其词仅存七首,但大多是民族意识强烈、风格沉郁奇诡之作。如名篇《金人捧露盘·丙午钱塘》、《霓裳中序第一·四圣观》等即是。

黎廷瑞(1250—1308),字祥仲,号芳洲,鄱阳(今江西波阳)人。度宗咸淳七年(1271)进士。授迪功郎、肇庆府司法参军。入元隐居不仕。其词多写遗民的黍离麦秀之悲,风格雄劲,颇似辛弃疾。他较有名的作品,是那篇咏项羽的《大江东去·题项羽庙》。清人评此词“用笔颇有鞭虎驱龙之势,应为咏项羽第一词”(李调元《雨村词话》)。

赵文(1239—1315),初名凤之,字惟恭,又字仪可,号青山,庐陵人。景定、咸淳间入太学为上舍生。与弟赵疆同出文天祥之门,从天祥勤王入闽,与谢翱、王炎午同佐幕府。兵败被俘至燕,备受艰苦。后获释南归。元初授东湖书院山长,迁南雄路学教授。赵文作词,自觉跟从稼轩派,其现存作品多为豪壮悲慨的长调词,充溢着苍凉凄楚的失意英雄之叹,其基本风格,与刘辰翁、文天祥等相一致,其宏阔劲朗的气魄,有时犹且过之。比如他的两首《莺啼序》词,就是借词中最长的调子,抒写自己浩茫深沉的身世家国之感,尽兴倾吐男子汉抑塞磊落之怀的力作。

第五讲　受尽世人青白眼，只缘填有乐工词

——变雅为俗的慢词大家柳永

斜阳高柳乱蝉嘶，古道长安怨可知。
受尽世人青白眼，只缘填有乐工词。

——叶嘉莹《论词绝句·论柳永词》

叶嘉莹先生这首论词绝句，为我们描述了宋代俗词大家柳永悲剧性的一生：他是一个天性浪漫而且又兼具音乐与文学双重才能的人，不免被当时的“流行歌曲”——新兴的曲子词所吸引，大量地为教坊乐工和歌妓填写歌词。他的歌词创作为他赢得了名声，也耽误了他的前途——因为他的那些俗词不为上自皇帝、下至宰相官僚的主流文化圈所喜，他们极力排斥和打击他，让他终生坎坷，穷愁潦倒，四处奔波流浪，最终死葬异乡。

宋代词坛上名家辈出，群星璀璨，本书为什么要在前面两讲普遍地简介这些名家之后，又从中挑选出柳永、苏轼、周邦彦、李清照、辛弃疾、姜夔等六人来分别用专章予以评介，而六家中又用柳永来打头呢？这是因为我主要考虑了两点：一、柳永是为宋词的发展开疆拓土的第一大功臣，但人们对他在文学史上的地位往往认识不足，我觉得应该把他排在第一来加以强调；二、柳永不但人物性格特殊，而且他的审美倾向、创作道路也很特殊，这与二晏、欧阳修、苏轼、秦少游乃至辛弃疾、姜夔等等都大不相同，必须浓墨重彩地描绘出他的真实面貌。

柳永是一个大题目,一次两次讲不完,这里只能讲三个问题。

一、变"雅"为"俗"

为了说明问题,找到柳永一生悲剧的来源,我们先来看北宋人张舜民《画墁录》中记载的这么一个故事:柳永因为作词触犯了仁宗皇帝,吏部不给他改官,柳永气愤不过,找到了政事堂,向宰相晏殊质问,晏殊劈头就讥讽道:"贤俊作曲子么?"柳永答道:"只如相公亦作曲子。"晏殊说:"我晏殊虽作曲子,不曾道'针线闲拈伴伊坐'。"柳永一听,悻悻然出门而去。以后他在仕途上再也翻不起身,一直沉沦下僚,奔走于南北各地,直至死于异乡。

晏殊提到的,就是柳永俗词的名篇《定风波》。这个故事反映出北宋词坛上"雅"、"俗"二派的对立。试将柳永这首词与晏殊的一首同题材的词比较一下:

> 自春来、惨绿愁红,芳心是事可可。日上花梢,莺穿柳带,犹压香衾卧。暖酥消,腻云亸。终日厌厌倦梳裹。无那。恨薄情一去,音书无个。　　早知恁么,悔当初、不把雕鞍锁。向鸡窗、只与蛮笺象管,拘束教吟课。镇相随,莫抛躲。针线闲拈伴伊坐。和我。免使年少,光阴虚过。　(柳永《定风波》)

> 槛菊愁烟兰泣露。罗幕轻寒,燕子双飞去。明月不谙离恨苦。斜光到晓穿朱户。　　昨夜西风凋碧树。独上高楼,望尽天涯路。欲寄彩笺兼尺素。山长水阔知何处?
>
> (晏殊《鹊踏枝》)

先来看柳永的《定风波》。这首词写的无非是我们在传统诗歌里见过很多的闺怨题材,但唐诗里那些闺怨之作一般都是写大家闺秀、贵家妇女，大多写得比较典雅含蓄，本篇却是写宋代的市井普通妇女，柳永为了让市民群众喜欢，就用浅显直白的叙事来结构成篇，并且完全是用宋代的俗语口语来写作的。

这首词写了一位在春天的早晨日上三竿“犹压香衾卧”——还在睡懒觉的闺中女子。这位女子正在想念她的出门不归的丈夫，所以百事无心(是事：事事；可可：不在意，漫不经心。这些都是当时的口语)。她起床之后还是懒洋洋的，没有心思梳洗打扮。这是什么原因呢？“无那”是“无奈”、也就是“无可奈何”的意思。为什么会感到无可奈何？原来是“恨薄情一去，音书无个”——这个女子的丈夫真无情，可恨他离家这么长时间了，连信也不写一封。“早知恁么。悔当初、不把雕鞍锁”是说如果早知道是今天这样的结果，当初就应该锁起马鞍不放他走，用强制的方式把他留在家里，把他锁在屋子里，给他笔墨(蛮笺象管)，让他在那儿读书写东西。“镇相随，莫抛躲”是说这个女子一天到晚要跟着他，寸步不离其左右。“针线闲拈伴伊坐”是说女子要拿着针线作活，陪伴着他度过一生。

这首词通篇写得很直白，很俗，不过这种俗不是庸俗和低俗，而是通俗。但即使这样，仍然不为当时的主流文化圈所容忍，你看在上面这个故事里，晏殊那种贵族老爷式的态度，就明白柳永在当时的遭遇为什么会如此悲惨了。

再来看看晏殊这首《鹊踏枝》。从题材内容来看，晏殊这首词与柳永的《定风波》一样，也是写男女之间的相思离别之情的，但风格与表达方式却大大地不同，它是代表士大夫雅词的审美倾向的。

柳永的词是直言其事，直抒其情，通俗明白；晏殊的词则十分含蓄委婉，缠绵悱恻，耐人咀嚼回味。晏殊并不直接地描写离别之恨、相思之苦，而是将主观感情外射于客观景物，借助于对自然景物的描绘，婉婉曲曲地抒发与情人离别后的那份愁苦、哀怨的情思，创造出了情景交融的意境。尤其是下片的“昨夜西风凋碧树，独上高楼，望尽天涯路”三句，受到历代词话家的反复称赞，王国维《人间词话》甚至借它来比喻“古今之成大事业、大学问者”必经历的三种境界中的第一种。

通过以上的比较我们可以看出，柳永不仅仅从音乐体制上改变和发展了词的声腔体式，而且从创作方向上改变了词的审美内涵和艺术趣味，即变“雅”为“俗”，着意运用通俗化的语言表现世俗化的市民生活情调。北宋人说柳词“骫骳从俗，天下咏之”（陈师道语），认为柳词“浅近卑俗，自成一体，不知书者尤好之”（王灼语），都揭示出柳词面向市民大众的特点及其广受欢迎的情况。

从柳永丰硕的创作成就来看，他的确是文学上的不世之才。但让人读其词而既为之击节赞赏、又为之扼腕叹息的是，他的那些绝妙好词多半都是在他仕途迭遭打击、生活道路曲折坎坷的情况下创作出来的。这难道不是应验了“诗穷而后工”那句老话吗？那么他是怎样走上歌词创作这条不归路的呢？

二、独特的身世遭遇、性格为人与创作道路

让我们先来了解一下这位风流才子的家世背景和他的青少年时代的生活吧。

柳永，字耆卿；原名三变，字景庄；排行第七，故称柳七。福建崇安县（今武夷山市）人。他的家乡福建位于东南沿海，远离中原王朝，原本十分闭塞落后，直到晚唐五代时期，因为王潮、王审知率军入闽开发建设，那里的经济文化才逐渐发达起来。宋王朝建立，南征北战统一全国时，福建未受战争的影响，社会比较安定，在国内的政治、经济和文化地位大大提高，再也不被认为是瘴疠之地和蛮夷之邦了。

北宋初年，仅在建州（今福建建瓯）一地就出现了章得象、章粢、杨亿、祖秀实、叶齐、吴育、吴充等等一大批闻名全国的政治家和文学家。司马光曾有诗赞扬福建自然风景之优美和文化气氛之浓厚道："万里东瓯外，溪山秀出群。乡人皆嗜学，太守复工文。"（《送人为闽宰》）就是在这样一种文化环境中，大约在北宋雍熙四年（987），柳永降生于风景绝佳的武夷山下一个重视儒学传统的仕宦之家。

柳永的祖父柳崇是闽中著名的儒者，但终身布衣，隐居不仕。柳崇生有六子：柳宜、柳宣、柳寘、柳宏、柳宲、柳察。这六个儿子全都"学而优则仕"，走上了做官的道路：柳宜曾仕南唐，官至监察御史；入宋后于雍熙二年（985）登进士第，后官至工部侍郎。柳宣曾仕南唐为大理评事，入宋后继续为官，官至大理司直、天平军节度判官。柳寘登宋大中祥符八年（1015）进士第。柳宏为宋咸平元年（998）进士，官终光禄寺卿。柳宲仕宋为礼部侍郎。柳察年十七即举贤良，仕至水部员外郎。柳永是柳宜的第三个儿子，其长兄三复于宋天禧三年（1019）登进士第；次兄三接与柳永（三变）均于宋仁宗景祐元年（1034）登进士第。这三兄弟"皆工文艺，号柳氏三绝"（《嘉靖建宁府志》卷十五）。

柳永就在这样一个家庭中成长起来，在家乡度过了自己幸福的青少年时期。他的诗词创作活动，就是从青少年时期在家乡开始的。《嘉靖建宁府志》卷十九存有柳永七律诗《题建宁中峰寺》一首，这是柳永离开家乡赴汴京前所作，它表明作者年轻时已经熟练地掌握了古典格律诗的艺术形式。有关文献还记载，柳永少年读书之时即已学会了歌词的创作。当时他得到了一首在闽中流行的无名氏创作的歌词《眉峰碧》：

蹙破眉峰碧，纤手还重执。镇日相看未足时，便忍使鸳鸯只。　　薄暮投孤驿，风雨愁通夕。窗外芭蕉窗里人，分明叶上心头滴。

柳永非常喜欢这首词，将它题写在墙壁上，反复琢磨，“后悟作词章法”。后来他在成为著名词人之后，有一位歌妓还对他谈到此事。由此可见青年的柳永最初是受到民间流行歌词的启发，对歌词产生了兴趣，这才走上歌词创作道路的。

此外，今存柳永词集《乐章集》中有《巫山一段云》联章五首词，以游仙为题，写的即是自己游览武夷山时引发的对神仙武夷君仙境游乐情景的想像。柳永离开家乡赴汴京后就再也没有回去过，因此可以肯定这组词是他青少年在家时所作。这表明，柳永从年轻时就已经熟练地掌握了长短句歌词的艺术技巧。

柳永大约二十九岁时在建州乡试中举，之后就离开了崇安县五夫里金鹅峰下的故家，前往汴京准备参加进士考试。按说他这一去，以他的文化修养和写作才能，金榜题名，仕途通达是预料中的事。但是事有大谬不然者。柳永到京后未能走“正道”，而偏偏喜欢当时的“流行音乐”，并大规模地开始了与这种流行音乐相配合的流行文体——歌词的创作。不但如此，他还长期出入于汴京的歌楼妓院，大量地写作适合歌妓演唱的俗词，与士大夫们的雅词分庭抗礼。这样就惊动了上层统治者及其主流文化圈，把自己的名声搞坏了，把仕途给耽误了。

综合宋人严有翼《艺苑雌黄》、曾敏行《独醒杂志》、祝穆《方舆胜览》、叶梦得《避暑录话》、吴曾《能改斋漫录》等书的记载，柳永离开福建到达汴京之后大半生的坎坷遭遇大致是这样的：

柳永到汴京后，连续几次参加了三年一次开科的进士考试，都名落孙山。叹恨失望之余，他走进了“烟花巷陌”寻访异性知音，得到了精神慰藉，于是挥笔写下了这样一首对最高统治者大发牢骚

的《鹤冲天》词:

黄金榜上,偶失龙头望。明代暂遗贤,如何向?未遂风云便,争不恣狂荡!何须论得丧,才子词人,自是白衣卿相。

烟花巷陌,依约丹青屏障。幸有意中人,堪寻访。且恁偎红翠,风流事、平生畅。青春都一饷,忍把浮名,换了浅斟低唱!

他在这首词里面隔空喊话似的对朝廷宣称:“才子词人,自是白衣卿相。”还说:“忍把浮名,换了浅斟低唱!”就是这些话把最高统治者给得罪了!以后的一次进士考试,柳永本来已经被考官排在录取名单之中,但仁宗皇帝“留意儒雅,深斥浮艳虚华之文”,临轩放榜之时,见到柳永的名字,就特意给划掉,并说道:“此人风前月下,好去浅斟低唱,何要浮名?”

过了一段时间,又有人向仁宗推荐柳永,仁宗记起了前事,问道:“你推荐的就是那个填词的柳三变吗?”回答说:“是。”仁宗说:“且去填词!”从此柳永只好与汴京城里的一些浮浪子弟“纵游娼馆酒楼间,无复检约”。他做了一块手板(相当于现在的名片),上面写着“奉圣旨填词柳三变”。这八个字既有对最高统治者的嘲讽意味,也蕴涵着词人的几份辛酸情感。他就是这么狂放!

直到景祐元年(1034)柳永已经年近五十岁时,才与其二哥一起考取了进士,之后又改名为“永”,才谋到了一个小官当。后来连任了几任小官,都不得意,最后流落民间,死在外地。

关于柳永的死地和安葬地,叶梦得《避暑录话》说是死于江苏镇江,旅殡于僧寺;曾敏行《独醒杂志》说死于湖北枣阳,葬于县郊的花山;祝穆《方舆胜览》则说死于湖北襄阳,由相好的歌妓们凑钱来安葬于府城南门外。未知孰是。不过,曾敏行和祝穆的书里都记载:柳永被安葬后,当地的老百姓每年清明节都要聚集起来为他上坟,并在坟前举行“吊柳会”。

柳永的这些故事从北宋起就在民间广为流传,人们把他写进了话本小说里,写进了戏剧里。读者如果有兴趣,可以去翻翻冯梦龙“三言”中的《喻世明言》,里面有一篇《众名姬春风吊柳七》,这篇话本小说就是取材于宋代流传下来的柳永故事,写柳永与歌妓们密切交往、他死了之后由歌妓们集资安葬,并且还为他立了一块墓碑,碑上按他那块手板上写的,刻了“奉圣旨填词柳三变之墓”十个大字。从这些源于历史记载的故事我们可以想象到,这位俗文学的大师在当时是怎样广受市民群众的欢迎和爱戴的。

由此可见,柳永在宋代是一位身份和经历比较特殊、创作也比较特殊的词人。从他的所作所为来看,他不像宋代主流文化圈里的那些文人,比如秦少游、晏小山、苏东坡等人,而更像到了元代才大批出现的那种被统治阶级排斥于主流文化圈之外的民间艺人、书会才人。

元曲四大家中的关汉卿就是这样的民间文化人的领军人物——关汉卿曾自豪地宣称自己是“普天下郎君领袖,盖世界浪子班头”和“锦阵花营都帅头”。柳永,就是宋代的关汉卿,是宋元时期蓬勃发展的俗文学的先驱人物,他的俗词成就,应该在中国古代通俗文学史上大书一笔。

说到这里,我们还要补充介绍一下柳永的一向不被人重视的诗歌。柳永不单填词是大行家,诗也写得很好,可惜流传不多,也不大被人提起。他在浙江定海晓峰盐场做盐官的时候,写过这样一首《煮海歌》:

煮海之民何所营?妇无蚕织夫无耕。衣食之源太寥落,牢盆煮就汝输征。年年春夏潮盈浦,潮退刮泥成岛屿。风干日曝盐味加,始灌潮波溜成卤。卤浓盐淡未得间,采樵深入无穷山。豹踪虎迹不敢避，朝阳出去夕阳还。船载肩擎未遑歇，投入巨灶炎炎热；晨烧暮烁堆积高，才得波涛变成雪。自从潴卤至飞霜，无非假贷充糇粮。秤入官中充微值，一缗往往十缗偿。周而复始无休息，官租未了私租逼。驱妻逐子课工程，虽作人形俱菜色。煮海之民何苦辛，安得母富子不贫！本朝一物不失所，愿广皇仁到海滨。甲兵尽洗征输辍，君有馀财罢盐铁。太平相业尔惟盐，化作夏商周时节。

这是宋诗中少见的一首关注社会现实、反映民生疾苦的杰出作品。它描写海滨盐民晒盐、炼盐的苦况和他们的贫困生活，并揭露和鞭挞了官僚、地主和高利贷者对他们的盘剥和欺压。

这首诗强烈的写实主义倾向至少可以说明两个问题：（一）过去一些论者谴责柳永词题材狭窄，只写男女艳情和市民生活而不关心社会现实，这是不合事实的。他只不过是和当时大多数作家一样搞诗词分疆划界，习惯于用诗来表现重大题材，而专用词来写艳情与市民欢乐而已。正如钱锺书先生《宋诗选注》介绍这首诗时所说的："他在词集《乐章集》里常常歌咏当时寻欢行乐的豪华盛况，因此宋人有句话，说宋仁宗在位四十二年的太平景象，全写在柳永的词里。但是这里所选的一首诗（指《煮海歌》——引者）就表示《乐章集》并不能概括柳永的全貌，也够使我们对他的性格和对宋仁宗的太平盛世都另眼相看了。"（二）柳永无论写诗还是填词，都有"眼睛向下看"——亦即关注民间——的倾向，因此将他的诗与词对读，对于他作词变雅为俗的"另类"行为我们就更加理解和赞赏了。

三、慢词创作的巨大成就和多方面的艺术贡献

柳永不但是宋代俗词派的奠基人和当之无愧的主帅，而且也

是雅词高手;他更是宋代第一个大量创制长调慢词的人;其《乐章集》题材多样,境界开阔,颇有大家风范。单单是在大量创制长调慢词和大力开拓词境这两点上,他就足以得到高度的评价。说他是为宋代词体文学的发展开疆拓土的第一大功臣,一点也不为过。

当代词学大家龙榆生先生在他的《词曲概论》里论及柳永时谈到:"柳永在词的发展史上,从形式上讲,他有开拓疆域的勋劳,使后来豪放作家得着无限宽广的场地,以供驰骋;从技法上讲,他又善于刻画自然景象,使后来戏曲作家有所启发,惯于用外境描写烘托内心活动。"龙先生甚至说:"如果不是柳永大开风气于前,说不定苏轼、辛弃疾这一派豪放作家,还只是在小令里面打圈子,找不出一片可以纵横驰骋的场地来呢!"

我在这里仅举一例:《乐章集》中有一首篇幅长达二百一十二字的长调词《戚氏》,是柳永的创调,它堪称柳永铺叙之法的典范之作。苏轼本来是非常瞧不起柳永的,见到谁都要把柳永贬斥一通,甚至指责自己的学生秦少游说:"想不到我们分别以后,你却去学柳永作词!"但他实际上却在偷偷学习柳永——他的那些长调慢词就是学习柳永词法来进行铺叙的——他在做定州太守的时候就作过一首《戚氏》。我们如果拿东坡的这首《戚氏》与柳永的《戚氏》对照,就可以看出苏轼是在有意学习柳永,他们铺叙手法完全一致——那就是都使用了赋法。

为了说明柳永《乐章集》的艺术成就,除了上面引录的《定风波》、《鹤冲天》之外,我们再举他的几首堪称经典的长调词来加以分析评论:

(一) 写男女离别之情的婉约名篇《雨霖铃》:

寒蝉凄切。对长亭晚,骤雨初歇。都门帐饮无绪,留恋处、兰舟催发。执手相看泪眼,竟无语凝噎。念去去、千里烟波，暮霭沉沉楚天阔。　　多情自古伤离别。更那堪、冷落清秋节。今宵酒醒何处，杨柳岸、晓风残月。此去经年，应是良辰、好景虚设。便纵有、千种风情，更与何人说？

这首词是柳七郎风格、柳屯田家法的代表作。作者开篇就直接描述长亭饯别时一对情人依依惜别的痛苦场景——离别的时间是在秋日的黄昏，地点是汴京郊外的汴河边；情侣的依恋，船夫的催促，使情景尤显悲凉凄清。接下来写：今番相别之后，我们会两情相好如初吗？还有重逢之期吗？这都难以逆料，或许此别就是永诀，因而是流泪眼观流泪眼，伤心人对伤心人，执手牵衣，无语凝噎。词的下片不是写别后相思，而是写男主人公离别时的真实感受和对离别后情景的设想，似是对女子的留别之语。

此词时间与地点都高度集中，所叙场面、离情与别后相思之意融为一体，所以艺术效果十分强烈。它既雅也俗，熔雅俗于一炉，用极为精纯的白话文学语言写成，所以显得十分流美、通俗而又自然。在情感表达上既铺叙展衍而又含蓄能留，缠绵婉约却又不艳不俚。因此这首词既为各朝各代的风雅文人所激赏，更被广大的市井小民所由衷喜爱，成为雅俗共赏的宋词名篇。

早在宋代，《雨霖铃》就成了《乐章集》的一个风格标志符号，宋人俞文豹《吹剑续录》就记载说，一次苏东坡在"玉堂"（翰林院）问他的幕士："我的词比柳永如何？"对方回答说：柳永的词，适合十七八岁的女郎，执红牙拍板，唱"杨柳岸晓风残月"；学士你的词，则要由关西大汉，用铜琵琶、铁绰板唱"大江东去"。指的就是这首《雨霖铃》。

（二）远游思归的境界高远之作《八声甘州》：

对潇潇暮雨洒江天，一番洗清秋。渐霜风凄紧，关河冷落,残照当楼。是处红衰翠减,苒苒物华休。惟有长江水,无语东流。　不忍登高临远,望故乡渺邈,归思难收。叹年来踪迹,何事苦淹留。想佳人、妆楼颙望,误几回、天际识归舟。争知我、倚阑干处,正恁凝愁。

这首雅词写的是柳永流落在外地的时候,想念家乡、想念自己妻子的一份深挚感情。唐宋词这种题材的作品一般都写得凄婉哀怨,笔致较轻柔,但本篇的艺术境界却非常高朗,风格非常清雅,笔力非常劲健。现代词学家龙榆生认为,"婉约"词中有一部分作品是"以健笔写柔情"。此词即其一例。它不但是柳词,而且也是宋词中难得的具有唐诗风骨的佳作。所以连对柳词颇有微词的苏轼也禁不住称赞此词的"渐霜风凄紧,关河冷落,残照当楼"等句"不减唐人高处"。

唐诗是中国古代文学的一个经典,苏东坡对这首词的评价与唐诗一样高,他认为写景抒情的语句"不减唐人高处",这就是说,即使唐人登高念远的最好的作品写来也不过如此。俞陛云《唐五代两宋词选释》具体评析此词道:"起二句有俊爽之致。'霜风'、'残照'三句音节悲抗,如江天闻笛,古戍吹笳,东坡极称之,谓唐人佳处,不过如此。以其有提笔四顾之慨,类太白之'牛渚望月',少陵之'夔府清秋'也。其下二句顺笔写之,至结句江水东流,复能振起。后半首分三叠写法,先言己之欲归不得,何事淹留,次言闺人念远,误认归舟,与温飞卿之'过尽千帆皆不是,斜晖脉脉水悠悠',皆善写闺人心事。结句言知君忆我,我亦忆君。前半首之'霜风'、'残照',皆在凝眸怅望中也。"

(三)描写都市风光的名篇《望海潮》:

东南形胜,三吴都会,钱塘自古繁华。烟柳画桥,风帘翠幕，参差十万人家。云树绕堤沙。怒涛卷霜雪，天堑无涯。市列珠玑，户盈罗绮竞豪奢。　　重湖叠巘清嘉，有三秋桂子，十里荷花。羌管弄晴，菱歌泛夜，嬉嬉钓叟莲娃。千骑拥高牙。乘醉听箫鼓，吟赏烟霞。异日图将好景，归去凤池夸。

这首城市风光词以其大手笔歌咏了宋代杭州城的繁盛、钱塘潮的壮观和西湖山色的秀美，铺张扬厉，大笔濡染，极尽铺陈之能事，全景式地再现出描写对象的雄伟壮丽。上片极写杭州的繁华富庶与钱塘的雄伟险要，下片描绘西湖的秀美及士女游乐之盛，篇末归结到以两浙转运使驻节杭州的某官员（宋人杨湜《古今词话》说此官员就是柳永的老朋友孙何，但不可信），希望他“图将好景，归去凤池夸”（“凤池”，凤凰池，中书省的美称，这里代指朝廷）。

此词为柳永的自度曲，它音韵谐和，声情并茂，境界雄浑，笔力劲健，结构完美，传唱之后反响很大。大到什么程度呢？相传南宋初年，此词流播到金国，金主完颜亮听了之后，“欣然有慕于‘三秋桂子，十里荷花’”，遂兴“投鞭渡江”之志（据罗大经《鹤林玉露》），发兵南下攻宋，自称要“提兵百万西湖上，立马吴山第一峰”。以后完颜亮兵败被自己的部下杀死，南宋诗人谢处厚作诗感叹道：“谁把杭州曲子讴？荷花十里桂三秋。那知卉木无情物，牵动长江万里愁！”这个历史事件从一个侧面证明了柳永此词艺术水平之高、传播影响之大。

（四）羁旅行役词的代表作《夜半乐》：

冻云黯淡天气，扁舟一叶，乘兴离江渚。渡万壑千岩，越溪深处。怒涛渐息，樵风乍起，更闻商旅相呼，片帆高举。泛画鹢、翩翩过南浦。　　望中酒旆闪闪，一簇烟村，数行霜树。残日下，渔人鸣榔归去。败荷零落，衰杨掩映，岸边两两三三，浣纱游女。避行客、含羞笑相语。　到此因念，绣阁轻抛，浪萍难驻。叹后约丁宁竟何据？惨离怀，空恨岁晚归期阻。凝泪眼、杳杳神京路。断鸿声远长天暮。

这首羁旅行役词也属于雅词，它风格高雅，但表现的又是普通人的感情，全篇叙事性强，写得明白如话，雅、俗两者结合得很好。它描写了羁旅行役的辛苦和伤感，通过对自己——一位不得意的贫穷文人流浪各地的漂泊心态的描绘，表达了很压抑的感情。所谓“绣阁轻抛”就是男主人公轻易和女伴离别了，将她抛开了。为什么抛开了呢？那是迫不得已，为生活所迫。比如说柳永先到成都拜见了故人孙何，孙何后来当了杭州太守，柳永又跑去了杭州，这便是古时候所谓的“干谒”——拜见达官贵人求取财物。

我们再举两个南宋词人“干谒”的例子，南宋词人刘过与姜白石走做官的路子走不通，但是又要生活，只好去拜见一些官员，将自己的诗词文献给这些官员，如果有人赏识他们，就会多少给他们一些财物。辛弃疾当浙东安抚使的时候，刘过就去拜见过他，辛弃疾就给了他一些财物。与刘过相类，姜白石也去拜见过范成大，并创作了两首词《暗香》、《疏影》，让范成大的歌妓演唱之后，范成大很高兴，当场将身边的一个歌妓小红送给了姜白石。姜白石带着小红连夜坐船回家过年，晚上正下大雪，姜白石吟诗道：“自作新词韵最娇，小红低唱我吹箫。曲终过尽松陵路，回首烟波十四桥。”

这就是宋代文人的生活状态，柳永也是这个样子，只是他的运气没有姜白石好罢了。所以柳永在这里感叹“绣阁轻抛，浪萍难驻”，是指他经常流浪到这一处，没有得到自己想要得到的东西，又转到了另外一处，就像那水中的浮萍一样，到处飘荡。“叹后约丁宁竟何据”，感叹以后的相约恐怕难以实现。“惨离怀，空恨岁晚归期阻”，是在路上感慨想要回去却又办不到。“断鸿声远长天暮”，这是以景结情，用黄昏时江面上的景色和飞过的孤鸿来寄托自己的感情。此处也将自己比作失群的孤鸿，用天黑了来喻指自己的前程黯淡。前人称赞柳永"尤工于羁旅行役"，从这首词可见一斑。

(五)被认为堪与《离骚》并提的感叹身世之作《戚氏》：

晚秋天，一霎微雨洒庭轩。槛菊萧疏，井梧零乱惹残烟。凄然，望江关，飞云黯淡夕阳间。当时宋玉悲感，向此临水与登山。远道迢递，行人凄楚，倦听陇水潺湲。正蝉吟败叶，蛩响衰草，相应喧喧。　　孤馆，度日如年，风露渐变，悄悄至更阑。长天净，绛河清浅，皓月婵娟。思绵绵，夜永对景，那堪屈指，暗想从前。未名未禄，绮陌红楼，往往经岁迁延。　　帝里风光好，当年少日，暮宴朝欢。况有狂朋怪侣，遇当歌、对酒竞留连。别来迅景如梭，旧游似梦，烟水程何限！念利名、憔悴长萦绊。追往事、空惨愁颜，漏箭移、稍觉轻寒。渐呜咽、画角数声残。对闲窗畔，停灯向晓，抱影无眠。

这是柳永词中字数最多的一首，全篇二百一十二字，在宋词中仅次于最长词调《莺啼序》(二百四十字)，位居第二，堪称鸿篇巨制。它是一首时间、空间错综，境界变换奇横的慢词。词当作于柳永晚年漂泊江湖、旅况凄凉，因生活困顿、精神痛苦而加倍怀念汴京之时，是对自己一生的回顾和总结。

词分三片：第一片抒悲秋情绪，第二片叙永夜幽思，第三片写自己已经勘破名利，只能转而追求解脱之方。采用顺叙方式，以时间为线索，从傍晚、深夜直写到翌日破晓，脉络井井，有条不紊。上片先写晚秋天黄昏微雨刚过之时的凄清景色，由近景写到远景，哀景中含愁情，笔触细腻而层深浑成。中片深入一层，刻画此时此地的心理状态，表面看，好似放笔直书，但读后丝毫不觉其率直，原因在于作者情真意切而笔触又能流转自如。下片为一篇之中心,追忆自己少年时在汴京狂放不羁的生活,然后回到现实的处境,以往昔的欢娱,反衬出眼下的落寞。结尾二句"停灯向晓,抱影无眠"堪称一篇之眼,它写尽了作者伶仃孤苦的滋味,是传神的妙笔。

这首词是"屯田家法"的代表作之一,它充分显示了柳永慢词平叙当中有波澜的高明章法。清人周济《宋四家词选》评点柳永《斗百花》词道:"柳词总以平叙见长,或发端,或结尾,或换头,以一二语勾勒提掇,有千钧之力。"将这段话移过来评论本篇,再也合适不过。还须一提的是,此词在宋代影响极大,南宋初王灼《碧鸡漫志》转述说:当时人读了这首词后称赞道:"《离骚》寂寞千年后,《戚氏》凄凉一曲终。"话虽然有点过誉,但由此也可见柳永在宋代词坛成就之卓特、地位之崇高了。

第六讲　小词馀力开新境，千古豪苏擅胜场

——横放杰出的词风变革者苏轼

揽辔登车慕范滂，神人姑射仰蒙庄。
小词馀力开新境，千古豪苏擅胜场。

——叶嘉莹《论词绝句·论苏轼词》

叶嘉莹先生的这首论词绝句，向我们介绍了苏轼这位宋代词坛的特殊人物：他自幼接受儒家文化的教育，立志要当一位揽辔登车、澄清天下的政治家。他入仕以后，积极从政，长期在宦海沉浮，写诗作文是他的"馀事"，而长短句小词的创作更是他的"馀事"之"馀事"，只是他毕生事业中的很小的一部分。然而，从词史上来观察，正是苏轼这种似乎不经意的闯入，使他成了转变一代词风的领军人物。

一、转变一代词风的领军人物

一向被目为"小道"、"艳科"的词体文学，发展到北宋中期，走到了需要变革的十字路口。在时代呼唤词体文学变革的关头，一个伟大的文学天才应运而生了——宋仁宗景祐三年十二月十九日(照公历推算是1037年1月8日)，苏轼诞生在四川眉山县城中一个富有文学气氛的清寒的知识分子家庭里。苏轼，字子瞻，号东坡，其父苏洵和弟弟苏辙都是著名的政论家、散文家，父子三人又

都属于“唐宋古文八大家”之列。

苏轼在幼年时代就接受了正统儒家经世济时的政治理想的教育,向自己的母亲程氏发誓,要像东汉的范滂那样:“登车揽辔,有澄清天下之志。”苏轼多才多艺,成年之后在诗、词、散文、书法、绘画等领域都取得了卓越的成就,成为举国公认的一代文坛领袖。而对传统词风的重大变革,只不过是他在文坛创下的多项业绩中的一项。

苏轼于仁宗朝晚期嘉祐二年(1057)进士及第,大约十来年以后,神宗熙宁年间,他开始进行词的创作。这个时候,词坛上并立着两个代表着两种不同审美思潮和文化倾向的词派——晏殊、欧阳修士大夫雅词派和柳永俗词派。

晏欧一派承南唐馀绪,以小令为主要表现形式,以士大夫的艳情与闲情为主要表现内容,艺术视野颇为狭窄,在词的艺术发展上没有很大的开拓能力。大晏和欧公先后谢世(大晏先去世,欧公则卒于熙宁五年即公元1072年,这一年为学界公认的苏轼开始写词的第一年)之后,此派的硕果仅存者——晏殊的小儿子晏几道只能(或只愿)遵父辈传统作艳体小令,适足以显示自南唐至宋初的士大夫令词传统已到了终结阶段。

而代表另一潮流的柳永及其追随者,虽然另辟蹊径,吸收市井“新声”以大量创制长调慢词,沾染市民意识而把词的表现范围扩大到市民生活及都市风光等方面,为词的发展开拓了较为广阔的艺术天地,但因此派具有背离文人士大夫思想文化传统而趋于世俗化、市井化的倾向,遂为整个文人词的阵营所拒纳和排斥。

在这种情况下,要使词体文学得以发展,就必须跳出晏欧与柳永两派的蹊径,另寻“第三条道路”。这就是:把封建士大夫意识与市民意识加以调和,解决士大夫“雅歌”与市井“新声”的矛盾,用士大夫意识与审美观去改造业经柳永一派开拓壮大起来了的合乐歌词，使之士大夫化和雅化，以便堂堂正正地成为文人士大夫手中的抒情言志体裁之一。苏轼，就是这“第三条道路”的开路人。

东坡词问世之后，在北宋晚期和南宋前期文人士大夫群中持续产生了巨大的反响。北宋晚期，囿于当时燕安享乐、浅斟低唱的文化环境，作词学东坡者尚少。到了“靖康”难起，宋室南渡，如狼似虎的金国侵略军横扫中原大地，踏破了文人学士浅斟低唱的歌台舞榭，摧毁了生产软媚小词的秦楼楚馆，惨酷的家国巨变方才改变了大部分词人的文学观与词体观，使他们感觉到了以诗为词、以词言志的需要与必要，于是南渡之际和南宋前期，词坛学苏者才风起云涌，产生了阵容极其强大的学苏的流派。

所以南宋初年的词论家王灼在其《碧鸡漫志》中赞扬道：“东坡先生以文章馀事作诗，溢而作词曲，高处出神入天，平处尚临镜笑春，不顾侪辈。……东坡先生非醉心于音律者，偶尔作歌，指出向上一路，新天下耳目，弄笔者始知自振。”这些话充分肯定了苏轼转变一代词风的巨大作用，确认了苏轼在词坛创新体、开新派的旗手和主帅地位。

所谓“向上一路”，就是转变词的只用于娱宾遣兴的功能，用这种新体诗来像传统五七言诗那样抒情言志。从这个角度看，东坡词的问世和“东坡体”的建立，意味着当时的词坛上在传统应歌之词诸派别之外产生了面貌全新的一派——言志派。所谓言志，就是指把词定位于“诗之裔”，用它作为抒发词人自己的士大夫情怀的文学工具，不受拘限地尽兴流露和表现词人自己的主体意识（亦即作为士大夫的作者自身的人格、性情、理想、胸襟、思想矛盾及学问才华等等），达到我手写我心，词风如其人的境地。

以前的词人，都只用词来反映自己的某一范围、某一部分的思想情绪，苏轼则在词史上第一个用词来反映自己整个的士大夫生活、整个的人格和整个的心灵世界，几乎达到了如刘熙载《艺概·

词曲概》所说的“无事不可言，无意不可入”的地步（尽管他的诗文中的一些重大社会政治题材在词中并没有直接写到）。南宋末词人刘辰翁更赞美苏轼所开辟的广阔的词世界道：“词至东坡，倾荡磊落，如诗如文，如天地奇观。”（《辛稼轩词序》）

这样，就如当代学者曾经予以指明的：“有处于何时、何地、何种精神状态下的苏轼，就有与这种时、地、心境相一致的词——这样，苏词的风格就如同他的人格一样，具有多侧面、多风貌的丰富多样性；而在这种丰富多样中，又无不贯穿着他为人的情深、思深和真率的总特点。”（杨海明《唐宋词风格论》）苏轼用他大量的典范作品为词体文学的发展开辟了一条康庄大道。

二、以诗为词：苏轼对传统词风的根本性变革

苏轼在词的创作领域创新体、开新派的主要手段，就是人们常说的“以诗为词”。

“以诗为词”的涵义是什么，从北宋到当代，将近一千年的时间里，人们有许多讨论和争论。我则认为，这个概念的核心，其实就是改变自晚唐五代以来视词为“小道”、“馀事”和“艳科”的旧观念，把新兴的长短句的词视为诗之一体。苏轼之所以要“以诗为词”，是出于对词产生以来的历史的反思和不满。

词自晚唐五代以来，一直被视为酒边花前娱宾遣兴的艳科小技，其功用多在应歌合乐，其为体十分卑下，在北宋之前，从来没有人想到要将它与士大夫文学的“正体”——诗文联系起来。当时所谓“文章豪放之士”虽然很少有不喜爱这种新兴文艺形式的，但大家都必须遮遮掩掩，声明这不过是“谑浪游戏而已”（宋·胡寅《向芗林酒边集后序》）。位尊名高如晏殊、欧阳修等，莫不如此。欧阳

修就在其《归田录》中借钱惟演之口说小词适宜于上厕所时阅读，并在组词《西湖念语》的小序中特意声明自己作词是“敢陈薄技，聊佐清欢”。

在唐宋词史上，第一个从理论意识上自觉地要将词提升和纳入士大夫主流文化之内，用“以诗为词”为主要手段在传统应歌佐欢小词（不管其为“花间”、南唐或宋初体，也不管其为晏欧雅词或柳永俗词）之外自立一家、自创一体的，无疑是苏轼。

在宋代文学家中，苏轼是一个具有自觉的理论意识的杰出人物，他除了对诗、文、书法、绘画有许多精辟见解之外，对长短句的小词也有自己的一套看法。他在《祭张子野文》一文中称赞张先：“清诗绝俗，甚典而丽。搜研物情，刮发幽翳。微词婉转，盖诗之裔。”将张先的诗与词并提，虽将诗称为“清诗”，将词称为“微词”，略有诗大词小之意，但把词定位为“诗之裔”，较之前人视词为游戏、小道的观点，无疑是提高了词的地位，认为小词可以直承诗的传统。

苏轼视词为诗之一脉，并非偶然和无意的思想表露，而是对于词的本体特征和文学功能的成熟思考。他常常将诗与词进行类比，认定词从文学表达的性质和特征上看，无非是一种长短句的诗。如《与蔡景繁书》说：“颁示新词，此古人长短句也。得之惊喜，试勉继之。”其《答陈季常书》又说：“又惠新词，句句警拔，此诗人之雄，非小词也。”

蔡景繁、陈季常二人的“新词”究竟是个什么样，由于文献失传，已不可得见，但从苏轼行文的语意与语气我们可以明确无误地判定：他心目中的“新词”（亦即“以诗为词”的新体小词），应能摆脱时俗应歌之作那种柔媚俗艳之风，而写得警拔雄浑，像“古人长短句”那样，成为抒情言志的有力工具。所谓“古人长短句”，应是指《诗经》、《楚辞》中的句式参差者及句式较为灵活的汉魏古乐府。

为了显示自己诗词同源、诗词本一律的文学观,有时他甚至把词直接当作诗,比如他把自己的一首小词《阳关曲》(暮云收尽溢清寒)径直题为《书彭城观月诗》,并说是"为识一时之事"(《东坡题跋》卷三)。

基于如上的诗词同源、词为诗馀的本体论,苏轼决心拔出流俗,在风行海内的柳永词派之外另创新体。他公开的宣言,便是为人熟知的那篇《与鲜于子骏书》:

> ……所索拙诗,岂敢措手,然不可不作,特未暇耳。近却颇作小词,虽无柳七郎风味,亦自是一家。呵呵,数日前猎于郊外,所获颇多,作得一阕,令东州壮士抵掌顿足而歌之,吹笛击鼓以为节,颇壮观也。写呈取笑。

这里苏轼自己说,在写这封书简之前一段时间"颇作小词"。据当代学者考证,这封书简写于密州,时间大约在神宗熙宁八年(1075)十一月左右。"近"所作"小词",应当主要是指苏轼上一年九月罢杭州通判之任而赴密州途中、及十一月到密州任所后至写此书简之前的一年零两个月中的词作。其中自杭州赴密州的两个月行程中共作有《南乡子·和杨元素时移守密州》、《醉落魄·苏州阊门留别》、《沁园春·赴密州早行马上寄子由》等二十来首。到达密州后的一年中则作有《蝶恋花·密州上元》、《江城子·乙卯正月二十日夜记梦》、《江城子·密州出猎》等八首。

应该承认,这些词已经突破了唐五代宋初的香艳小词格局,也大大不同于柳永的倚红偎翠和羁旅行役,而是注入了浓烈的士大夫意识和诗人情怀,或者抒写其致君尧舜的儒家理想与射虎戍边的报国之志,或者抒写其坎坷不平的生活遭遇与进退行藏的思想矛盾,表露其率真热切的主体生命意识,笔触伸进了若干为过去的雅、俗二派迄未触及的生活领域。

此外，这些词已经相当程度地洗去了为晏欧、柳永两派所共有的绮罗香泽之态和浅斟低唱之风，明显地流露出了“以诗为词”、让词像诗那样成为士大夫抒怀言志之工具的革新倾向。所谓“东坡体”，就是在这个时期初显其峥嵘之貌的。其中最有代表性、也是苏轼最感自豪的，就是这封书简中特意提到的“猎于（密州）郊外”所作的《江城子·密州出猎》一阕：

> 老夫聊发少年狂，左牵黄，右擎苍，锦帽貂裘，千骑卷平冈。为报倾城随太守，亲射虎，看孙郎。　酒酣胸胆尚开张，鬓微霜，又何妨！持节云中，何日遣冯唐？会挽雕弓如满月，西北望，射天狼。

平心而论，这首小词虽然也是宋词中的名篇，但写得有些直露而欠含蓄蕴藉，风格稍嫌粗豪，并非东坡词中上乘之作。但是，苏轼在这里既然是把它作为与柳永风格相异的“自是一家”之作列举出来的，则此词无疑就具有代表苏轼新词风、显示苏轼改革词体方向的典范意义。

相对于柳永的多写市井艳情与凡夫俗子哀乐之情，此词写的是士大夫的逸怀浩气和报国立功之志；相对于柳永词中愁苦低吟和放浪形骸的失意秀才形象，此词塑造的是士林精英、“衣冠伟人”（清人谭献评苏词语）的自我形象；相对于柳词的“昵昵儿女语”和伤春悲秋、羁旅天涯的低沉悲叹语，此词全是豪言壮语和直抒胸臆的快言快语；相对于柳词的须十七八女郎执红牙拍板曼声娇唱的阴柔之调，此词则是适合于东州壮士吹笛击鼓、抵掌顿足而高唱的阳刚之调。……总之，一切都要与柳七郎那位“流行歌曲”大师不同，要把词改造成从内容到风格都区别于市井俗调软调的诗人之词！

从《与鲜于子骏书》这篇论词文字和《江城子·密州出猎》这首词我们可以看出，东坡词与柳永词的种种不同，不单单源于两位词人个性、遭遇与才调的不同，而且还基于词体文学观的不同，是苏轼在歌词文学创作上志在复“古”、有意要在晏欧、柳永二派之外另张一军的必然结果。

三、以清雄旷达为主调而又风格多样化的东坡词

如果说，《江城子·密州出猎》这样的作品还仅仅是苏轼“以诗为词”的初步试验的话，那么，继此一年之后在密州所作的咏中秋节以寄其弟苏辙的《水调歌头》一阕，则是“以诗为词”的重大成果了：

水调歌头

丙辰中秋，欢饮达旦，大醉。作此篇，兼怀子由

明月几时有？把酒问青天。不知天上宫阙，今夕是何年？我欲乘风归去，又恐琼楼玉宇，高处不胜寒。起舞弄清影，何似在人间。　转朱阁，低绮户，照无眠。不应有恨，何事长向别时圆？人有悲欢离合，月有阴晴圆缺，此事古难全。但愿人长久，千里共婵娟。

这首词，不但成功地抒写了苏轼作为当时的文化精英的主体意识和主观情志，而且奠定了苏轼词的主体风格的基调——那就是庄周式的旷达。上片写中秋之夜月下饮酒时的逸兴遐思，意境高古超旷；下片怀念远方的胞弟，虽短暂地怅恨不能见面，但颇能

以理遣情，以宇宙、人生之常理化解愁怀，达观开朗，做到理智与感情完美地谐和融洽。这种既能入又能出，寓意于物而不留滞于物的情怀，正是源于庄周的思想。此词写得极为疏放洒脱，清旷飘逸，显出苏轼个性化的主导词风。

这首词是苏词中少有的为历代一致公认的经典之作，宋胡仔《苕溪渔隐丛话》说："中秋词自东坡《水调歌头》一出，馀词尽废。"明人卓人月《古今词统》说："'明月几时有'一词，画家大斧皴，书家劈窠体也。"清刘熙载《艺概·词曲概》拿此词与东坡的慷慨豪壮之作对比来评论说："词以不犯本位为高，东坡《满庭芳》：'老去君恩未报，空回首，弹铗悲歌。'语诚慷慨，然不若《水调歌头》'我欲乘风归去，惟恐琼楼玉宇，高处不胜寒。'尤觉空灵蕴藉。"《左庵词话》更引继昌语赞扬道："此老不特兴会高骞，直觉有仙气缥缈于毫端。"

拿这首词与作者一年前写的那首以雄豪为美、以文人雅士之身客串射虎武将的《江城子·密州出猎》相比较，我们不得不承认这一首更显苏轼的本来面目，更像苏轼自己。这表明苏轼词成熟了，苏词主体风格——旷达形成了。

几年之后的贬官流放黄州时期，更是苏轼创作的高峰期。其代表作便是千古艳称的据说要由关西大汉执铜琵琶铁绰板演唱的"豪放词"《念奴娇·赤壁怀古》：

> 大江东去，浪淘尽、千古风流人物。故垒西边，人道是、三国周郎赤壁。乱石穿空，惊涛拍岸，卷起千堆雪。江山如画，一时多少豪杰！　　遥想公瑾当年，小乔初嫁了，雄姿英发。羽扇纶巾，谈笑间、樯橹灰飞烟灭。故国神游，多情应笑我，早生华发。人生如梦，一尊还酹江月。

这首词笔力雄健，意境壮阔，历来推为东坡豪放词的第一篇，乃至一提苏轼就让人先想到“大江东去”，一提“大江东去”就知道说的是苏轼。但细加推究，豪壮雄放是其笔力、境界特征，说它“风格豪放”也大致没有错，若要探求其主题，“豪放”二字则大大不够用了。苏轼写此词的目的决不是要畅发一种吞吐八荒的外向进取之志，而是要表现其谪居黄州后潜思内省产生的放旷自适之怀。

全章的灵魂，在开头的“浪淘尽千古风流人物”及结尾的“多情应笑我，早生华发。人生如梦，一尊还酹江月”等句上。清人黄苏《蓼园词选》评论这首词道：

> 题是“怀古”，意是为自己消磨壮心殆尽也。开口“大江东去”二句，叹浪淘人物，是自己与周郎俱在内也。“故垒”句至次阕“灰飞烟灭”句，俱就赤壁写周郎之事。“故国”三句，是就周郎拍到自己，“人生如梦”二句，总结以应起二句。总而言之，题是赤壁，心实为己而发。周郎是宾，自己是主。借宾定主，寓主于宾。是主是宾，离奇变幻，细思方得其主意处。不可但诵其词，而不知其命意所在也。

黄苏所论极是。这首词的“命意”，实在不是描写“壮心”之方盛，而是宣泄“消磨壮心殆尽”后的旷适情绪。须是壮心方盛，词风才会始终豪放；但苏轼写此词时，刚刚遭受重大政治打击，反思人生，愈觉与老庄思想契合，壮心既经消磨，自必走向超越宠辱忧乐的“旷达”一路。

所以，这首词的风格，豪放仅为其表，旷达方为其里。前人妄赞此词“自有横槊气概，故是英雄本色”（徐釚《词苑丛谈》卷三《品藻一》），显然不符合苏公本意，且歪曲了其衣冠文士的“本色”；而今人批判其“消极颓废思想”，更是以现代意识去强求古人。此词风格基调，实在是近于司空图《二十四诗品》中描写的“旷达”一品。

清人孙联奎疏解《二十四诗品》中的“旷达”时，于“杖藜行歌”一句下发挥道：“吾意其时，不唱‘大江东’，即诵《赤壁赋》。”苏轼的《念奴娇》词与前、后《赤壁赋》，是在同一地点、同一环境、同一心情下写的同题材、同主题之作，它们仅仅是文体不同，修辞与表现手段不同，但基本的风格情调是一致的，这就是——旷达。

此外，东坡黄州词中即事抒怀而尽显其真性情与真气度者，莫过于这首《定风波》：

> 莫听穿林打叶声，何妨吟啸且徐行。竹杖芒鞋轻胜马，谁怕？一蓑烟雨任平生。　　料峭春风吹酒醒，微冷，山头斜照却相迎。回首向来萧瑟处，归去，也无风雨也无晴。

这首词被现代一些论者竞相推许为东坡豪放词的代表作之一，但它却实实在在不是那种挟海上风涛之气、有吞吐八荒之概的豪放之章，而是一首内省精思、以小事寓哲理的地地道道的旷达小词。这首词的小序是这样的：“三月七日（按即贬居黄州的元丰五年春三月七日，此后四个月零九天，东坡作《念奴娇·赤壁怀古》词——引者），沙湖道中遇雨，雨具先去，同行皆狼狈，余独不觉。已而遂晴，故作此词。”

旅途遇雨，本来是生活中习见不鲜的区区小事，但苏轼即事寓理，畅写自己参透人生的旷达情怀。上片写路遇风雨时冒雨徐行的泰然自若之状，下片写雨后景物及自己由此悟出的人生哲理。“回首向来萧瑟处，也无风雨也无晴”二句是全篇的精髓，它们以自然气象谕示作者经过政治、人生风雨后悟出的清超旷达的哲理境界；极为形象地反映了苏轼忧乐两忘、任天而动的独特性格和人生态度。

晚清词学名家郑文焯评论此词道：“此足征是翁坦荡之怀，任天而动。琢句亦瘦逸,能道眼前景,以曲笔直写胸臆,倚声能事尽之矣。”(《手批〈东坡乐府〉》)这实在是“东坡体”中体现其“旷达”主导风格的一首代表作。

在明白了“东坡体”的建构过程之后,我们还需要了解:苏轼在词史上并不止是开创了一种新词风,也不仅仅是一个流派的领袖,而是变革传统词风、提升词的功能、拓展词的世界的一代大师。凡大师,其作品皆有大家风范,在建立自己主体风格的基础上实现了风格的多样化。东坡作词,豪婉兼擅,其词集中除了豪放、清雄、旷达的作品之外,还有大量当行本色的婉约小词,只不过他的这些婉约之作已经如同胡寅所说“一洗绮罗香泽之态,摆脱绸缪宛转之度”,成了一种东坡式的变革型婉约词。凡大师,必定题材广泛,在题材、意境等方面有重大的开拓。苏轼在这方面贡献极大,举例来说,农村词就是他开辟的一个新词类。

苏轼的文学曾被前人誉为“苏海”——是一个开掘不尽的大海。我这里只能酌一勺于大海。经典共欣赏,疑义相与析,让我们一起来解读他的如下两组词作吧:

(一)几首“一洗绮罗香泽之态,摆脱绸缪宛转之度”的新型婉约词。

江城子·乙卯正月二十日夜记梦

十年生死两茫茫,不思量,自难忘。千里孤坟,无处话凄凉。纵使相逢应不识,尘满面,鬓如霜。　夜来幽梦忽还乡,小轩窗,正梳妆。相顾无言,惟有泪千行。料得年年肠断处,明月夜,短松冈。

这是东坡爱情、亲情词中的上佳之作。乙卯是宋神宗熙宁八年(1075),这一年恰是苏轼妻子王弗谢世十周年。远在密州为官的苏轼借记梦的形式写下了这首沉痛哀婉的悼亡词。上片从双方生死阻隔起笔,进而写相思难忘,无处倾诉痛苦之情,即使相逢也难相识,几经转折,渲染了十年死别之苦与思念之深。下片进入梦境,再现往日闺房生活的小景,刻画久别乍见场面,言简而真,情深而婉。最后以相思肠断收笔,翻进一层,使得情景相生,余音袅袅,感怆无尽。

词序明言"记梦",全篇就依梦前、梦中、梦后的思路递进,现实与梦幻交错,怀旧悼亡中糅进身世之感。全篇语言平畅,体贴细腻,一往情深,见出作者不忘结发旧恩、笃于伉俪亲情的美好心灵。唐圭璋先生《唐宋词简释》评论此词:"真情郁勃,句句沉痛,而音响凄厉,诚后山所谓'有声当彻天,有泪当彻泉'也。"

洞 仙 歌

余七岁时,见眉山老尼,姓朱,忘其名,年九十岁。自言尝随其师入蜀主孟昶宫中。一日大热,蜀主与花蕊夫人夜纳凉摩诃池上,作一词。朱具能记之。今四十年,朱已死久矣,人无知此词者。但记其首两句,暇日寻味,岂《洞仙歌令》乎?乃为足之云。

冰肌玉骨,自清凉无汗。水殿风来暗香满。绣帘开、一点明月窥人,人未寝、欹枕钗横鬓乱。　　起来携素手,庭户无声,时见疏星渡河汉。试问夜如何?夜已三更,金波淡、玉绳低转。但屈指、西风几时来,又不道、流年暗中偷换。

这首词,据作者在小序中所说,是补足已经失传的五代后蜀主孟昶描写夏夜纳凉的《洞仙歌》词而成,但细细玩味全词描述的内容和所抒发的情感,我们可以判断,它实际上完全是苏轼本人的创作。它虽是描写前代宫廷轶事,但内容却超出了咏史的范围,它通过自然界季节的变化和时间的推移,流露出了作者本人对人事无常的深沉感慨。词的上片写美人帘内欹枕,下片写户外偕行,将夏夜情景写得清凉自在,让人读之有如临其境之感。全篇写得真切细微,柔婉清丽,表明苏轼除了那些豪壮、旷达之作外,也是一个锦心绣口的婉约词高手。

对这首词,历来都有高度的评价。如宋末张炎称赞它"清空中有意趣,无笔力者未易到。"(《词源》)清沈祥龙评论说:"词韶丽处不在涂脂抹粉也。诵东坡'冰肌玉骨,自清凉无汗,水殿风来暗香满'句,自觉口吻俱香。"(《论词随笔》)郑文焯更形容本篇的意境和审美效应道:"诚觉意象万千,其声亦如空山鸣泉,琴筑并奏。"(《手批〈东坡乐府〉》)

水龙吟·次韵章质夫杨花词

似花还似非花,也无人惜从教坠。抛家傍路,思量却是,无情有思。萦损柔肠,困酣娇眼,欲开还闭。梦随风万里,寻郎去处,又还被、莺呼起。　　不恨此花飞尽,恨西园、落红难缀。晓来雨过,遗踪何在?一池萍碎。春色三分,二分尘土,一分流水。细看来,不是杨花点点,是离人泪。

这是一首次韵之作。次韵的写法本来在命意和格律上要受许多限制,本篇却充分显示了苏轼"带着镣铐跳舞"的非凡才气。它丝毫不露拼凑的痕迹,而能在章质夫的原作之外,另辟一个全新的意境。章词以实写春天柳絮飞扬的景色为主,苏轼此词则由柳絮而转写人情。清人刘熙载《艺概·词曲概》中评论这首词首句"似花还似非花"时说:"此句可作全词评语,盖不离不即也。"

的确,整首词不离柳絮,又利用拟人的写法,立出柳树为主脑,写出了寄托于柳树之上的人的情感历程。上片写柳絮像花又不是花,无人爱惜它,听任它随风坠落。它像游子离家一样,离开树枝头。如果说游子像柳絮一样无情的话，那么，留在家里的思妇则像柳树一样，时时把游子牵挂。苦苦的思念使“她”腰如柳枝，眼如柳叶，日渐消瘦。梦里随风去寻找像柳絮一样飘荡的游子，却又被黄莺将梦打断。下片接着写：更使人伤心的，还不是游子离家，而是春光逝去。就像花朵落地就再也不能回到树上一样，人生的花季也会一去不再复返。春雨过后，柳絮多半化为尘土，小半化为浮萍，旋即飘散得无影无踪，留下的只是无尽的思念和永远的遗憾。春天是短暂的，但人的情感却是长存的。词的结尾以“离人泪”作为柳絮的归宿，将全篇的抒情推向高潮，给人以深永的回味。

这首词早在宋代就受到评论家们众口一词的称赞，如朱弁说：“章质夫杨花词，命意用事，潇洒可喜。东坡和之，若豪放不入律吕。徐而视之，声韵谐婉，反觉章词有织绣工夫。”(《曲洧旧闻》)张炎尤其赞赏此词的下片，他说：“后段愈出愈奇，真是压倒今古。”(《词源》)明人沈谦评论说：“东坡‘似花还似非花’一篇，幽怨缠绵，直是言情，非复赋物。”(《填词杂说》)近人王国维甚至说：“东坡《水龙吟》咏杨花和韵而似原唱，章质夫词原唱而似和韵，才之不可强也如是。”(《人间词话》)

蝶　恋　花

花褪残红青杏小，燕子飞时，绿水人家绕。枝上柳绵吹又少，天涯何处无芳草！　　墙里秋千墙外道，墙外行人，墙里佳人笑。笑渐不闻声渐悄，多情却被无情恼。

这是一首感伤春光易逝、佳丽难逢，叹息多情者多烦恼的小词。上片先以赋笔铺写暮春景色与伤春情绪，随后却于末句作旷达之语——“天涯何处无芳草”！这是化用屈原《离骚》“何所独无芳草兮，尔何怀乎故宇”二句，借以表达作者自己某种旷达的人生哲思。下片写“行人”在上述环境中被无端逗起烦恼的一段闲情。佳人墙内荡秋千,行人墙外起“闲愁”,这两个场景,全由关不住的笑声给勾连起来。“墙里”与“墙外”、“佳人”与“行人”、“笑”与“恼”、“无情”与“多情”的两两对比,构成了饶有情趣的生活剪影。

全词风格婉丽,刚柔相济,好句佳境,奇情四溢,且饱含人生哲理。所以清人王渔洋称赞道:“‘枝上柳绵’,恐屯田(柳永)缘情绮靡,未必能过。孰谓坡但解作‘大江东去’耶?髯(苏轼)直是轶伦绝群。”(《花草蒙拾》)

(二)一组清新流丽的农村词。

浣溪沙

徐州石潭谢雨道上作五首。潭在城东二十里,常与泗水增减,清浊相应。

照日深红暖见鱼,连溪绿暗晚藏乌。黄童白叟聚睢盱。　麋鹿逢人虽未惯,猿猱闻喜不须呼。归家说与采桑姑。

旋抹红妆看使君,三三五五棘篱门。相排踏破茜罗裙。　老幼扶携收麦社,乌鸢翔舞赛神村。道逢醉叟卧黄昏。

麻叶层层苘叶光,谁家煮茧一村香?隔篱娇语络丝娘。　垂白杖藜抬醉眼,捋青捣麨软饥肠。问言豆叶几时黄?

簌簌衣巾落枣花,村里村北响缫车。牛衣古柳卖黄瓜。　酒困路长惟欲睡,日高人渴漫思茶。敲门试问野人家。

软草平莎过雨新,轻沙走马路无尘。何时收拾耦耕身?　日暖桑麻光似泼,风来蒿艾气如薰。使君元是此中人。

宋神宗元丰元年(1078)春天，徐州大旱。上一年刚到徐州任太守的苏轼照例率领州里的官员们到城东二十里的石潭去祈雨。夏初下了雨旱情缓解时，他又带领祈雨时的原班人马到石潭去谢雨。谢雨道上，他写了如上所录的五首《浣溪沙》词，记述了路上的所见与所感。

自晚唐五代以来，词为艳科，世人在词中看惯了的是“绮罗香泽之态”和“绸缪宛转之度”，而苏轼这一组农村词表现的却是田园风光和农民形象，充满了泥土气息，这是他对词的创作题材和艺术风格的重要开拓与增添。这组词写得十分精美，苏轼本来就是画家，因此五首词都充满了诗情画意，连续读之，如展开一卷农村风情画轴。这里仅简要地逐首赏析一番：

组词的第一首(照日深红暖见鱼)，写以石潭为中心的村野风光，及聚观谢雨仪式的村民们的欢乐。上片首句写雨后潭中之红鱼，次句写雨后村庄四周之绿树，都是为了突出久旱之后这一场及时雨使农村景象一新。第三句撇景写人——村中的老人和小孩。睢盱，张目仰视的样子，兼有欢乐之义。这是暗用韩愈《元和圣德诗》“黄童白叟，踊跃欢呀”句意。既然连老人与小孩都跑出来看谢雨，村中其他人的欢乐就更不言而喻了。

下片前两句先通过“麋鹿”、“猿猱”两种动物对谢雨仪式的反应来渲染雨后农村和平喜乐的气氛，然后末句以想像之笔写道：“归来说与采桑姑”。这是预想今天观看了谢雨仪式的人们回家以后意犹未尽，必然会兴奋地向未能一睹谢雨盛况的“采桑姑”们追说一天的见闻。这个结尾妙趣横生，丰富了词的内涵，让人有回味的馀地。

组词的第二首(旋抹红妆看使君)，写谢雨途中的见闻。上片写村姑的群像,似乎就是接着前一首“采桑姑”的话头写下来的:那些未及观看谢雨仪式的“采桑姑”们听说“使君”回城要路过她们这里,赶快梳洗打扮一番出门来观看;但农家的“棘篱门”比较窄小,村姑们你推我挤,便有人尖叫说:自己的裙子被踏破了!下片笔锋一转,去写田野、祠堂,又是一番光景。

这是两个切割镜头:老幼收麦、乌鸢翔舞是远景镜头,老叟醉卧道旁则是特写近景镜头。作者就是这样通过一系列画面反映出农村得雨后的新景象。“使君”在里面虽然只是个陪衬角色,但他与民同乐的心情也洋溢于字里行间。

组词的第三首(麻叶层层苘叶光),写乡间雨后的风光。上片写农事活动,首句写地头的作物——茂密的麻叶层层叠叠,在雨后显得滋润有光泽;后二句写村中煮茧之事,煮茧的清香气味,蚕娘的娇语之声,都被作者分明地嗅到了,听到了。下片则无异于记述作者对农民生活的“采访”——头两句,白发老翁拄着藜杖,老眼迷离似醉,捋下新麦炒干后捣成粉末充饥,由此可见久旱的农村生活仍有困难;于是末句作者关切地询问:这地里栽种的豆类作物几时成熟?这一首不止于描写徐州农村风俗民情,而且反映出作者与徐州民众之间亲近、融洽的关系。

组词的第四首(簌簌衣巾落枣花),也是写作者在乡野之间行路时的所见所闻,但风格更为平淡而随意,所以五首之中似乎这一首最受后人欢迎。上片写簌簌飘落的枣花,写响遍村庄南北的缫车,写身着粗布衣服卖瓜的农民,真是一幅生动自然的初夏村居图。下片则写作者自己路途的困渴和向农家敲门索茶的情景,活画出一个胸怀疏朗、性情洒脱而且与民亲密无间的活东坡的自我形象。清人王渔洋称赞说:“‘牛衣古柳卖黄瓜’,非坡仙无此胸次。”(《花草蒙拾》)

组词的第五首(软草平莎过雨新),把写景抒情的视野从石潭谢雨道上扩展开去，大范围地描写徐州农村久旱逢雨之后所呈现的一派欣欣向荣、丰收在望的景象，流露出作者对农村田园生活的无比热爱和希冀有朝一日归耕田园的美好愿望。

上片首二句“软草平莎过雨新，清沙走马路无尘”，不仅仅写出草之“软”与沙之“轻”，而且含蓄地表达了作者在这种清新而且温馨的环境中舒适轻松的感受。于是发出了“何时收拾耦耕身”之问——也就是向往田园生活，意欲早日归农。下片“日暖桑麻光似泼，风来蒿艾气如薰”二句，承上片接转，将意境宕开，从道路转到田野，写广阔原野上的蓬勃景象。末句“使君元是此中人”，乃画龙点睛之笔，它收束以上五首词所写种种作结，既道出了作者“收拾耦耕身”的思想本源，又将其对田园生活的热爱之情进一步深化。

第七讲　当年转益亦多师，博大精工世所知

——婉约词的集大成者周邦彦

词坛领袖属周郎，　雅擅风流顾曲堂。

南渡诸贤更青出，　却亏蓝本在钱塘。

——清·江昱《论词绝句》

这首论词绝句,高度评价了北宋晚期的词坛领袖周邦彦的创作成就和他在宋词发展史上的枢纽地位。的确,在宋词发展史上,周邦彦堪称北宋词的殿军、南宋词风的开启者,起过很重要的作用。但是,并非历代所有周词的阅读者和接受者都像江昱这样看好周邦彦,对于他的人品、词品,不论在他生前,还是他过世之后,都有很大的争议和若干的误会。

自古迄今,人们或由于价值观念的歧异,或由于对历史真相不了解,或由于周邦彦本人及其作品本身的确存在某些瑕疵与不足,对周邦彦其人其词的评价一直都是毁誉不一的。因此,我们有必要先来了解一下他的为人,澄清了对他的人品的争议之后,对他的词就很好评价了。

一、一个与政治并无多大关联的词人

从南宋时起,就有一些传说故事,说周邦彦的人品不高,就连正史也似乎凿凿有据地说他“疏隽少检”、“不为州里所推重”(《宋

史》本传）等等。据南宋人的笔记小说（张端义《贵耳录》）里面记载，有这么一段轰动古今的、直到今天的人们编写电视剧时都要采用的风流故事：说是周邦彦在汴京当官的时候，曾经和当时的皇帝宋徽宗，君臣二人同狎一妓——李师师。这个故事说：在宣和年间，宋徽宗有一次跑到妓院去和李师师相会，正巧周邦彦已经先在李师师那儿，周邦彦来不及回避，只好钻到床底下藏起来。宋徽宗进来之后，“自携新橙一颗，云江南初进来”，然后就和李师师谑语。哪知周邦彦在床底下把这一切全听到了，于是绘声绘色地写了一首《少年游》，词云：

并刀如水，吴盐胜雪，纤手破新橙。锦幄初温，兽香不断，相对坐调笙。　　低声问：“向谁行宿？城上已三更。马滑霜浓，不如休去，直是少人行。”

这首词是宋词的经典作品之一，现在大家所见到的宋词选本和周邦彦词的选本，基本上也都选了这首词。《贵耳录》记载周邦彦因为这首词受到的待遇道：

师师因歌此词，道君（宋徽宗）问：“谁作？”师师奏云：“周邦彦词。”道君大怒，宣谕蔡京：“周邦彦职事废弛，可日下押出国外。”隔一二日，道君复幸李师师家，不见师师，问其家，知送周监税；坐久，至更初，李始归，愁眉泪睫，憔悴可掬。道君大怒云：“尔往哪里去？”李奏：“臣妾万死，知周邦彦得罪，押出国外，累致一杯相别，不知官家来。”道君问：“曾有词否？”李奏云：“有《兰陵王》词。”即“柳阴直”者是也。道君云：“唱一遍看。”李奏云：“容臣妾奉一杯，歌此词为官家寿。”曲终，道君大喜，复召（周邦彦）为大晟乐正。

小说里提到的《兰陵王》词全文如下：

柳阴直，烟里丝丝弄碧。隋堤上、曾见几番，拂水飘绵送行色。登临望故国，谁识、京华倦客。长亭路，年去岁来，应折柔条过千尺。　闲寻旧踪迹，又酒趁哀弦，灯照离席，梨花榆火催寒食。愁一箭风快，半篙波暖，回头迢递便数驿。望人在天北。　凄恻，恨堆积，渐别浦萦回，津堠岑寂。斜阳冉冉春无极。念月榭携手，露桥闻笛。沉思前事，似梦里，泪暗滴。

这个笔记小说里面所引的这两首词，确实都是周邦彦词中古今传诵不衰的名篇。直到1990年，当代红学大家和诗词曲专家俞平伯先生去世之后，叶圣陶先生写怀念俞先生的文章，还提到了他写给俞先生的一首词，即是《兰陵王·步清真韵》，由此可见这首《兰陵王》的影响之大。正因为这两首词确实是周邦彦所作，所以这个故事讲的似乎是事实。

这个传说从宋代开始，一直到明代清代，大部分人都认为是真的。连《宋史》周邦彦本传也提到："周邦彦，字美成，钱塘人。疏隽少检，不为州里推重，而博涉百家之书。"其他一些有关周邦彦的传记，也是这种态度，不齿于周邦彦的人品。尤其宋徽宗本身就是一个亡国之君，他的荒唐确实也包括沉迷酒色的部分。后人瞧不上宋徽宗，自然也瞧不上周邦彦了，说君臣皆如此，进而影响了对周邦彦的评价，故而历代对周邦彦的评价都比较低。

直到近代，才有学者考证此事都是假的，但读者往往不察。实际上这件事情绝无可能，周邦彦的《少年游》也绝不是写与李师师约会这种经历的。《贵耳录》说此事发生在宣和年间，周邦彦在宣和年间已经是六十多岁的老人了，可不可能去花街柳巷寻欢作乐呢？这是其一。其二，周邦彦于徽宗重和元年早已外放出京，从此再没回京，并在宣和三年死于今天的河南商丘，他不可能在宣和年间偷偷跑回京城与李师师交往。这是从他的经历与年纪来分析，此事无可能性。

据史书记载，宋徽宗去李师师那儿是通过宫中直通李师师家的地道，根本不是骑马，这种事情怎么可能骑着马，大肆张扬着去呢？还有，皇帝外出是要带随从宦官的，不可能自己一个人去。再有，堂堂的“赵官家”，去会情人竟然只带一颗橙子，何其寒酸耶！

我们再来从词作本身分析一下。周邦彦在送别李师师时所作的《兰陵王·柳》写到“梨花榆火催寒食”，这是什么季节？是清明寒食，是春天。而《少年游》所写呢，“马滑霜浓”，是冬天。季节也不相符。唐宋人有一种习惯，文人创作了诗词之后，有些好事者就喜欢附会一个本事，如唐人就有《本事诗》，清人有《本事词》记载这些“本事”。

那么周邦彦到底和汴京的名妓“师师”有过来往没有？可以肯定是有的，但不是宣和年间的这个李师师。北宋时期，汴京城里艺名叫师师不只一个人。早在宋仁宗时，汴京就有一位叫李师师的。张先的词里就提到了李师师，秦观也有词提到师师，而周邦彦和原来这个师师是同时代的人，自然他的词里也有“师师”这样的字眼。他比秦观小几岁，基本属于同一个时代的人，他当然可能与这位师师相识。从这首词里，我们可以看出，这是周邦彦青年所写，他是通晓音律的，所以他的词里面才会写到和妓女一起调笙吹笙，写出了一个青年文人与妓女相识约会的经历。

周邦彦在世的时候，他的人品、词品就很受争议。直到王国维先生的《清真先生遗事》才把这些基本问题给澄清了，才把他的政治立场给澄清了，基本上恢复了他在宋代词史上的地位，但是后来也不断有争议。新中国建国之后，还有学者对周邦彦持贬斥态度，

“文革”前和“文革”中出版的一些文学史都这样说。

除了“生活作风”之外，北宋时人对周邦彦还有另外一些看法，对周邦彦也有所苛求和歪曲。北宋中后期，朝廷上长期有两派相争，一是以王安石为首的新党，一是以司马光为首的旧党，两党的斗争是很激烈的。周邦彦倾向于新党，在太学读书的时候，看到宋神宗倚仗王安石进行变法后，全国出现了一系列新景象，首都汴京更是欣欣向荣，周邦彦很高兴，写了一篇《汴都赋》——这是在宋代的赋中很有名的一篇大赋——来歌颂王安石变法。他把这篇赋献给了宋神宗，神宗读赋后对他的文学才能十分赞赏，就把他“召赴政事堂”，从一个普通太学生直接任命为太学正。

宋神宗死了之后，周邦彦很是感伤，“低徊不自表襮”。因为这时年幼的宋哲宗继位，高太后垂帘听政，她是反对变法派而支持以司马光为首的保守派的，于是朝中元祐党力量增强，变法派遭到排斥，周邦彦虽然不是新党的成员，但由于他曾献赋歌颂过新法，所以由汴京被外放了。

以后周邦彦流落庐州、荆州、溧水等地，担任地方学官、县令之类，一折腾就是十来年。再后来，高太后死去，哲宗亲理朝政，重新实行新法，将元祐党人贬出京都，重新起用元祐年间遭冷遇的文士们——其中也包括周邦彦。于是他得以重返汴京，重新入朝为官。不但如此，周邦彦还朝后还受到哲宗专门召见。哲宗命其重进《汴都赋》，并命他在崇正殿当众诵读这篇赋。哲宗对这位曾向他父皇献过同一篇赋的才子夸奖有加，当场授予邦彦秘书省正字的官职。

就因为有这么一段经历，人们就将周邦彦划为新党王安石一派。但是根据王国维先生考证，周邦彦虽然歌颂过新法，但是他对于新旧两党都无所依附。他不是依附哪一派才得的官，是皇帝直接给他的官。在两党的斗争中，他采取了不即不离的态度。故而时人与后人将他视为新党的看法并不如实。后代史学家往往将宋代的灭亡归咎于以蔡京为首的后期新党，而周邦彦被视作是新党的成员，自然难得好评。

据南宋人记载，有一次蔡京生日时，周邦彦居然献上“化行禹贡山川内，人在周公礼乐中”的寿联，吹捧蔡京。实际上作为恭贺宰相的寿联，必然要有相应的套语，蔡京是当时的宰相，而历史上周公亦居相位，周邦彦将此二人相比，可以理解。这样两句话，并不说明周邦彦就是在阿谀蔡京，但是就是因为这句话，周邦彦似乎在历史上留下了污点。甚至在有的评论家笔下，周邦彦是很不堪的。如夏承焘先生写了一系列的论词绝句，其中评到周邦彦的时候，说“崇宁礼乐比西周，江水难洗七字羞”指的就是这件事，可见人们对周邦彦偏见之深。

其实说到底，周邦彦不过就是一个文人。他的词，主要是用来抒发个人情感，表现个人的私生活的。站在文学的立场上来鉴赏和评论他的词，就好说话了。他不过是一个和当时的政治没有多大关联的，政治色彩不浓的普通士大夫，一个纯粹的文人。或者换句话说，就是一个纯粹的抒情诗人。我们今天来读他的词，要有一个基本态度，主要是为了获取审美的享受，并且吸取他的作品中蕴藏的诗性的智慧。只有这样，才能还原清真词的本来面目。

二、清真词：宋词由北转南的一大枢纽

但是，后代有些词话家，在估价清真词时似乎又走到了另一个极端，将周邦彦过分拔高，说他是词的“集大成者”，是“词中老杜”(杜甫)。“集大成”是一个至高无上的称号，原是孟子用来评价儒家的大圣人孔夫子的，若要移用来评价作家，则须是伟大作家，才可能得到人们的普遍认同。周邦彦显然不够“伟大作家”这个级别。至于“词中老杜”，则自古以来人们之所以推崇杜甫，都是对其

诗歌的思想性与艺术性并重的,而周邦彦词的思想内容无论如何也不能与杜诗同日而语,笼统地以周比杜,也不相宜。

我们可以说周邦彦是北宋婉约这一派词的总结者,但决不能说他是整个宋词的“集大成”者。他的词即使在技法上,也不是集大成的,至少豪放这一派词法,他是很少采用的。他只是正宗婉约词流的总结者,一位优秀的婉约词作者。他的词典丽清真,但也有雕琢的痕迹。对于他在词史上的地位,我们不宜定位过高。当然,也不宜贬低。

要知道周邦彦对宋词的发展实际贡献究竟有多大,需要把目光投射到北宋词坛,将作家和他的作品放到当时的历史文化环境中去进行实事求是的具体考察。

如人们早已熟知的,长短句的合乐歌词是隋唐之际兴起的一种新的音乐文学样式。经过晚唐五代和北宋前期、中期的发展,这种后起的文学样式已经高度成熟和繁荣,积累了丰富的艺术经验。但从北宋词的发展情况来看,虽然柳永、苏轼先后对词体艺术进行了大幅度的开拓和革新,各自取得了创体开派的辉煌成就,但也留下了一些有待后来者加以解决的重大艺术课题。

柳永固然扩大了词的题材和境界,并大量创制了长调慢词,对词的艺术形式多所贡献,但他的词风趋向于市民化、俚俗化,而为以雅词为主流的文人词坛所不能接受。他虽然大量创制长调慢词,但究属草创,其章法、技法尚未臻于完密和多样化,所创之新调的音律、格律尚待审订、精炼和规范。

苏轼继柳永而起,病世俗歌词反映生活范围之狭窄和抒情功能之低下,鄙柳词之“词语尘下”(此为李清照评柳词语,姑借用之),乃“以诗为词”,借社会流行的这一新兴体制,抒写文人士大夫的“逸怀浩气”,使词的内容更加丰富,抒情功能大大提高。苏轼的革新预示了词的发展的新方向和词的新流派的必然产生,但他的新词风因为与自“花间”派以来的文人词以抒写艳情为主、以谐音协律为美的传统有所背离，而不能为当时词坛所认可和接受。就连他的门生也毫不客气地批评他“小词似诗”（晁补之、张耒语），说是“子瞻以诗为词，如教坊雷大使之舞，虽极天下之工，要非本色”（陈师道语）。

问题就这样明摆在当时的词坛上：苏轼词中的创新之作，“高处出神入天”（《碧鸡漫志》语），自不易为笃守时尚的同时代文人所理解和接受；而自柳永开始的一派被士大夫们普遍斥之为“词语尘下”的词，更不能登大雅之堂。词坛在期待一种折衷于柳、苏二派之间，于音律和谐规范之中兼求词章的婉丽典雅，以使大家都能接受的新词体与新词派产生。

周邦彦正是这样一位在北宋后期应运而生的词坛新领袖。

周邦彦自幼博涉百家之书，有深厚的辞章修养；同时他又妙解音律，精通音乐，有“顾曲周郎”之誉。得天独厚的音乐与文学的双重才能，使得他作起词来既重其文学抒情功能，又重其本来应有的音乐功能；既重篇章辞句，又重音律之美；能清能丽，亦雅亦俗。从风格情调和艺术技巧上看，他的词的确称得上是当行本色的好词。他虽着意于炼字锻句，严格地谐音协律，以致被后世一些词论家视为宋词中“格律派”的开山祖，但其词尚不失为“诗人之词”，因为它们不单富于典雅柔和的音乐美，而且也有极强的文学抒情功能。

周邦彦把词发展成了一种将音乐语言与文学语言紧密结合起来的抒情艺术形式。平情而论，清真词多写羁旅行役的哀愁和男女相思之情，在词的题材、意境等方面比起前人来并没有什么开拓和突破，但他的作品里呈现了鲜明的创作个性和属于那个时代的知识分子的思想特质，具有一定的艺术典范意义。同柳永一样，他大量写作长调慢词，创调颇多，其《清真集》中不少名篇佳作婉丽浑成而又格律精严，章法井然而又技法繁复，因而为历代尊崇“婉约正宗”的词家所推许，奉之为圭臬。

照我们看来，周邦彦在词史上的主要作用在于：他以自己典丽缜密的作品在那令人眼花缭乱的北宋词坛上提供了一套规范化的艺术标准，并在词的音律、语言、章法和技巧等方面为后人提供了有辙可循的借鉴。由于他对词的艺术有如此显著的贡献，所以人们公认他既是晚唐五代以来“婉约正宗”词的艺术传统的总结者，又是南宋中后期主流词风的开启者，是宋词发展由北转南、承上启下的一大枢纽。

三、清真词杰出的艺术成就

以上仅仅是简括地介绍周邦彦的人生经历及其人品、词品，现在来谈清真词本身。周邦彦大半生的经历，大致可分为五个阶段。他的词，除了一部分无法编年外，大部分都是在这五个阶段创作出来的。现在我们就按这五个阶段依次列举一些代表性的作品，并把编年未定的词附在最后，一起加以介绍和赏析，借以领略其艺术成就。

1. 初旅汴京时期的词。

少年游

并刀如水，吴盐胜雪，纤手破新橙。锦幄初温，兽香不断，相对坐调笙。　　低声问：“向谁行宿？城上已三更。马滑霜浓，不如休去，直是少人行。”

这是周邦彦初旅汴京时期所写的一首恋妓词，它写的是年轻的词人与京城里的一位歌妓在冬夜里的一次温馨的交往。上片写美人热情待客：纤手香橙，快刀晶盐，食美味甘；闺房初温，相对吹笙，情投意合——这一切都从男方眼中见出。下片则改用女方的口吻来传情，说是："现在已经是三更天了，您还要到哪里去？外面路上霜浓马滑，行人稀少，多不安全呀！您就在这儿过夜吧！"

通篇情深而语隽，所述之事香艳已极，亲昵已极，却丝毫不庸俗，更不涉猥亵。小令中居然有对话，而且是切合人物身份和性格的对话。以叙事的方式来抒情，人物形象的刻画和生活细节的描写更是十分细腻逼真，使人如闻其声，如见其人。其艺术上的当行本色和炉火纯青，赢得了历代词话家的赞誉，如清人毛稚黄谓其"意思幽微，篇章奇妙，真神品也"（王又华《古今词论》引）；许昂霄《词综偶评》赞扬其"清境如绘"；周济《宋四家词选》亦谓其为"本色佳制"。

苏　幕　遮

燎沉香，消溽暑，鸟雀呼晴，侵晓窥檐语。叶上初阳干宿雨、水面清圆，一一风荷举。　　故乡遥，何日去？家住吴门，久作长安旅。五月渔郎相忆否？小楫轻舟，梦入芙蓉浦。

这首词的主题是久旅汴京而思念家乡杭州。历来思乡之作大都充满哀愁和悲凉，但因周邦彦此时尚在青年，涉世尚不深，愁情的积淀还不浓厚，所以本篇抒情的主调基本上还是清丽明快的。上片描写汴京夏日清晨宿雨初晴的美景，笔触十分清新生动。尤其是"叶上"三句，以传神之笔描绘出初阳照射下荷叶迎风挺举的优美姿态，被王国维《人间词话》赞为"真能得荷之神理者"；俞陛云《唐五代两宋词选释》也评曰："'叶上'三句，笔力清挺，极体物浏亮之致。"下片由景生情，由汴京的荷花塘联想到杭州老家的"芙蓉浦"，联想到在家乡时的少年游玩之乐，抒发出一缕思乡恋旧的羁旅哀愁。

词中尽管透露出愁思,却不失轻快疏朗之调;虽有几声叹息,却更多轻盈瑰丽的梦幻。这是一种对事业和人生尚满怀希望的年轻人才有的明快之调。多情的词人这种如痴如醉的思乡笔调,真能把读者引入那梦境般透明美丽的江南水乡中去。面对这样美好的意境,不但与作者有相似的滞留异乡经历的江南人,即使是异地异时的读者,也会因为"小楫轻舟,梦入芙蓉浦"这样的美的召唤而心摇神驰的!

浣　溪　沙

楼上晴天碧四垂,楼前芳草接天涯。劝君莫上最高梯。　新笋已成堂下竹,落花都上燕巢泥。忍听林表杜鹃啼。

这首词写初旅汴京的周邦彦在暮春时节念远思家的感伤之情。上下两片都是前两句以工巧流丽的对句写景,第三句缘景入情。暮春时节,头上是蓝湛湛的晴空,楼前是铺展到天边的绵绵芳草,景色十分明丽。可是词人却害怕登楼览景,因为这会惹起他无穷的天涯之思。你瞧,庭院里,新笋都已长成了竹林,落花已化作春泥,被燕子衔去垒窝了。这表明芳序已过,春天将逝,可是词人却滞留异乡不得归家。所以他特别不愿意听到林外杜鹃凄凉的啼叫——因为那叫声像是在催促他"不如归去"!

通篇写景极为清丽而富于象征性,情感即从景物中自然而然地透发出来,意境十分空灵蕴藉。俞陛云《唐五代两宋词选释》赏析道:"上阕有李白《菩萨蛮》词'有人楼上愁'、'玉阶空伫立'之意。下阕'新笋'二句写景即言情,有手挥目送之妙。芳序已过,而归期犹滞,忍更听鹃声耶!"俞平伯《清真词释》则评论道:"此词一气呵成，空灵完整，对句极自然，《浣溪沙》之正格也。”

忆旧游

记愁横浅黛，泪洗红铅，门掩秋宵。坠叶惊离思，听寒螿夜泣，乱雨潇潇。凤钗半脱云鬓，窗影烛光摇。渐暗竹敲凉，疏萤照晚，两地魂销。　　迢迢，问音信，道径底花阴，时认鸣镳。也拟临朱户，叹因郎憔悴，羞见郎招。旧巢更有新燕，杨柳拂河桥。但满目京尘，东风竟日吹露桃。

此词大约是周邦彦初旅汴京期间，接到昔日相好的一位女子从外地寄来的信，因而回忆起当初分手时情景，引发思念之情所作。上片以“记”字领起，忆写当初分别前夕的一幕幕痛苦情景。从女方的愁容愁态和秋夜的凄凉气氛，写到拂晓时的分手，情景历历，就像发生在眼前。下片发挥想象，拟写女方此时的境况，把她探问男方消息和相思憔悴的种种情态写得活灵活现。最后以景寓情，写出作者此时欲归不得、惆怅迷惘的心情。

全篇时空交错，情景交融，虚实结合，含蓄蕴藉，充分体现了周邦彦造景抒情的高超技巧。陈廷焯《云韶集》称赞此词：“无限凄凉，炼字炼句，精劲绝伦。”俞陛云《唐五代两宋词选释》更具体评析道：“先将窗外之秋声，闺中之愁态，细细写出，以‘两地魂销’句彼此开合，遂与下阕衔接一气。‘朱户’三句追‘为郎憔悴却羞郎’，妙在不说尽。‘拂柳’、‘吹桃’等句，仍寄情于空际，弥觉蕴藉。‘巢燕’句感光阴之易过耶？抑喻人事之更新耶？词境入空明之界矣。”所评大致允当。

至于“旧巢”等句是否“喻人事之更新”，或甚至如当代有的词学家所推测的，是指元祐初年朝中“新党去而旧党来”，则我们既须承认这类词有寄托身世之感与政治情怀的可能性，但又不宜字穿句凿地去探求，以免割裂文学形象，破坏此词意境的完整性。

2. 教授庐州、流落荆州时期的词。

玉　楼　春

桃溪不作从容住，秋藕绝来无续处。当时相候赤栏桥，今日独寻黄叶路。　　烟中列岫青无数，雁背夕阳红欲暮。人如风后入江云，情似雨馀黏地絮。

据安徽地方志记载，合肥市郊外有赤栏桥、桃溪河，因此这首词极有可能是周邦彦庐州教授任满离职时怀念合肥情侣之作。全篇借刘晨、阮肇天台遇仙的神话，写一段艳遇之后难以忘怀的相思之情。题材虽是老一套，但却善于用新奇的艺术手法来表现，所以词境显得瑰丽幽奇。

全词八句四韵，全是七字句，本来就容易给人以板滞之感。作者偏偏又险中行险，竟四联都用对仗，这就更加容易写成方正呆板的败作。作者却于整齐划一中腾挪变化，以大手笔写出了流动自然的抒情短章。上片对已经终断的一段艳遇表现了无限的留恋，并以"当时"与"今日"不同的情境两相对照，以强化留恋之情。下片先写追寻旧迹时所见景物作为铺垫，然后说伊人消息渺茫，有如被风吹散到江面上的流云；自己情感不变，就像雨后黏在泥土中的柳絮，从而点明了主题。上片两联用流水对，形式为对偶，意思却是递进的。下片两联，一联写景，一联以比体言情，情景相衬，两美毕具，摇曳生姿，达到抒情的极致。

对此词高妙的抒情艺术，古今词话家好评如潮，如陈廷焯《白雨斋词话》说："美成词有似拙实工者，如《玉楼春》结句云：'人如风后入江云，情似雨馀黏地絮。'上言人不能留，下言情不能已，呆作两譬，别饶姿态，却不病其板，不病其纤，此中消息难言。"俞平伯

《清真词释》也说此词"于流散中寓排偶，亦于排偶中见飞动，又于其中见拗怒，复于拗怒中见温厚。"

风　流　子

秋　怨

枫林凋晚叶，关河迥，楚客惨将归。望一川暝霭，雁声哀怨；半规凉月，人影参差。酒醒后，泪花销凤蜡，风幕卷金泥。砧杵韵高，唤回残梦，绮罗香减，牵起馀悲。　　亭皋分襟地，难拚处、偏是掩面牵衣。何况怨怀长结，重见无期。想寄恨书中，银钩空满；断肠声里，玉筯还垂。多少暗愁密意，唯有天知。

这首词写周邦彦即将离开荆州时与相爱女子的难分难舍之情。这样的题材在他之前许多人已经不断地写过，尤其是柳永的词中更不乏此词所写的一些场景。此词之所以为许多选家看好，主要在于其章法结构的曲折有致。词中的眼前实景都在上下片的后几句，而对于离别的场面，却从追忆中用虚笔写出，这是用所谓"逆挽"法。此词结句不用作者惯用的含蓄之笔，而是用重拙之笔直抒胸臆。这种结尾，因为前面的叙事写景已很充分，遂显得十分凝重有力。况周颐《蕙风词话》称赞说："此等语愈朴愈厚，愈厚愈雅，至真之情，由肺腑中流出，不妨说尽，而愈无尽。"

此外，此词写景叙事时多用对偶，尤其是上下片都用了扇对（上片两组，下片一组），这就使得全篇散中见整，灵动变化，文辞华美，文义婉转，参差错落，饶有韵致。难怪夏敬观《夏敬观评清真集》要称赞说："此词四句对偶凡三处，句调皆变换不同。通篇一气衔贯。"这也是本篇艺术表现上的一大优点。

3. 任溧水知县时期的词。

满庭芳

夏日溧水无想山作

风老莺雏，雨肥梅子，午阴嘉树清圆。地卑山近，衣润费炉烟。人静乌鸢自乐，小桥外、新绿溅溅。凭栏久，黄芦苦竹，拟泛九江船。　年年，如社燕，飘流瀚海，来寄修椽。且莫思身外，长近尊前。憔悴江南倦客，不堪听、急管繁弦。歌筵畔，先安簟枕，容我醉时眠。

这首词作于周邦彦任溧水县令之时，是他在溧水无想山消夏解闷时的对景遣怀之作。词的上片写作者久久凭栏，看到雨后的中午，梅子肥鲜，树阴清圆，溪中新绿涨泛；这时莺雏已经长大，乌鸢正在自寻其乐，满眼是初夏清新恬静的景色。但是这里"地卑山近"，空气潮湿，到处生满"黄芦苦竹"，使他联想起白居易当年被贬官江州的境况，顿起身世之悲。下片即转入抒写自我的身世之感。他自比社燕，与"乌鸢自乐"形成鲜明的对照，形象化地表现出自己仕途失意、流落异乡的怅恨之情。接着作者说，为了忘却这些烦恼，只好"长近尊前"，但是筵席上的"急管繁弦"更引人伤感，所以只好先安放好枕席，以便醉眠，把人间的一切烦恼抛开。

全篇蓄势顿挫，气脉贯注，含蓄深沉，是周邦彦抒情词的代表作之一。清人陈廷焯《白雨斋词话》评论说："美成词有前后若不相蒙者，正是顿挫之妙。如《满庭芳》上半阕云：'人静乌鸢自乐，小桥外，新绿溅溅。凭栏久，黄芦苦竹，拟泛九江船。'正拟纵乐矣，下忽接云：'年年，如社燕，飘流瀚海，来寄修椽。且莫思身外，长近尊前。憔悴江南倦客，不堪听、急管繁弦。歌筵畔，先安枕簟，容我醉时眠。'是乌鸢自乐，社燕自苦，九江之船，卒未尝泛。此中有多少说不出处，或是依人之苦，或有患失之心，但说得虽哀怨，却不激烈，沉郁顿挫中别饶蕴藉。后人为词，好作尽头语，令人一览无遗，有何趣味！”这段话道出了本篇的主要艺术特色。

隔浦莲近拍

中山县圃姑射亭避暑作

新篁摇动翠葆，曲径通深窈。夏果收新脆，金丸落、惊飞鸟。浓霭迷岸草，蛙声闹，骤雨鸣池沼。　水亭小，浮萍破处，帘花檐影颠倒。纶巾羽扇，困卧北窗清晓。屏里吴山梦自到，惊觉，依然身在江表。

这首词也作于溧水知县任上。姑射亭，为邦彦在溧水县衙后圃所建之亭。“姑射”之名乃是取自《庄子·逍遥游》，由这个亭子的名称可见清真当时的心态。

此词通过描写园圃中优美的景色来抒发他的闲适之感，寄寓其思乡之情。写景细腻生动，抒情自然深挚，章法也很绝妙。上片全是写景，颇有绘画美，画面的展现是由远及近，由边缘渐至中心——从外围的新竹，到通幽的曲径，到路旁的果树，到池塘边的芳草，最后写到蛙鸣和骤雨，亦即写到池塘本身。但这些都只是旁景，是为了引出本篇的主景——水亭，亦即姑射亭。下片所写的，才是一篇的中心，这就是姑射水亭和水亭中的词人的感慨之情。其中“浮萍破处，帘花檐影颠倒”二句，与作者的《苏幕遮》一阕中的“水面清圆，一一风荷举”同为清真词的写景名句。而“纶巾羽扇”、“北窗”高卧两个典故，更表现出抒情主人公的潇洒闲逸。篇末三句，方才透露出作者在潇洒闲逸外表下的绵绵思乡之情。

从章法上看，本篇用的是逆叙法。正如陈洵《海绡说词》所评：“自起句至换头第三句，皆惊觉后所见。‘纶巾’、‘困卧’却用逆叙，

'身在江表',梦到吴山。船且到,风则引去,仙乎仙乎。周词故善取逆势,此则尤幻者。"

鹤冲天

溧水长寿乡作

梅雨霁,暑风和,高柳乱蝉多。小园台榭远池波,鱼戏动新荷。　　薄纱厨,轻羽扇,枕冷簟凉深院。此时情绪此时天,无事小神仙。

和前选两篇一样,本篇也是在溧水时消夏解闷之作。与前两篇有所不同的是,本篇不写愁思哀怀,只写闲逸之情。末句"无事小神仙"云云,表现出来的完全是一副已经得到了精神解脱的样子。本篇写景极注意突出地域与季节特征,并自然而贴切地将自己的消散情怀与夏景交融起来,铸成空明悠远的抒情境界。

风流子

新绿小池塘,风帘动、碎影舞斜阳。羡金屋去来,旧时巢燕;土花缭绕,前度莓墙。绣阁凤帏深几许,曾听得理丝簧。欲说又休,虑乖芳信;未歌先咽,愁近清觞。　　遥知新妆了,开朱户,应自待月西厢。最苦梦魂,今宵不到伊行。问甚时说与,佳音密耗,寄将秦镜,偷换韩香?天便教人,霎时厮见何妨!

这首词是清真集中的爱情名篇。关于它的"本事",南宋人王明清《挥麈馀话》有这样的记载:"美成为溧水令,主簿之姬有色而慧,每出侑酒,美成为《风流子》以寄意。新绿、待月,皆主簿厅轩名。"俨然是一个风流县令去苦苦追求僚属的小老婆的故事。对这个记载，前代学者已证其不可靠。

我们今天来阅读这样的作品，其实大可不必去无谓地争论“本事”之真伪，只需把它作为一首优美的爱情词来欣赏即可。此词写一个男子想念情人，又无从相见，由此生出无限情思与满腔幽怨。从词的上片可知，那位被怀念者，是一个深通音乐的女性，是男主人公的异性知音。他俩互相热爱，却因为什么具体变故而未能结合。此刻男子隔屋听琴，不免产生遐想，情思奔涌而出。词里先写外景，缘景入情；次用比兴，以燕子尚能飞入金屋和莓苔绕生伊人院墙来反衬自己不能自由出入庭院与伊人相会。接下来又从对方着笔，设想该女子独处空闺的苦闷和忧伤。

词中呈现的是一男一女两个情牵魂绕、饱受相思之苦的人物形象。缠绵悱恻的相爱之情，通过沉郁顿挫的词章得到淋漓尽致的表现。词的结尾，出人意表地结束婉曲含蓄的低吟，忽作直率迸裂的呼喊：“天便教人，霎时厮见何妨！”这更使炽烈的恋情升到了高峰，达到了“不妨说尽，而愈不尽”（况周颐《蕙风词话》）的艺术效果。

4．再旅汴京时期的词。

我们先看长调慢词《瑞龙吟》，这首词堪称清真词里面的压卷之作。词的前两片字数句式完全相同，所以叫做“双拽头”，第三片字数才加长，重点在第三片。词云：

> 章台路，还见褪粉梅梢，试花桃树。愔愔坊陌人家，定巢燕子，归来旧处。　暗凝伫，因念个人痴小，乍窥门户。侵晨浅约宫黄，障风映袖，盈盈笑语。　前度刘郎重到，访邻寻里，同时歌舞，唯有旧家秋娘，声价如故。吟笺赋笔，犹记燕台句。知谁伴，名园露饮，东城闲步？事与孤鸿去。探春尽是，伤离意绪，官柳低金缕。归骑晚，纤纤池塘飞雨。断肠院

落，一帘风絮。

这首词通过忆旧、通过写恋爱故事来抒情，这种方式与我们刚刚分析的那首小令是一致的。所不同的是，这首由于篇幅比较长，写景更多。用了铺叙的手法，对故事情节有所展开。更表现了周邦彦继承柳永以赋为词的传统，并将这种传统发展到了极致，从此词中有了“以赋为词”这一派。

这首词中的几个用语和典故我们简单解释一下。“章台”原是指汉代长安城里面的一个台子，它前面的街道称为章台路。那一带在汉代的时候，有很多妓院，所以后来就用“章台”作为京城妓女聚居之处的代称。欧阳修有一首《蝶恋花》词中便这样写：“楼高不见章台路”，与周邦彦写的是同一个地方，即是汴京城里的妓女聚居之处。“褪粉”指的是花瓣凋谢了，“试花”指的是花朵初开，“愔愔”是指深密安静的样子，“坊陌”指的是妓女聚居区，“定巢燕子”就是在别人家的屋檐下定居的燕子，“凝伫”是指久久站立着发呆，“个人”指的是那个人（作者所怀念的那个歌妓），“痴小”指歌妓年少而痴情，“乍窥门户”是回忆当初，“门户”是双关用法，指的就是妓院。宋代把妓女称为“门户人家”，歌女打开妓院门来往外看，就是指这种门户。“宫黄”指的是妓女额头上画的淡黄色的妆，“障风映袖”是指举起衣袖来挡风遮面，与白乐天诗中所说的“犹抱琵琶半遮面”相类。

第三片中，“前度刘郎重到”，此处周邦彦自比刘禹锡。刘禹锡被贬出长安之后，流落在外，后来回到长安，去游玄都观，作诗云：“种桃道士知何处，前度刘郎今又来”，表达了一种重回京城的感慨。“秋娘”指的就是那个妓女，唐代的时候金陵有一个名妓叫做杜秋娘，晚唐杜牧还专门为她写了一首《杜秋娘》诗，后来诗词中便以秋娘作为妓女的代称。“吟笺赋笔”和“燕台句”指的是李商隐，李商隐有《燕台四首》写洛阳女子柳枝。“东城闲步”也是用杜牧典故，杜牧有首诗《张好好》，也是写歌妓的。周邦彦喜欢用典，尤其用唐诗的典故。此处用典，都是别有深意的用典，并不是凑字数。

下面看一下这首词是如何抒情的。清朝词话家周济说：“‘事与’句只一句化去町畦。不过桃花人面，旧曲翻新耳。看其由无情入，结归无情，层层脱换，笔笔往复处。”吴世昌先生在品评这首词的时候，做了一个总结，说宋词通过讲故事来抒情主要有两种方式，其中一种就是人面桃花型，用忆旧再回到眼前来讲爱情故事。此词叙事就属于“人面桃花型”。

词的三叠之中，一二两叠叙述非常清楚，它的主旨是什么呢？就是“伤离意绪”，也就是第三片中的“探春尽是，伤离意绪。官柳低金缕”。整首词的主旨都是围绕着“伤离意绪”这四个字展开的。第一叠通过环境描写来表现旧地重游的所见所闻所感，为下文回忆当初的爱情故事布下了浓浓的抒情氛围。第二叠进入回忆，以写那位娇小而痴情的旧相好为主，这个人物形象鲜明可爱、呼之欲出，音容相貌如在眼前。第三叠是全篇的中心，来进行今昔对比，不胜今昔之感，渲染访旧不遇的那种伤感和怅望。

此词层层脱换，情景交融，又是一气贯注，将过去与现在贯通起来，使得词情顿挫而又缠绵，境界既很悠远又很沉郁，是体现清真章法的典范之作。吴世昌先生在《片玉词三十六首笺注》中曾点评这首词说：“近代短篇小说的作法，大抵先叙目前情事，次追述过去，求与现在上下衔接，然后承接当下情事，继叙尔后发展。欧美大家作品殆无不守此文例。清真生当九百年前，已能运用自如。”

应天长

寒食

条风布暖，霏雾弄晴，池塘遍满春色。正是夜台无月，沉沉暗寒食。梁间燕，前社客，似笑我、闭门愁寂。乱花过，隔院芸香，满地狼藉。　　长记那回时，邂逅相逢，郊外驻油壁。又见汉宫传烛，飞烟五侯宅。青青草，迷路陌。强带酒、细寻前迹。市桥远，柳下人家，犹自相识。

这首词的主旨是悼念一位死去的情人，大约是作者中年自江南重返汴京以后，闻知旧日一位相好的歌妓已经不在人世时所作。上片写寒食节触景生情，“闭门愁寂”的“我”，看到旧时的梁间燕，联想起已经埋骨于“夜台”的情人。下片抚今追昔，以昔衬今，抒写内心无穷的哀感。先回忆当年郊游邂逅相遇的欢欣，次叙写如今载酒追寻前迹的怅惘，结尾写物是人非的悲伤——市桥边柳树下那个“门户人家”门面依旧，而自己所深爱的人却早已香销玉殒了！

本篇这种以写景发端，缘景入情，抒情中夹带浓重的叙事成分，用叙事来深化抒情的方法，是周邦彦作词的常用技巧。全词章法顿挫，感情沉郁，而艺术境界却以空澹悠远见长，是代表周邦彦典雅浑成风格的一篇名作。清人先著《词洁》评此词风格为“空澹深远”，甚是。

少年游

朝云漠漠散轻丝，楼阁淡春姿。柳泣花啼，九街泥重，门外燕飞迟。　　而今丽日明金屋，春色在桃枝。不似当时，小楼冲雨，幽恨两人知。

这首词的表情方式和篇章结构十分独特。初初读来，这是一首情景交融的抒情词；细细品味，它却是在讲故事，有点儿像现代西方的短篇小说。词人不直接说柳树和花都被雨打湿了，却说“柳泣花啼”——柳在哭，花也在流泪。“九街”是指京城的街道，一看到这儿,就知道他是在回忆当年在汴京的生活。唐人薛能有《送浙东王大夫》诗云:“宾客招闲地,戎装拥上京。九街鸣玉勒。一宅照红旌。”写的是唐代的都城长安。周邦彦就沿用了唐人这一用法。“九街泥重,门外燕飞迟”写出了当初他们约会时的那种景色,用春雨当中迷茫的景色来烘托当时相会的场景和他们感情的特点。

一读到“而今”我们才恍然大悟,前面是写过去的事情,回忆过去种种。“而今丽日明金屋”也用了典故,用了汉武帝的典故。这也是周邦彦词的特色,他大量使用典故,有语典、有事典。事典就是古代发生过的某些事情,语典就是古人的诗歌用语。“春色在桃枝”则化用了林逋《梅花》诗“只知春色在桃溪”句。“冲雨”是冒着雨顶着雨的意思,冒着雨在小楼相会,当时的那种情味只有他们两个人知道。

这首词所反映的题材十分普通,周邦彦之前以及和他同时代的人,好多人写过这种相似的经历。但是仔细一品味,就会发现周邦彦的写法不一般。先师吴世昌先生写过一系列论读词的文章,其中《论读词须有想像》一文称周邦彦的这首词“以一首小令的篇幅写故事”,并且“结构极好,暗合现代短篇小说作法的故事,却能以寥寥数十字出之”。

吴先生的意思是说,这首词用现代短篇小说的倒叙和插叙的手法来向人们诉说昔日在汴京的一段爱情经历。“上片乍看好像是记眼前之事,实则完全是追忆过去,并且还没有记完,故事的要点还要留到下片的末三句才说出来。记现在的事,只有‘而今’以下十个字,并且还要借它作为比较之用,这是何等经济的手段。”

吴先生将这首词还原成了一个故事:“那是一个云低雨密的日子,大雨把花柳打得一片憔悴,连燕子都因为拖着一身湿毛,飞得十分吃力。在这样可怜的情况下,还不能保住他们的会晤。因为某种原因,他们不得不分离,他们冲着春雨,踏着满街的泥泞,彼此怀恨而别。现在他已经和她正式同居:'金屋藏娇'。而且是风和日丽,正是桃花明艳的阳春,应该很快乐了。可是,又觉得有点不大满足。回想起来,才觉得这情景反不如以前那种紧张、凄苦、怀恨而别、彼此相思的情调来得意味深长。"

5. 暮年远宦时期的词。

瑞鹤仙

悄郊原带郭,行路永,客去车尘漠漠。斜阳映山落。敛余红、犹恋孤城栏角。凌波步弱,过短亭、何用素约。有流莺劝我,重解绣鞍,缓引春酌。　　不记归时早暮,上马谁扶,醒眠朱阁。惊飙动幕,扶残醉,绕红药。叹西园、已是花深无地,东风何事又恶?任流光过却,犹喜洞天自乐。

据北宋末、南宋初与周邦彦有过交往的王铚、王明清父子的有关著作记载,这首词作于周邦彦晚年为避方腊起义军从杭州逃往扬州的途中。据说是梦中作此词,醒来之后犹能全记此词。从描写内容来看,此词其实是借描写梦境追述一次出城送客的经历。正如唐圭璋先生《唐宋词简释》所分析的:"起句,点送客之地。'客去'句,言'客去'之状。'斜阳'三句,是送客后返城之所见。'凌波'三句,写过短亭时又有所遇,因解鞍重酌。换头,从酒醒说起,略去昨日薄暮醉时之事。'惊飙'三句,因风起而念花落,故扶醉往视。'叹西园'三句,极写东风之恶,与落花之多。末两句,聊以自娱之意也。"

至于此词所寓何意,我认为黄苏《蓼园词选》的推测较为有理:"此词美成或在出守顺昌后作乎?似有郁郁不得意,而托于游,托于酒,以自排遣。醉中语,犹自绕药栏而怨东风。所云'洞天自乐',亦无聊之意也。细玩应自得其用意所在。"

西　平　乐

元丰初，予以布衣西上，过天长道中。后四十馀年辛丑，正月二十六日，避贼复游故地，感叹岁月，偶成此词。

稚柳苏晴，故溪歇雨，川迥未觉春赊。驼褐寒侵，正怜初日，轻阴抵死须遮。叹事逐孤鸿尽去，身与塘蒲共晚，争知向此，征途迢递，贮立尘沙。追念朱颜翠发，曾到处、故地使人嗟。　　道连三楚，天低四野，乔木依前，临路敧斜。重慕想、东陵晦迹，彭泽归来，左右琴书自乐，松菊相依，何况风流鬓未华。多谢故人，亲驰郑驿，时倒融尊，劝此淹留，共过芳时，翻令倦客思家。

这首词是清真词中唯一的一首在小序中详细写明创作时间和地点的作品。此后不久，他就与世长辞了，因而此词是他的绝笔。全词实际上是这位感伤词人对自己一生的回顾和总结，但却用即景抒情以赠送居停主人的方式出之。词中暮年萧瑟之感极浓，其主题非常显豁：抒发岁月流逝的感慨、对劳生的厌倦和有家难归的悲痛。“事逐孤鸿尽去，身与塘蒲共晚”这组对偶句，真让人读之有“鸟之将死，其鸣也哀”之感。

由于作者年老力衰，心境恶劣，故在词的形式上不如以前那样讲究结构章法，不像他的大部分词作那样精巧谨严，甚至音律也比较宽散，一百三十七字的长调，只有稀疏的七个韵脚，颇有点以散文为词的味道。这首词就像一个路标，记载着周邦彦本人随着生命的途程快到终点，其文艺创作灵感的火花也来了最后的一次闪烁。

龙沐勋《清真词叙论》一文评论此词道：“细玩此阕，一种萧飒凄凉景象，想见作者内心之悲哀，结构已不及前述诸作之谨严，所谓‘深劲’之风格，骎不复有。年龄环境与作风之消长，从可知矣。”

6. 编年未定的词。

蝶恋花

早行

月皎惊乌栖不定，更漏将阑，轣辘牵金井。唤起两眸清炯炯，泪花落枕红棉冷。　　执手霜风吹鬓影，去意徊徨，别语愁难听。楼上阑干横斗柄，露寒人远鸡相应。

这首词作年不详（以下三首也无法编年）。其主要内容是描写秋天早晨情人辞家远行的过程。上片写分别之前，下片写分别之时和分别之后，篇幅虽短，情节却很完整，人物形象很逼真。开头写秋夜将晓时庭院及房中之景，就十分细致传神。“两眸清炯炯”句，以目之态传人之情，达到绝妙的境界：因为彻夜伤离怨别，折腾够了才合眼，并非沉睡而醒者，所以两眼并不惺忪，而是“清炯炯”的。接着以泪的描写见出离别之苦：未曾合眼之前，别语万分缠绵，别泪不住地流下，所以浸在枕上的热泪到早上已经“冷”了。

下片前三句写门外分手时的情景，由房内而庭院，由庭院而上路，极有层次。结尾二句，以勾画分手后所见的凄冷景物作结，更加重了全词离别感伤的氛围，用笔则由浓而化淡。“楼上”句写居者的处所，以空旷的楼房和楼上天空来映衬居者的寂寞和伤心。“路寒”句写行者在野外的情景，以冷清的旅途来显出行者的孤独和怅惘。

如此完美的艺术境界和人物形象，完全得力于对场景和人物动态的真实而细腻的描写。此词还巧妙地点化前人如曹操、毕公叔、李贺诗的境界为自己的境界，其效果正如俞平伯《清真词释》所言：“清真善用前人绝构，略加点染，便有味外味。”

浪淘沙慢

晓阴重，霜凋岸草，雾隐城堞。南陌脂车待发，东门帐饮乍阕，正拂面垂杨堪缆结。掩红泪、玉手亲折。念汉浦离鸿去何许，经时信音绝。　　情切，望中地远天阔。向露冷风清无人处，耿耿寒漏咽。嗟万事难忘，唯是轻别。翠尊未竭。凭断云留取，西楼残月。　　罗带光销纹衾叠。连环解、旧香顿歇。怨歌永、琼壶敲尽缺。恨春去、不与人期，弄夜色，空馀满地梨花雪。

这是一首怀念情人的词。全篇的主旨在“嗟万事难忘，唯是轻别”二句。表现这一主旨的方法是“以赋为词”，层层铺叙，以健笔写柔情，开合动荡，盘旋而下，将怨情幽恨淋漓尽致地宣泄出来。

全词由三叠（亦即三片、三段）组成。首叠追述往日分别情景。开头三句写当日早行时景色。“南陌”二句写饯别。“正拂面”二句，写折柳赠别。这一切都恍如描写眼前发生的事，读到“念汉浦”二句，才知道是回忆之笔。这是周邦彦惯用的倒叙之笔。以下两叠皆承上而来，极力表现相思之深情。第二叠，写难忘当初之“轻别”，是实写。第三叠，一气贯注地抒写别后的怨情，“光销”、“衾叠”、“香歇”、“壶缺”等一连串描写，层层深入，宛如骤雨飘风，直扣读者心弦，但觉其婉转凄艳，而不觉其堆垛雕饰。篇末以景结情，文情摇曳，耐人回味，也是周词长技。清人万树称赞此词“精绽悠扬，真千秋绝调”（《词律》本调小注），所评不差。

浪淘沙慢

万叶战，秋声露结，雁度砂碛。细草和烟尚绿，遥山向晚更碧。见隐隐、云边新月白。映落照、帘幕千家，听数声何处倚楼笛。装点尽秋色。　　脉脉，旅情暗自消释。念宋玉、临水犹悲感，何况天涯客。忆少年歌酒，当时踪迹。岁华易老，衣带宽、懊恼心肠终窄。　飞散后、风流人阻，蓝桥约、怅恨路隔。马蹄过、犹嘶旧巷陌。叹往事、一一堪伤，旷望极，凝思又把阑干拍。

除了爱情词之外，清真词中写得最好的就是羁旅行役词。本篇就是一首沉郁顿挫的羁旅怀人之作。上片描写旅途所见的秋日凄清悲凉之景，从白天到黄昏，景物鲜活，层次分明，笔力遒劲，境界悠远而壮阔。下片抒情，一面怀念情人，一面倾吐自己的天涯沦落之悲和"岁华易老"之慨，感情沉郁而厚重。最后以动作细节的描写作结，醉拍阑干的举动，是生活不如意的一种宣泄，其中包含着心里的多少牢骚和不平！

周邦彦是精通音律的创调大师，以上这两首《浪淘沙慢》，是北宋长调慢词中的经典之作。王国维《人间词话》评论道："长调自以周、柳、苏、辛为最工。美成《浪淘沙慢》二词，精壮顿挫，已开北曲之先声。若屯田(柳永)之《八声甘州》、东坡之《水调歌头》，则伫兴之作，格调高古，不能以常调论也。"

夜飞鹊

别情

河桥送人处，凉夜何其。斜月远堕馀辉。铜盘烛泪已流尽，霏霏凉露沾衣。相将散离会，探风前津鼓，树杪参旗。花骢会意，纵扬鞭、亦自行迟。　迢递路回清野，人语渐无闻，空带愁归。何意重经前地，遗钿不见，斜迳都迷。兔葵燕麦，向斜阳、欲与人齐。但徘徊班草，欷歔酹酒，极望天西。

这是一首极为有名的送别词。它之所以能够动摇人心，传诵千古，除了细节描写生动真实、人物心理刻画惟妙惟肖及章法曲折腾挪之外，善于使用移情法和融情入景法，也是其成功的重要因素。上片的“花骢会意”二句，赋予动物以人的依依惜别之情，就是移情法的巧妙运用。下片的“兔葵燕麦”二句，融情入景，遂使一种孤独彷徨的人物心态隐隐然出现于字里行间，情因景而深，境界幽远，耐人回味。近人梁启超将这两句与柳永《雨霖铃》词的“杨柳岸晓风残月”并誉为“送别词中双绝”（梁令娴《艺蘅馆词选》引），就是因为这两个例子都代表了一种借景寓情的感伤凄迷境界。

至于此词的章法层次之妙，则诚如黄苏《蓼园词选》所评：“一首送别词耳。自将行至送远，又自去后写怀望之情，层次井井，而意致绵密，词采浓深，时出雄厚之句，耐人咀嚼。”

第八讲　何须浅碧深红色，自是花中第一流

——杰出的女词人李清照

暗淡轻黄体性柔，情疏迹远只香留。何须浅碧深红色？自是花中第一流。　梅定妒，菊应羞，画阑开处冠中秋。骚人可煞无情思，何事当年不见收？

——李清照《鹧鸪天》

上引李清照的这首咏桂花的《鹧鸪天》词，赞扬桂花是"花中第一流"，实际上是以花自况，自认为是女中第一。确实的，在中华千年词史上，李清照无愧为天字第一号的女词人——唯一的可以与最杰出的男性词人并驾齐驱的女词人。明人沈谦就评论说："男中李后主，女中李易安，极是当行本色。"俨然将李煜、李清照二人推为千年词史上的双璧。

如果仿照当代的电影奥斯卡奖和金鸡、百花奖来授予称号的话，则李煜可称"词帝"、李清照该叫"词后"了。但就是李清照这样一位千古扬名的女词人，她不但生前饱尝苦难，身后也备受争议。那么她究竟是一个什么样的人呢？

一、一个人生遭遇悲惨而文学成就辉煌的女词人

宋神宗元丰七年(1084)，旷代才女李清照出生在齐州章丘县

(今属山东济南市)明水镇一个远近闻名的诗书官宦之家。父李格非，字文叔，神宗熙宁九年(1076)进士，官至礼部员外郎、京东路提点刑狱。后因列名于元祐党籍而被罢官，卒于故里。

李格非博学多才，为官廉洁奉公，是一个俊迈出众的人物。他本"出东坡之门"，"以文章受知于苏轼"，为"苏门后四学士"之一。兼善诗文，平生著述甚多，但大多散佚，现仅存《洛阳名园记》一卷。母王氏，为状元王拱辰的孙女。清照早年随父住在汴京、洛阳，受过很好的文化教养，她工书，能文，兼通音律，"自少便有诗名，才力华赡，逼近前辈"(宋・王灼《碧鸡漫志》)。十七岁左右便写出了著名的《浯溪中兴颂诗和张文潜》，受到当时人们的好评。

徽宗建中靖国元年(1101)，十八岁的李清照与吏部侍郎赵挺之的小儿子赵明诚结婚。明诚是当时著名的诗文作家和金石学家，也是苏轼、黄庭坚的崇拜者，苏门文人陈师道在写给黄庭坚的一封信中曾说：赵明诚"每遇苏、黄文诗，虽半简数字必录藏"。赵、李婚后不久，新党蔡京当政，极力打击旧党。李格非因名列旧党而被罢官，清照就献诗给刚升任尚书右丞的公公赵挺之，试图救援其父。诗中有"炙手可热心可寒"的话，可见在她婚后李家曾经遭到政治上的不幸，他对赵挺之的袖手旁观、不施救援是有所不满的。

此后赵明诚开始出仕，曾任鸿胪少卿。他们夫妇志同道合，"有饭疏衣练，穷遐方绝域，尽天下古文奇字之志"(《金石录后序》)。经他们的搜求寻访，日积月累，其所藏蓄的亡诗逸史、古今名人书画和古器物等逐渐增多。他们还经常诗词唱和，清照在夫妇唱和中显露出了压倒须眉的非凡才气。据记载，婚后有一段时间，夫妇因故分居，重阳节的时候，清照写了如下一首《醉花阴》词随信寄给明诚：

薄雾浓云愁永昼，瑞脑消金兽。佳节又重阳，玉枕纱厨，半夜凉初透。　东篱把酒黄昏后，有暗香盈袖。莫道不销魂，帘卷西风，人比黄花瘦。

这首词用极为洗练、本色的语言，写出经过艺术加工的真实日常生活图景，以表现自己内心的悲秋念远之情。尤其是词的下片，堪称绝妙无比，“莫道不销魂，帘卷西风，人比黄花瘦”三句，是千古传诵的名句。明诚接到这封信以后，对妻子的高超词艺叹赏不已，自愧不如，下决心要作词来超过她。于是三天三夜闭门谢客，写出了五十首《醉花阴》，把清照那一首混在里面，拿给友人陆德夫看，请他评论自己的这些“新作”。陆德夫反反复复读了几遍，然后对明诚说：“我看这些词中，有三句写得最好。”明诚忙问是哪三句，陆德夫回答道“莫道不销魂，帘卷西风，人比黄花瘦。”这下明诚真的对妻子彻彻底底服气了！（事见元人伊世珍《琅嬛记》）

大观元年（1107），明诚的父亲赵挺之被罢相而在汴京病逝，原本忌恨赵挺之的蔡京乘机对赵家进行诬陷，追夺了赵挺之的所有官职。李清照随明诚屏居青州（今属山东）十年。在青州，这对年轻夫妇在他们的书斋“归来堂”披览古籍，鉴赏文物，共治金石之学；还猜书斗茶为戏，自得其乐。并常于花前月下，相从赋诗。就是在这段时间，清照写出了她那篇惊世骇俗的《词论》。鉴于从古到今对这篇词论都有争论，这里简单介绍一下它的基本内容：

《词论》一文，主旨在于对词这种新兴音乐文学样式自唐以来的发展史进行回顾与总结，对于作者认为违背传统作词之正道的种种倾向加以否定，批评北宋词人中除了周邦彦之外的几乎所有的名家，从而正面阐明一套求全责备的作词要求，描画出词“别是一家”应有的艺术风貌。

概括起来，李清照对词的要求有这样七点：一、词要协律（反对“以诗为词”、将小词弄成“句读不葺之诗”）；二、词要高雅（反对柳永一派变雅为俗，导致“词语尘下”）；三、词须浑成（瞧不起张先、宋祁等人“有妙语而破碎”）；四、词要有铺叙（惋惜晏几道只擅小令不作长调，无铺叙之长）；五、词须典重（不满贺铸等人艳丽有余而不典雅庄重）；六、主情致；七、尚故实（既不满秦观的“专主情致而少故实”，也不满黄庭坚的“尚故实而多疵病”）。

《词论》是宋代理论意识最强、最有个人见解的一篇词学理论文章，尤其是出自一位青年女词人之手，更加难能可贵。平心而论，清照虽是第一个为诗词分疆立界的杰出理论家，但她立论甚高，对词的要求过苛，加上她历摘北宋诸家之短，难免“得罪”于人。

从宋代开始，便有人对她进行攻击和反驳，如南宋初胡仔就骂其“蚍蜉撼大树，可笑不自量”（《苕溪渔隐丛话》）；清代裴畅指责说：“易安自恃其才，藐视一切，语本不足存。第以一妇人能开此大口，其妄也不待言，其狂亦不可及也”（冯金伯《词苑萃编》引）；现代的一些词学家则主张“诗词合流”，批评李清照提出的是一些“很保守的想法”，如此等等。

其实我们今天来重读《词论》，应该看到：她之所以纠弹北宋诸名家而提出自己的审美追求与创作法度，是表明她作为一个后来者绝不依傍于词坛已有的任何一家和任何一派，在词的创作上要开径独行。我们应该充分肯定《词论》独到的理论见解和可贵的探索精神，承认它在文学批评史上具有较高的地位；对于其中一些难免的理论偏颇，则应给与“了解之同情”。

接着前面说。青州屏居十年之后，大约在宋徽宗宣和三年（1121），赵明诚重新出仕。先是出守莱州（今属山东），任满后改守淄州（今山东淄博市），又授直秘阁。这一时期，赵、李夫妇开始编写《金石录》，并继续收集古物、碑铭，一同鉴赏、考订，在学术上取得了很大的成绩。钦宗靖康元年（1126），金人围攻汴京。次年，赵明诚母死于金陵，明诚南下奔丧。随之，北宋亡。高宗即位后，明诚起知建康府。这时北方大乱，赵家青州故第十余屋的书册什物被焚，李清照只携小部分文物随人群往南方逃难，从此开始了她在江东地区的苦难生活。

高宗建炎二年(1128)，李清照怀着国破家亡之痛南逃至建康(今江苏南京)，与丈夫会合。渡江之初，她最为关心国家命运和当时的政治形势，写有“南来尚怯吴江冷，北狩应知易水寒”，“南渡衣冠少王导，北来消息欠刘琨”等诗句，表达了对南宋朝廷苟且偷安的极大不满。稍晚一些时候，当他们夫妇离开建康城打算去赣南，乘船路过安徽和州乌江时，她更触景生情，写下了这首讽刺南宋朝廷逃跑主义的名篇《乌江》诗：

生当作人杰，死亦为鬼雄。至今思项羽，不肯过江东。

在建康时，李清照与赵明诚尚有雪天顶笠披蓑、循城远览的雅兴。不久明诚因为所谓金兵围城时“缒城宵遁”(即临乱逃脱)的罪名而被罢官，他们夫妇只得离开建康，辗转于今苏、皖等地，曾在池阳(今安徽池州)暂时安家。建炎三年(1129)夏，赵明诚被命移知湖州(今属浙江)，由于冒暑骑马赴建康领旨，途中染疾，到建康即病倒。当清照从池阳乘舟赶到建康时，明诚已经病危，不久死去。

李清照怀着极大的悲痛刚殓葬了丈夫，又遇金兵大举南侵，建康形势危急，朝廷已经开始疏散、逃亡。她派人先将书册、金石刻送往洪州(今江西南昌)，准备去那里投奔赵明诚的妹夫以避乱。不料洪州又失陷，道路不通，并且清照的大部分文物又在战乱中丧失。她只好追随着宋高宗逃难的路线辗转避难，从越州(今浙江绍兴)到明州(今浙江宁波)，经奉化、台州入海，又经温州返回越州。最后，在绍兴二年(1132)，又从越州移居杭州。

这期间还发生了所谓“玉壶颁金”事件：有人造谣说，赵明诚在世时，曾以一把玉壶投献给金人，贿赂通敌。而事实正如清照后来在《金石录后序》中所澄清的，赵明诚根本没有通敌，而是当明诚病危时，有一个被叫做张飞卿学士的人，带着一把样子像玉、实际是石制的壶给明诚看了一下就带走了。但在战乱中，谣言已经传开，无法辟谣；还有传言说，有人已向朝廷告发此事。为了湔洗"玉壶颁金"之诬，清照急急忙忙携带家中铜器在浙东追赶高宗以投进，但她追踪来到今浙江温州时，又一次扑了空。

这期间李清照不但承受着政治上的压力和别人对她的诬陷、迫害，而且大量书画、砚墨被盗，孤独一身，各地漂泊，景况极其悲惨。据当时的一些史料记载，大约在绍兴初年，清照曾经改嫁池阳张汝舟，婚后不久，因张道德败坏，双方遂离异。不过，此事是否属实，从古到今学者都有争议。

绍兴二年(1132)冬天，金人又南犯，清照只好从杭州避乱金华，次年(1133)才返回杭州。以后直至去世，她似都居住在杭州。关于她生命最后二十来年的生活状况，缺乏资料记载，但她在此期间曾写诗送韩肖胄、胡松年出使金国，曾作《打马图经》及"自序"，还曾携前人墨迹访米友仁求题跋。这些事情说明她晚年一直在关心国家大事，并且一直在从事文学创作和学术活动。大约在绍兴二十五、二十六年(1155—1156)的时候，李清照在杭州去世，享年七十二或七十三岁。

了解了李清照的家庭门第、特殊性格和她丰富多彩而苦难曲折的人生经历以后，对于她的词就比较容易进行鉴赏和评价了。李清照词虽然存世不多，但由于它们都是反映作者私人生活的，读完她的词，就像读了一部李清照心灵史。与宋南渡词人群体的其他作者一样，李清照的词，也可以"靖康之难"为界，分为北宋、南宋两个时期。我们就按这个分期，对其《漱玉词》做一番简要的介绍和欣赏。

二、婉约清新，活泼秀丽：李清照北宋时期的词

这一时期的漱玉词，总体来看都写得婉约清新，活泼秀丽。仔细考察，又可将这一大段分为两个小的阶段：1. 从待字闺中到新婚燕尔的五六年时间；2. 从屏居青州到“靖康之难”之前的二十来年时间。两个阶段词的题材内容和艺术风格都有所不同。现在分别加以介绍。

1. 从待字闺中到新婚燕尔时期的词。

首先，让我们来欣赏她的一首写作年代最早的闺情词：

如梦令

常记溪亭日暮，沉醉不知归路。兴尽晚回舟，误入藕花深处。争渡，争渡，惊起一滩鸥鹭。

这首词，南宋黄升《花庵词选》题作“酒兴”，它应该是作者少年在家乡时一次郊游饮酒醉后所作。溪亭并非泛指，而是宋时济南一处地名（见苏辙在济南时所写《题徐正权秀才城西溪亭》诗）。词作者夏日在溪亭喝酒到天黑，醉得差点不能回家，回家途中又迷了路，迷了路更急于回家，人物情态、心理活动和自然环境的描写都极为生动。这是一个天真活泼的少女在大自然怀抱中无忧无虑、尽情玩乐的真实写照。透过这幅日暮酒酣归舟图，一位活泼开朗、豪爽潇洒的美貌少女飘飘然向我们走来。她，便是当时还待字闺中的一代才女李清照。

接着，我们来欣赏她集子里写作时间也比较早的一首脍炙人口的名作：

如　梦　令

昨夜雨疏风骤，浓睡不消残酒。试问卷帘人，却道海棠依旧。知否？知否？应是绿肥红瘦。

这首单片小令，通过女主人公与侍婢的对话，曲折地表现出清照本人对百花的怜惜，对春光的珍视，对美好事物的热爱。它以构思新颖、造语奇巧而名垂千古。唐圭璋先生将此词与孟浩然的《春晓》联系起来评论说："此词与诗（指孟浩然《春晓》——引者）所写，一样浓睡初醒，一样回忆夜来风雨，一样关心小园花朵，二人时代虽不同，诗与词之体格虽不同，朴素与凝练之表现手法虽不同，但二人爱花心灵之美则完全一致，宜乎并垂不朽云。"（《词学论丛·读李清照词札记》）

尤其是"绿肥红瘦"一语，古今论者众口一词，莫不赞赏。如宋人胡仔《苕溪渔隐丛话》称赞："近时妇人能文辞如李易安，颇多佳句。……'绿肥红瘦'，此语甚新。"陈郁《藏一话腴》也说："李易安工造语，《如梦令》'绿肥红瘦'之句，天下称之。"清人黄苏《蓼园词选》更指出这句的好处道："而'绿肥红瘦'，无限凄婉，却又妙在含蓄。"

浣　溪　沙

髻子伤春慵更梳，晚风庭院落梅初。淡云来往月疏疏。　　玉鸭熏炉闲瑞脑，朱樱斗帐掩流苏。通犀还解辟寒无？

这是少年的李清照在深闺之中写的一首伤春小令。明人沈际飞评论它："话头好。渊然。"（《草堂诗馀续集》）"话头"是指女子伤春的具体情态——髻子伤春慵更梳；"渊然"则是称赞全篇的抒情含蓄而深厚。试看上片首先直写清照自己伤春的情态，然后由情入景，写闺房外面的环境，以衬托女主人公伤春的情怀。下片写闺房里面的环境，进一步烘托出女主人公孤单寂寞的心理感受。这首词除了首句是自画像，用“伤春”二字点明主题之外，全用景物描写来烘托感情，风格十分婉约含蓄。“花间”和南唐的许多闺情词就是这样的写法。所以清人谭献认定：“易安居士独此篇有唐调。”（《复堂词话》）

2. 从屏居青州到“靖康之难”前的二十来年间的词。

这是漱玉词创作的高潮期和风格成熟期，她的许多名篇佳作都写于这个时期。除了上文已经介绍过的《醉花阴》之外，再来看以下的几首：

一剪梅

红藕香残玉簟秋，轻解罗裳，独上兰舟。云中谁寄锦书来？雁字回时，月满西楼。　　花自飘零水自流，一种相思，两处闲愁。此情无计可消除，才下眉头，却上心头。

前人传说，赵、李结婚后不久，赵明诚就“负笈远游”，清照不忍分别，找来一方锦帕写了这首《一剪梅》送他（见伊世珍《琅嬛记》）。这个传说不可靠，因为清照嫁给明诚时，李、赵两家都在汴京，明诚正为太学生，并无“负笈远游”之事。揣摩词意，本篇决不是清照与明诚分手时所作，而是作于南渡前某次远离之后。

词以离愁别绪主领全篇，描写细腻，运笔奇巧，善用具体物象寄托情思，充分展示了闺中少妇的内心世界。用语浅近而感情深挚，愁而不悲，真切动人。这是漱玉词的代表作之一，也是宋词中抒情名篇，历代对之好评如潮。如明茅暎《词的》评道：“香弱脆溜，自是正宗”；王世贞《弇州山人词评》说：“李易安‘此情无计可消除，才下眉头，却上心头。'可谓憔悴支离矣"；李廷机《草堂诗馀评林》也说："此词颇尽离别之情，语意超逸，令人醒目。"

凤凰台上忆吹箫

香冷金猊，被翻红浪，起来慵自梳头。任宝奁尘满，日上帘钩。生怕离怀别苦，多少事、欲说还休。新来瘦，非干病酒，不是悲秋。　　休休，这回去也，千万遍阳关，也则难留。念武陵人远，烟锁秦楼。惟有楼前流水，应念我、终日凝眸。凝眸处，从今又添，一段新愁。

这首词写于宣和初年赵、李二人结束了屏居青州十年的生活，赵明诚重新出仕、赴任莱州太守以后。其主旨是抒写别后的相思之情。唐圭璋先生《唐宋词简释》简要地解析这首词道："此首述别情，哀伤殊甚。起三句，言朝起之懒。'任宝奁'句，言朝起之迟。'生怕'二句，点明离别之苦，疏通上文。'欲说还休'，含凄无限。'新来瘦'三句，申言别苦，较病酒悲秋为尤苦。换头，叹人去难留。'念武陵'四句，叹人去楼空，言水念人，情意极厚。末句，补足上文，馀韵更隽永。"

这首词也是李清照的代表作之一，历代好评如潮，如明人茅暎《词的》谓其"出自然，无一字不佳"；清人陈廷焯《云韶集》赞赏此词："此种笔墨，不减耆卿（柳永）、叔原（晏几道），而清俊疏朗过之。'新来瘦'三语，婉转曲折，煞是妙绝。笔致绝佳，馀韵尤胜"。

念奴娇・春情

萧条庭院，又斜风细雨，重门须闭。宠柳娇花寒食近，种种恼人天气。险韵诗成，扶头酒醒，别是闲滋味。征鸿过尽，万千心事难寄。　　楼上几日春寒，帘垂四面，玉阑干慵倚。

被冷香消新梦觉，不许愁人不起。清露晨流，新桐初引，多少游春意。日高烟敛，更看今日晴未。

这首词也是清照本时期某一次与丈夫分别后所作。全篇极力刻画自己抑郁、愁苦、孤独的心理状态。上片从春日节候落笔，通过写外在世界与作者内心世界的对立，来突出自己的愁苦心态。女主人公用作险韵诗、饮烈性酒的举动来排遣胸中的愁绪。“宠柳娇花”作为外界鲜艳明丽的物象，恰恰与闺中人因夫妻离别而憔悴不堪的容颜形成鲜明的对照。下片写“新梦”，又与闺中人的实在环境形成对立。作者没有去具体描写梦中与丈夫相会的欢情，因为现实不允许她得到梦幻中那样的美好生活。于是她只好在下文对户外春景的描写中，把对丈夫的思念和盘托出。

此词也是宋词中写爱情相思的名篇，明人杨慎称赞其“情景兼至，名媛中自是第一”(杨慎批点本《草堂诗馀》)；王世贞指出其造语之工道：“‘宠柳娇花’，新丽之甚”(《弇州山人词评》)；清人彭孙遹评论其风格说：“李易安‘被冷香消新梦觉，不许愁人不起’，‘守着窗儿，独自怎生得黑’，皆用浅俗之语，发清新之思，词意并工，闺情绝调”(《金粟词话》)。

蝶恋花·离情

暖日晴风初破冻，柳眼梅腮，已觉春心动。酒意诗情谁与共？泪融残粉花钿重。　乍试夹衫金缕缝，山枕斜欹，枕损钗头凤。独抱浓愁无好梦，夜阑犹剪灯花弄。

这首词当作于赵明诚屏居青州十年后重新出仕、李清照独自仍居青州之时。真挚、大胆而又委婉曲折地表达伉俪之情，是李清照的擅长。此词就是这样。上片先写白天的情景：女主人公被初春时节的美景触动，因深情思念丈夫而流泪；下片写晚上的情景：独宿空房，更深难眠，只好修剪灯花来消夜。通篇都是表现人的哀愁，却不直说，只是对自己看似无意或无聊的行为进行描写，来折射自己心灵的奥秘。

此词写景抒情的优点，曾受到前代词话家们一致的称赞，如明人卓人月《古今词统》评论说："此媛手不愁无香韵。近言远，小言至"；清人贺裳《皱水轩词筌》也赞扬道："写景之工者，如尹鹗'尽日醉寻春，归来月满身'，李重光'酒恶时拈花蕊嗅'，李易安'独抱浓愁无好梦，夜阑犹翦灯花弄'，刘潜夫'贪与萧郎眉语，不知舞错伊州'，皆入神之句。"

三、物是人非事事休，欲语泪先流：李清照南渡后的词

"靖康之难"给整个国家民族和李清照个人的生活带来了巨大的不幸，但却为她的词注入了新鲜的艺术生命。金兵的入侵和北宋的灭亡结束了李清照平静、幸福但却是有些单调的生活，迫使她过上了一种东漂西泊、流离失所的战乱生活。这样，虽然由于妇女身份的限制和她自己"别是一家"词体观的制约，她南渡后的词仍然咏叹的是闺中人的喜怒悲欢之情，但这种在新的时代环境产生的感情与在北宋时相比已有很大的不同，是一种与国破家亡的重大事件相联系的沉重悲郁之情，是一种与承平时期的小小情事、淡淡哀愁迥然相异的人事沧桑之感和身世沉沦之哀。这当中，又还渗透着忧国怀乡之思和她个人不幸遭逢的中年丧夫之痛，就使得她南渡后的词有了十分复杂的糅合着个人之愁与家国天下之悲的深刻内容，从而呈现了几乎是全新的风格面貌。现仅录几首脍炙人口的名篇供大家赏析：

1. 如泣如诉的《武陵春·春晚》：

风住尘香花已尽，日晚倦梳头。物是人非事事休，欲语泪先流。　　闻说双溪春尚好，也拟泛轻舟。只恐双溪舴艋舟，载不动、许多愁。

这首词是宋高宗绍兴五年(1135)春天李清照避乱浙江金华时所作。它不但充溢着对社会大动乱的悲痛感，而且丧夫后寡居凄寂之情也跃然纸上。作品由景而情，从神态举止到内心活动，跌宕起伏，艺术感染力极强。通篇血泪交织，令人不忍卒读。正如唐圭璋先生《读李清照词札记》所分析的："首写花事阑珊，极目生愁，继写日高懒起，无心梳洗。下二句尤沉痛，人亡物在，睹物怀人，重重往事，不堪回首，千言万语，无从说起。下片写内心活动，正是'肠一日为九回'。'闻说'只是从旁人口中说出，可见自己则整日独处，无以为欢。'尚'字说明双溪犹有残春可赏。'也拟'是心中一霎凝思，欲往一游；'只恐'则直道心情沉哀，无法排遣，虚字转折传神，顿挫有致，如见其人，如闻其声。"

从词中"物是人非事事休，欲语泪先流"的深沉喟叹来看，作者所描写的，不仅仅是自己个人的生活；所叹息的，也不仅仅是身边之事，因此近人梁启超判断此词为"感愤时事之作"(《艺蘅馆词选》乙卷引)，不是没有道理的。

2. 伤心欲绝、情真语真的《声声慢》：

寻寻觅觅，冷冷清清，凄凄惨惨戚戚。乍暖还寒时候，最难将息。三杯两盏淡酒，怎敌他、晚来风急？雁过也，正伤心，却是旧时相识。　　满地黄花堆积，憔悴损，如今有谁堪摘？守著窗儿，独自怎生得黑？梧桐更兼细雨，到黄昏、点点滴滴。

这次第，怎一个、愁字了得？

此词是李清照南渡后所作词中艺术上最杰出的一首。它的具体写作时间不详，但可以肯定是作于赵明诚去世之后。这是漱玉词中被古今评论家们评论得最多、赞扬得最多的一首，我认为其中以龙榆生、夏承焘二位先生的评论较为中肯，现转引如下：

龙先生评论说："这里面不曾使用一个典故，不曾抹上一点粉泽，只是一个历尽风霜、感怀今昔的女词人，把从早到晚所感受到的'忽忽如有所失'的怅惘情怀如实地描绘出来。看来都只是寻常语，却使后人惊其'遒逸之气，如生龙活虎'，能'创意出奇'，达到语言艺术的最高峰。这和李煜的后期作品确有异曲同工之妙，也只是由于情真语真，结合得恰如其分则已。"（《词学十讲》）

夏承焘先生专论它的声调美道："用舌声的共十五字：淡、敌、他、地、堆、独、得、桐、到、点点滴滴、第、得，用齿声的四十二字：寻寻、清清、凄凄、惨惨、戚戚、乍、时、最、将、息、三、盏、酒、怎、正、伤、心、是、时、相识、积、憔悴损、谁、守、窗、自、怎生、细、这次、怎、愁、字。全调九十七字，而这两声却多至五十七字，占半数以上；尤其是末了几句：'梧桐更兼细雨，到黄昏，点点滴滴。这次第，怎一个愁字了得！'二十多字里舌齿两声交加重叠，这应是有意用啮齿丁宁的口吻，写自己忧郁惝恍的心情。不但读来明白如话，听来也有明显的声调美，充分表现乐章的特色。这可见她艺术手法的高强，也可见她创作的大胆。宋人只惊它开头敢用十四个重叠字，还不曾注意到它全首声调的美妙。"（《李清照词的艺术特色》）

3．感旧伤今的《永遇乐·元宵》：

落日镕金，暮云合璧，人在何处？染柳烟浓，吹梅笛怨，春意知几许？元宵佳节，融和天气，次第岂无风雨！来相召、香车宝马，谢他酒朋诗侣。　　中州盛日，闺门多暇，记得偏重三五。铺翠冠儿，捻金雪柳，簇带争济楚。如今憔悴，风鬟霜鬓，怕见夜间出去。不如向、帘儿底下，听人笑语。

这首词是李清照晚年流寓杭州时的忆旧之作。词写元宵节。宋代的节序词，诚如宋末张炎在其《词源》中所批评的，大多难免“类是率俗，不过为应时纳祜之声”，而缺少真情。而本篇却能别开生面：作者将自己对今日元宵之“怕”与昔日（北宋承平时）元宵之乐两种感受对照起来写，融入了深沉的家国之恨、沦落之苦和暮年寡居之悲。

全篇如泣如诉，感人至深。上片写今日杭州元宵的景物和作者的心情。它以两个四字句开头，所写的是傍晚时分的“落日”、“暮云”，这本很寻常，但以“熔金”、“合璧”来刻画它们，就显出日光红火，云彩鲜洁，并暗示入夜以后天气必然晴朗，杭州人可以欢度元宵了。“人在何处”句的“人”是指作者自己，“何处”则指杭州。分明自己身在杭州，却明知故问“人在何处”，就更加反映出清照流落他乡、孤独寂寞的晚年境遇和心情来。下片先回忆当年汴京的元宵盛况：妇女多盛装艳饰，出门观灯，通宵冶游。接下来转回“如今”：自己容颜憔悴，“风鬟雾鬓，怕见夜间出去”，只选择了“向帘儿底下，听人笑语”。

至于这首词的艺术特色，南宋张端义早有精要的评价：“易安居士李氏，……南渡以来，常怀京洛旧事，晚年赋有《元宵·永遇乐》词云：‘落日熔金，暮云合璧’，已自工致。至于‘染柳烟浓，吹梅笛怨，春意知几许’，气象更好。后叠云：‘于今憔悴，风鬟雾鬓，怕见夜间出去。’皆以寻常语度入音律。炼句精巧则易，平淡入调者难。”

4．风格豪放、不类女性的《渔家傲·记梦》：

天接云涛连晓雾，星河欲转千帆舞。仿佛梦魂归帝所，闻天语，殷勤问我归何处。

我报路长嗟日暮，学诗谩有惊人句。九万里风鹏正举，风休住，蓬舟吹取三山去。

这首词是漱玉词中十分独特的一篇作品。它不是言情之作，而是言志之作；其风格一点都不婉约，而是像男子汉的词一样十分豪放。以致近人梁启超评论说："此绝似苏辛派，不类《漱玉集》中语"（《艺蘅馆词选》乙卷引）。这证明了前人称赞李清照"倜傥有丈夫气，乃闺阁中之苏、辛"，真是所言不虚。

此词也是南渡后所作。它通过舟行大海的奇幻梦境来抒写自己的远大志向。上片记梦。开头两句由描绘海上阔大景象进入梦境，接着写自己的魂魄飘飘忽忽回归"帝所"——天宫，开始了"仙"（天帝）与"凡"（作者自己）的对话。一个"归"字，表现了词人的自负，意谓自己本是天宫中人，偶然沦落人间，如今回来了。然后又以天帝的关切，开出下片。下片是对天帝言志，一连用了屈原《离骚》、杜甫《江上值水如海势聊述》和《庄子·逍遥游》三个语典，以表现自己的高远追求和宏大理想。

恰如夏承焘先生所说，"这首词中就充分表示她对自由的渴望，对光明的追求。但这种愿望在她生活的时代现实生活中是不可能实现的，因此她只有把这寄托于梦中虚无缥缈的神仙境界，在这境界中寻求出路"（《唐宋词欣赏》）。

5．"叶叶心心，舒卷有馀情"的《添字丑奴儿·芭蕉》：

窗前谁种芭蕉树，阴满中庭。阴满中庭，叶叶心心，舒卷有馀情。　　伤心枕上三更雨，点滴霖霪。点滴霖霪，愁损北人，不惯起来听。

这首咏物词作于南渡之后的某一时段，它通过雨打芭蕉引起的愁思，表达作者思念故国（北宋）、故乡（山东）的一片深情。上片咏物，借芭蕉展心舒叶，反衬自己愁怀凝结、郁郁寡欢的心情和意绪。下片由物及情，尽兴地宣泄自己深夜独宿时孤独忧伤、愁苦难眠、怀念故国乡关，连雨打芭蕉的声音也听不下去的浓重情绪。明人沈际飞《草堂诗馀正集》评论李清照的同乡晚辈辛弃疾的《鹧鸪天・鹅湖归病起作》在写法上是"生派愁怨与花鸟，却自然"，李清照这首词也是如此。

第九讲　若将词笔论青兕，端合旌旗拥万夫

——词坛飞将军辛弃疾

壮岁雄心思复赵，　暮年遗恨失吞吴。
若将词笔论青兕，　端合旌旗拥万夫。

——郑骞《读词绝句》

台湾词学家郑骞的这首读词绝句，向人们描述了辛弃疾是这样一个人：他本不是一般的文人，而是一个带兵打仗的将军，他一生为之奋斗但迄未实现的政治理想是收复中原、驱逐金人，重新统一中国。当他政治上失意而拿起笔来写词的时候，他又成了在词坛上“旌旗拥万夫”的主将。

辛弃疾是南宋词人中最杰出的作者，他一生专力作词，用词来反映他作为一个文化精英的心灵和生活的全貌。他存词六百二十九首，数量之多，在两宋词人中居第一位。作品的数量只是一个因素，更重要的是辛弃疾这个词人和宋代的任何一个词人都不一样。清朝人把词人分为四类，王渔洋就说“有诗人之词，有词人之词，有文人之词，有英雄之词”。辛弃疾不是一般的文人、词人，而是一个英雄，他的词是名副其实的“英雄之词”，所以具有一种独特性，需要做专门的探讨。他的词独特在哪儿呢？

一、民族英雄的一生，民族英雄的词

我们先来看一下辛弃疾这个人，他的生平、他的经历、他的思

想意识,以及他的一生的行为。这些大家应该是比较清楚的。他出生在山东济南府(当时叫历城),他出生的时候,中国北方包括山东半岛都已沦陷于金人之手十多年了。他是在金人的铁蹄下长大的,从小受到其祖父辛赞的影响和教育,就立下志愿要收复中原,把金人赶走。他从青少年时期就立志要当一个将军,要打仗,要赶走敌人。

辛稼轩二十二岁那一年,金主完颜亮率兵南侵,被南宋军队打败,完颜亮本人被他手下的将士杀掉。在这种情况下,北方金人占领区的汉族人民群众趁机起义要收复中原,要实现国家统一。当时济南的一个农民耿京率众起义了,而且自称为"天平军节度使"。辛弃疾就在济南南部山区"纠众数千人",发动起义,并投入耿京的部队。耿京的部队是二十万人,辛弃疾加入这个部队以后,耿京看到他是一个文武全才,就任命他为"节度使掌书记"。后来耿京被叛徒杀害,他率众南归宋朝。他是带领了一万多人南归宋朝的。

从此,辛弃疾就成了南宋的一个大臣。但他并不安居于南方,他一直所想的就是带兵北伐,打回北方,收复中原,赶走金人。不幸的是,南宋朝廷就是不让他干这个事情。因为南宋朝廷里是投降派掌权,皇帝和当权的宰相一直打压抗战派。宋高宗赵构内心有一个不可告人的秘密:他是宋徽宗的第九子,封为康王,是在其父兄徽宗、钦宗被金人俘虏之后才登上皇帝位的。当时南宋爱国军民的口号,都是"直捣黄龙、迎回二帝",但是赵构登上帝位以后就多了一件心事:把二帝迎回来,他这个皇帝不就当不成了吗?所以他根本就不愿意把他的父亲和哥哥迎回来。在卖国贼秦桧的主使下,他就甘当金国的儿皇帝,换取偏安。所以"抗战"、"爱国"这些口号,他只是挂在口头上,内心并不愿意这么做。

辛弃疾投奔了这样一个皇帝,可以说是天错地错没有这件事更错了。就是说,人家根本就不让他带兵打仗,这样他就成了一个投闲置散的将军，那只好改任文职。但他的内心还存有一种政治家、军事家的使命意识，他一直想要实现他的政治理想，但就是实现不了，于是就把这些情绪用词宣泄出来。这样一个人写的词，当然就不同于宋代其他词人。

打开邓广铭先生的《稼轩词编年笺注》，就会看出来，稼轩词与其他人的词面貌截然不同。历来人们都习惯于把苏、辛并称，把东坡和稼轩都认为是豪放派，那么你翻开书来看，翻开《东坡乐府》和《稼轩词编年笺注》来对照阅读，就可以看出：同样是"豪放"的词，稼轩词的面貌和东坡词就不一样。东坡词是文人之词，稼轩词是英雄之词。人们都知道苏东坡有一首《江城子·密州出猎》：

> 老夫聊发少年狂，左牵黄，右擎苍。锦帽貂裘，千骑卷平冈。为报倾城随太守，亲射虎，看孙郎。　　酒酣胸胆尚开张，鬓微霜，又何妨！持节云中，何日遣冯唐？会挽雕弓如满月，西北望，射天狼。

东坡这首词，我在前面第六讲已经作过分析，这里不来重复。辛稼轩也有这样一首描写赳赳武夫形象的《破阵子》：

> 醉里挑灯看剑，梦回吹角连营。八百里分麾下炙，五十弦翻塞外声。沙场秋点兵。　　马作的卢飞快，弓如霹雳弦惊。了却君王天下事，赢得生前身后名。可怜白发生。

拿这首《破阵子》和苏东坡的《江城子》对照着读，你看得出有什么不同吗？有，有很大的不同。后面一首的抒情主人公是个武将。这个将军不是"客串"的，他年轻的时候就带兵在中原沦陷区打过仗，当时他只带了几十个人冲进敌营，在万人众中把叛徒张安国当场就绑了，而且冲破重围，日夜向南方奔驰，过扬州，渡长江，到建康向南宋朝廷献俘。这谁做得到？一般的文士做得到吗？做不到。当时张安国已经投降了金人，已经当了金人的将军，那个营地是几十万大军驻扎的地方，他竟然能够带领几十个人冲进去，他就有这样的胆量。

还有，辛弃疾刚刚加入耿京义军，当节度使掌书记的时候，耿京的帅印都是他来保管。有一个和尚，叫义端，也是起义军的一个将领，后来跑进中军帐里面把辛弃疾所掌管的元帅印信给偷了，然后就逃走，去投降金国。耿京大怒，对辛弃疾说：你把印信丢了，我得杀你，按军法处置。辛弃疾说：元帅，请暂时免我一死，我一定能把义端追回来，把印信交给你。耿京同意了，辛弃疾当时就骑马去追义端，果然追上了，一把就擒住义端，义端吓得求告道："我识君真相，君乃青兕也，请饶我一死"。稼轩怎么能饶了这个叛徒加窃贼呢？他就把义端杀了，把印信给夺了回来。

可见辛弃疾他并不是斯斯文文的秀才，而是一头威猛的青牛（青兕），一个孔武有力的军汉。这些词是写他的亲身经历，是回忆他年轻时候的战斗经历的，真是词如其人。又如下面这首《鹧鸪天·有客慨然谈功名，因追念少年时事，戏作》：

壮岁旌旗拥万夫。锦襜突骑渡江初。燕兵夜娖银胡簶，汉箭朝飞金仆姑。　追往事，叹今吾，春风不染白髭须。却将万字平戎策，换得东家种树书。

这首词是写他二十三岁那年率领耿京义军的一万多士兵"归正"，所谓"归正"就是投奔宋朝。"拥万夫"实际就是万人拥护他，他是万人之英。"锦襜突骑渡江初"就是指当初渡江归宋这件事。"燕兵夜娖银胡簶，汉箭朝飞金仆姑"二句，是描写当初率众南归时与金兵打了一场恶仗。句中的“胡䩮”就是指装箭的袋子，“燕兵”是代指金兵，“汉箭”的“汉”指的是北方汉族人民的起义军，也就是辛弃疾带领的这“万夫”。整首词是在写他自己，是实实在在地记载自己的战斗经历，在讲战斗故事。

下片中，“追往事，叹今吾。春风不染白髭须。”是晚年回忆起少年的鞍马生活。南宋当局把他的官罢了，他只好到江西上饶的农村去隐居。他的号“稼轩”，就是被迫隐居种田才起的这个号。“春风不染白髭须”是用欧阳修词句，是说老了，胡子都白了。“髭须”指的是嘴唇上的胡子，连胡子都白了。年空老大，事业无成，事业指的是抗金大业，就是指带兵打仗这件事，干不成了。“却将万字平戎策，换得东家种树书。”指的是南下投奔宋朝以后，他连续给宰相和皇帝上书。

大家知道，著名的《美芹十论》是上给皇帝的，《九议》是上给当时的宰相虞允文的。《十论》和《九议》都论证了必须抗金以及如何抗金，如何进兵中原，所谓“平戎”就是如何打败北方入侵之敌，他上过万字“平戎策”，他不但自己能带兵打仗，而且不是一般的将军，是文武双全的、有谋略的帅才。他曾经把自己的抗金韬略化为文字上奏给皇帝，但是“奇谋无用”，只“换得东家种树书”，隐居农村。这是很伤心的一种表白——那些谏言都无用，现在只好来种田。他是在回忆这种经历。

拿这样的作品和苏东坡的作品一对比，就能看出差别来。苏东坡的那首词，是一个文士临时披上了军装，然后带领手下的官员出城(就是密州，现在的山东诸城)去打猎，根本不是去打仗。当然东坡还是豪气满怀的，老百姓“倾城随太守”，当然是来看热闹的，太守出城打猎嘛。词的最后还发了个从军杀敌的豪愿。当时西夏正在入侵北宋，所以东坡想，我是不是可以练一练，然后也到前线去打仗。“会挽雕弓如满月，西北望，射天狼。”这的确是一种豪愿。

但是你把他这种豪愿和辛稼轩对比，稼轩他是孔武有力，真会打仗，东坡只是模仿模仿，玩玩而已。

清朝有个词话家叫谭献的，在他的《谭评词辨》里把东坡、稼轩两个人的词对照之后说，“东坡是衣冠伟人，稼轩则弓刀游侠”。这就是文人之词与英雄之词的区别。“倾城随太守”，那个太守只是“聊发少年狂”，一看就知道不是将军，而是“衣冠伟人”；而稼轩呢，你读了他这些词，你就有一个印象，他确实是“弓刀游侠”。前些年金庸的小说很流行，他那些武侠小说，那里面写了郭靖呀、杨过呀这些人物，稼轩就相当于这样的人物——弓刀游侠。

我们还要从文学研究的角度来分析，作为英雄之词的稼轩词和宋代的词人之词之所以不同，最主要的不同在哪儿。大家也都知道，我们历来的词学研究和文学史的著作，都把辛弃疾描绘成一个“爱国词人”，说他开创一个“爱国豪放词派”，“文革”前和“文革”以后一段时期写的几部文学史里面都是这么说的。一个是我们社科院文学所编的三卷本《中国文学史》的第二册《宋代文学》部分说了辛稼轩，说他是爱国豪放词派。另外，游国恩等先生主编的四卷本《中国文学史》也是这么描绘辛稼轩和他所创立的这个词派的。后来的一些文学史也都是这个调子，说他是爱国豪放词派。

这个称呼并没有错，但是不足以说明问题。为什么说不足以说明问题呢？当然辛稼轩的风格是豪放的，这是没问题的；他的好多词里也是表达爱国感情的，这也没有问题。问题在于，仅仅称呼他为豪放词派，称呼他为爱国词人，就说明了稼轩词的特征吗？就看出了稼轩词和一般文人词的区别了吗？我们如果对宋代文学史有所了解，读过相当数量的宋诗和宋词的人，肯定都知道这么一种情况：就是自从靖康之难，宋政权南迁之后，除了汉奸秦桧等少数几个人之外，几乎人人都在诗歌、散文和词里表达了爱国之情。也就是说，爱国诗词是南宋文学的主流。

为什么同样写的是爱国诗词，其中就数辛稼轩的最能感动人？这点很多人解释不了。应当说，原因主要在于，辛稼轩的身上，有一种不同于南宋一般的爱国诗人、词人的主体意识。关于这一点，可以拿前辈学者钱锺书先生的论述来印证一下。

钱锺书先生在《宋诗选注》陆游小传里将南宋的爱国作家包括像辛弃疾、陆游这样的，分为两类，一类只是表达了对国事的忧愤或希望，尽管作品语气雄壮，但讲的是别人，这是一类，可以说是占大多数。比如说南宋有个著名诗人叫陈与义，他南渡之后当到了参知政事，就是副宰相。他的爱国情是很浓烈的，如他的《伤春》诗：

庙堂无策可平戎，坐使甘泉照夕烽。
初怪上都闻战马，岂知穷海看飞龙。
孤臣霜发三千丈，每岁烟花一万重。
稍喜长沙向延阁，疲兵敢犯犬羊锋。

诗中描写宋高宗被金兵追得逃到海上去，正是“穷海飞龙”之意。“稍喜长沙向延阁，疲兵敢犯犬羊锋。”就是指的长沙太守向子諲曾领兵抗战。这些都是很著名的爱国诗。但是钱先生说这样的忧国忧民的诗，写的是别人，自己并没有参战。这样的人是纯粹的文人，自己并没有参与其中。另一类呢，是像陆游一样的，不但写爱国忧国的情绪，并且声明救国为国的胆量和决心，像陆游这样的，他自己就要干，这是另外一类诗人。这类人，正如钱先生所说的：“在这一场英雄事业里，准备有自己的份儿。”同样是爱国，有这么两种不同的倾向，所以钱先生所赞扬的是后一类爱国作家。

我自己有一本书叫《辛弃疾词心探微》，把这类作家称为“有主体意识，有使命意识”的，辛稼轩显然是属于后一类，并且在后一类当中他又是和陆游有所不同的。这种不同表现在哪儿呢？陆游虽然很豪放，很有爱国心，是英雄志士，但属于英雄志士里面的一般的文人。陆游虽然也练过剑，在川陕宣抚使军幕中襄理过军务，但实际上他主要还是长于文，而没有武艺。虽然他也表示自己要参加抗战，但是基本上他还是很有自知之明的，始终将自己放在“文吏”的位置上，或者最多是主帅的幕僚或随从，所以在他的诗词里面一写就露出了文人的本相，例如他说：“上马击狂胡，下马草军书”，原来他只是军中的一个文书。

再如陆游在他的另外一首表达爱国之志的《秋声》诗里面有这么两句：“草罢捷书重上马，却从銮驾下辽东。”他做梦想这事儿：皇帝御驾亲征，他跟着皇帝一起打到辽东去，他的身份就是皇帝的秘书。

辛稼轩的主体意识比陆游还高出一头，他的词里常常这样表达：我根本就不是幕僚，就不是谁的随从，我就是统帅。他的词中出现的经常是一个万人之英的自我形象。比如他酒醉以后写道：“千丈擎天手，万卷悬河口。黄金腰下印，大如斗。更千骑弓刀，挥霍遮前后”(《一枝花·醉中戏作》)。你看他：拿着宝刀，骑着战马，腰下挂着元帅的黄金大印，千万骑兵手执弓刀，遮拥在他的前前后后。并且他的词中多次以诸葛亮这样的人自比。也就是说，他认为自己不但是帅才，而且是相才。所以陆游就夸奖他：“管仲萧何实流亚。”说他是管仲、萧何那样的宰相之才。辛弃疾就可以和这些人媲美。他不是一般的人才，不是文人，而是领袖，而领袖就要有一种使命意识。

读“四书”、“五经”大家都知道，《孟子》里有一句说：“如欲平治天下，当今之世，舍我其谁也。”辛稼轩的词里面表现的就是这样一种意识，他表现了自觉的社会角色意识：我不是文人，我不是别人的随从，我就是担当领导，带领人们来干大事业的人。他说：“了却君王天下事，赢得生前身后名。”他就有这么宏大的志向。所以，一般地说他是爱国词人，一般地说他的词是豪放词，还不足以凸显他和他的词的特殊性。必须了解他有这么一种舍我其谁的使命意识。辛稼轩不是一般的文吏，不是一般的随从，而是主帅。有主帅的意识，有事业的领导者的意识，有领袖的意识，这就是他的主体意识，为一般的诗人词人所达不到的。这就是为什么他的作品最能感动人，最能引起共鸣，原因就在于此。

二、民族英雄的主体意识

辛稼轩既然有极其鲜明的主体意识，那么他的主体意识在他的词中有什么具体表现呢？我在拙著《辛弃疾词心探微》中曾总结说：辛弃疾的主体意识主要有五个方面的表现：一是深沉浩茫的民族忧患意识，二是舍我其谁的政治家使命意识，三是尚武任侠的军事家意识，四是嫉恶如仇的社会批判意识，五是大胆敏锐的反传统意识。

1. 深沉浩茫的民族忧患意识。

这里我需要先做一点儿解释。在前些年的宋词研究当中，有些专家提出了“忧患意识”这样一个概念，他们所指的宋代词人的忧患意识十分宽泛，将一些感叹人生短暂的作品，都称为忧患意识。比如说晏殊的“夕阳西下几时回”和“无可奈何花落去，似曾相识燕归来”也被认为是表现忧患意识的。再如一些爱情词里表现的幻灭感，或者是感叹人生的苦难，都叫忧患意识，这样的理解和界定太宽泛了。

其实呢，所谓忧患，分为两种，一种叫做忧生，一种叫做忧世。所谓的忧生就是指《古诗十九首》里面写到的“生年不满百，长怀千岁忧”，那种不是我们今天所要说的忧患意识。另外一种便是忧世，“世”，指的是咱们所在的人世间，包括咱们的国家和民族。我们之所以加民族二字，就是指的忧世这类。对于我们所在的这个国家，我们所属的这个民族，我们怀着一份忧患意识，我们所指的主要是这个。

当然，稼轩词里面也有关于忧生的，但是最可贵的、最显现他作为政治家军事家的特征的，则是忧世之思。而且从当时特殊的历史环境来看，就是专指的金瓯残缺，国家有一半的领土被人占据着，是忧的这个国，是忧的这个世，和北宋的时候还有所不同。

我曾经写过一个文章，论证北宋文学作品里面所表现的民族忧患意识。北宋的时候也有忧患，比如说五代时候被汉奸石敬瑭割让给契丹的燕云十六州还没有收回来，占领了燕云十六州的契丹还不断南侵，还有西北方向的西夏也是边患，也在侵略中原，所以那时候的人都有一种民族忧患意识，所以范仲淹要“先天下之忧而忧，后天下之乐而乐”。但那个时候的忧患意识很明显地和南宋的不同，那个时候的国家基本上是统一的，只是局部受到了侵略，那时候的士大夫表现的忧患意识就和南宋不同，南宋完全是一种苦难之中的人对于国家社会民族的忧患，南宋的领土是残缺的，人的心灵因而也是残缺的，带有南宋时代的色彩。

我们以具体作品为例，如《摸鱼儿》：

> 更能消、几番风雨，匆匆春又归去。惜春长恨花开早，何况落红无数。春且住，见说道、天涯芳草无归路。怨春不语。算只有殷勤，画檐蛛网，尽日惹飞絮。 长门事，准拟佳期又误。蛾眉曾有人妒。千金纵买相如赋，脉脉此情谁诉？君莫舞，君不见、玉环飞燕皆尘土。闲愁最苦。休去倚危栏，斜阳正在，烟柳断肠处。

这首词比起一些直抒胸臆的作品有很大的不同，可见单纯地称某个词人为豪放派是不确切的。这首词的风格一点儿都不豪放，它用香草美人的手段、比喻象征的手法来表达忧国之情，其中花花草草的意象都是特有所指的，不是指花、指草、指美人，而是另有寓意。你比如说闲愁，辛稼轩哪儿有闲愁？它是反语，它不是闲愁，是深愁，是对家国命运前途之愁。

全篇的主旨最鲜明地表现在结尾这几句："休去倚危栏，斜阳正在，烟柳断肠处。"这是象征，象征南宋的衰落命运——不但抗不起战来，不但收不回中原，自己哪一天灭亡了都不知道。你看，"斜阳正在，烟柳断肠处"，一幅日薄西山的景象。这个寓意，懂得政治的人一眼就看出来了，所以，当时宋孝宗读了这首词以后，认为辛稼轩是在讽刺朝廷，"颇不悦"，这是南宋罗大经《鹤林玉露》里面记载的，"然终不加罪"，也就是说皇帝虽然不高兴，但是也没有怪罪他。罗大经还说，如果"在汉唐时，宁不贾种豆种桃之祸哉"。

相对而言，在南宋皇帝中，宋孝宗对抗战派还是比较宽容的。我们从接受者的角度也能看出这首词的民族忧患意识来，就是说稼轩担心国家的命运，他担心南宋不但复不了国，而且还有可能灭亡了。因为辛稼轩是从北方到南方的，他对金国内部情况非常了解，他知道要抗战，要收复中原谈何容易。那是需要南宋政府下最大的决心，搞得不好不但不能北伐，连南宋政府自己都保不住。这首词里面就表露了很深沉的民族忧患意识。

我们再看另外一首词《菩萨蛮·书江西造口壁》：

郁孤台下清江水，中间多少行人泪！西北望长安，可怜无数山。　　青山遮不住，毕竟东流去。江晚正愁予，山深闻鹧鸪。

这是一首小令，这个词牌历来都用来写爱情，写柔情，但是辛稼轩居然用它来发大感慨。梁启超有一个评价，说："《菩萨蛮》如此大声镗鞳，未曾有也。"辛稼轩用这样一个柔性的词调，填进去刚性的内容。目的是什么呢？发大感慨，发对国家民族命运的大感慨。"郁孤台下清江水。中间多少行人泪。西北望长安。可怜无数山。"这都是有寓意的，长安是代指北宋都城，不是指汉时的长安。特别是下片，"青山遮不住，毕竟东流去。江晚正愁予，山深闻鹧鸪。"这是什么含意呢？"鹧鸪"的叫声是"行不得也哥哥"，他为什么特意写这么两句呢，是一种象征，一种比喻。那个鹧鸪在提醒人：北伐中原、还于旧都的恢复大业，是"行不得也"。

这首词是表达对于时局的担忧，对国家命运的担忧。这些词都表现了他的民族忧患意识。他的这种忧患意识，比别人更为深刻，更有超前性。所谓超前性，我不拿他的词来举例，拿他的文来举例。辛稼轩的集子里面有一篇文章叫《论荆襄上流为东南重地》，是上给宋光宗（即宋孝宗的儿子，南宋的第三代皇帝）的一个奏疏。在这个奏疏里面，他对形势是这么分析和预期的：他说中国历史上反复出现过这样几次情况，由于外敌入侵，一个国家分裂为南北二朝，过了若干年，南朝和北朝都想统一中国，但是两者都达不到这个目的，这时第三者出来，反而把中国给统一了。他根据这个历史的经验，预测现在占据中原的"虏"（指金国）已经衰落了，而宋朝呢，很有可能也无法打回北方，将来可能"有英雄者出"，先灭了金国，进而统一全中国。希望皇帝一定要奋发有为，当这个"英雄者"，要不然第三者就容易出现。

辛稼轩有一般人没有的远大的政治眼光，此事被他不幸言中：此后金国和南宋谁也吃不掉谁，两家都衰落下去，这个时候蒙古人出来了，他们先把金灭掉，接着将南宋也灭掉了。他的这种民族忧患意识，具有超前性，具有当时人都没有的一种眼光，可见他是一个非常有头脑的政治家。这是我们讲的第一点。

2．舍我其谁的政治家使命意识。

这种意识就是指的政治事业我们不干谁干。试以两首作品为例。先看《水龙吟·甲辰岁寿韩南涧尚书》：

> 渡江天马南来，几人真是经纶手？长安父老，新亭风景，可怜依旧。夷甫诸人，神州沉陆，几曾回首？算平戎万里，功名本是，真儒事、君知否？　　况有文章山斗，对桐阴、满庭清昼。当年堕地，而今试看，风云奔走。绿野风烟，平泉草木，东山歌酒。待他年，整顿乾坤事了，为先生寿。

上片说，抗金建功本来就是我们这些人分内之事。"真儒"指的是他祝寿的对象韩元吉，他们是朋友。他对朋友发问：这个事业就是我们这些人的事业，你知不知道？当然知道了。他们惺惺相惜。下片"风云奔走"指大家都在从事抗金复国这么一个大业。"绿野风烟，平泉草木，东山歌酒"将他的友人比喻成古代的贤相，即是唐代名相裴度、李德裕与东晋宰相谢安。

大家知道裴度是中唐时期的宰相，他亲自带兵去消灭了割据一方的藩镇。第二个李德裕是晚唐时期的宰相，他也是平定了几处藩镇割据，为国家立下了功劳。谢安大家都知道，他先是隐居东山，后来朝廷要任命他为宰相，他先是不愿出来，于是下面都呼吁了："先生不出，如苍生何？"谢安这才"东山再起"，出来担任宰相了。他担任宰相的时候，前秦苻坚南侵，他做出决策，让东晋军队与前秦展开了淝水之战，击败了南侵之敌，取得了胜利。

这首词里面引这些历史上为国家民族作过大贡献的人，目的是什么？就是表达一种"舍我其谁"的英雄气概。"待他年，整顿乾坤事了，为先生寿。"今天我给你祝寿，这还不算，将来我们一起"整顿乾坤事了”,我再来给你祝寿。这很明显地表现了辛稼轩和他的朋友的一种政治家的使命意识。

3. 尚武任侠的军事家意识。

这种意识不仅表现在他的《十论》《九议》等军事论文里面,而且还表现在他的词里面,如我们刚才举的那首《破阵子》,全篇说的是:我就是一个将军,我就能打仗,我就是可以通过军事手段来实现我的政治理想,我的政治理想是什么?收复中原,统一中国。这首词大家都很熟悉,这里我们就不细讲了。

4. 嫉恶如仇的社会批判意识。

稼轩词里除了表现他是个军事家外,还表现出是个政论家。政论家就是批判社会,批判当权者。这在辛弃疾的很多词里面都有表现。例如《水龙吟》“夷甫诸人,神州沈陆,几曾回首”,这是在批判南宋当局的投降派。这里使用了典故,西晋时,有个宰相叫王衍,字夷甫,这个人身居宰相之位,但不理政事,不办实事,只会空谈、清谈。这样的宰相来治理国家,国家是一定会灭亡的。由于西晋当权者只尚空谈,只会清谈,不为国家民族的命运担忧,后来五胡乱华,外敌入侵,晋朝就灭亡了。辛稼轩在这儿就是借古讽今,批判社会。

批判社会的作品在他的集子里很多,有一首《太常引·建康中秋夜为吕叔潜赋》就是在批判社会,批判朝廷里面的黑暗面。它是用艺术象征的手法,而不是直接抒发:

> 一轮秋影转金波,飞镜又重磨。把酒问姮娥:被白发、欺人奈何。　乘风好去,长空万里,直下看山河。斫去桂婆娑,人道是、清光更多。

这首词实际上是在批判朝廷,暗用杜甫诗歌“斫却月中桂,清光应更多”，表达了对围绕着皇帝的投降派小人的不满和愤怒，要清除那些小人，正如砍掉月宫的桂树，月亮就会亮起来，月光就会更多了。这类词，表面看来是在写景抒情，实际上是在表达对某一部分人、某些社会现象的不满与愤慨。他另外还有一首《玉楼春》词，是批判当时的一种弊政“踏地钱”的，这就要涉及到宋代的税制和南宋的苛政，这里不来细讲了。

5．大胆敏锐的反传统意识。

在这一点上，可以把辛弃疾和南宋其他的政治家诗人词人做一下对比。南宋的这些作家，有些本身就是政治家，就是官员，他们中的大多数人，都只是一般地表达一下爱国的情怀，一般地表达一下对当时社会的不满，但是还没有表达出反传统的意识。但辛弃疾的思想，和一般的人不同，一般人都有很浓烈的愚忠意识，包括岳飞，都是这样，所谓精忠报国，主要是报答皇帝。所以皇帝下了十二道金牌让岳飞班师回朝，明明是抗金事业到了关键时候，打过去就直捣黄龙了，按说“将在外，君命有所不受”，从他自己肩负的使命来看，他就应当抗拒皇帝的命令，不撤军，继续北伐。但是他还听从皇帝的命令撤军了，回来之后就以“莫须有”的罪名被处死了。而辛弃疾呢，他就不这么干，同样也是下金字牌，他就有一种反传统的意识，他认为皇帝的命令不合理，他就不照着执行。

辛弃疾在长沙时，为了建立一支能打仗的军队，创立飞虎军，要建营房。建房子需要瓦，烧砖烧瓦已经来不及了，他就下令境内的居民每家摘下自己屋檐上的十片八片瓦，竟然在旬日之间将瓦集齐了。地方官员对他不满，到皇帝那儿告状，说辛稼轩搜刮民脂民膏，但实际上他根本不是贪官，他是用于公事，而且是最重要的一件公事。孝宗皇帝听信了告状人的话，要阻止他建立飞虎军营寨，把御前金字牌下到了湖南安抚使衙门，辛稼轩竟然敢把金字牌扣押下来。等到他把这件公事干完了之后，才向皇帝上书说：我没有照皇上的旨意办,现在事情办完了,我来请罪。

由这件事情可以看出,在这些所谓"忠君爱国"之类的事情上,他有一种反传统的意识。这在他的词里也有表现,在当镇江知府的时候有两首词也表现出来了。一首是《永遇乐·京口北固亭怀古》,一首是《南乡子·登京口北固亭有怀》:

千古江山,英雄无觅,孙仲谋处。舞榭歌台,风流总被,雨打风吹去。斜阳草树,寻常巷陌,人道寄奴曾住。想当年,金戈铁马,气吞万里如虎。　元嘉草草,封狼居胥,赢得仓皇北顾。四十三年,望中犹记,烽火扬州路。可堪回首,佛狸祠下,一片神鸦社鼓。凭谁问,廉颇老矣,尚能饭否?

何处望神州?满眼风光北固楼。千古兴亡多少事?悠悠,不尽长江滚滚流。　年少万兜鍪,坐断东南战未休。天下英雄谁敌手?曹刘,生子当如孙仲谋。

这两首词都表现出一种反传统的意识,表现在哪儿呢?前一首竟然说"千古江山,英雄无觅,孙仲谋处"。为什么偏偏提到孙仲谋呢?他就是对当前的这个皇帝不满,因为同样是在江南地区为君,历史上有一个君王是值得表彰的,他就是三国时吴国的皇帝孙权。另外一首《南乡子》里面进一步说"生子当如孙仲谋",这两处抒情,其实都是借古讽今,讽刺现在江东没有像孙权那样的有所作为的君主。辛弃疾故意用曹操的口气来说这句话,实际上是讽刺现在的皇帝像汉末荆州牧刘表的儿子刘琦、刘琮一样不争气。臣下居然敢于讽刺皇帝,这就是一种反传统的意识。

此外他还有一首《西江月·遣兴》:

醉里且贪欢笑,要愁那得工夫?近来始觉古人书,信着全无是处。　　昨夜松边醉倒，问松："我醉何如？"只疑松动要来扶，以手推松曰："去！"

从这首词可以看出，稼轩善于独立思考，并不盲目相信传统的东西。他说"近来始觉"，是说在南宋的情势下重新来读古人书，"信着全无是处"，把孟子的原话"尽信书则不如无书"也更改了，把传统的东西做了进一步的颠覆。辛稼轩的诗里面也有反传统的意识存在，比如说他有一首七言绝句说："掩卷古人堪笑处"，也是对古人的一种怀疑态度。

三、风格和题材的多样化

下面谈谈辛弃疾作为词坛大家其词风格与题材的多样化。我们可以分为两个方面来讲。第一个方面通过具体作品的介绍，看出稼轩词以雄壮慷慨为主的，同时又是多样化的风格。第二个方面来看他题材的多样化，他在题材领域有多方面的开拓。我们着重谈他的独创性，在风格上他有他的独创，在题材内容方面，他也有他的独创。

首先我们来看，稼轩词的主导风格，一般都说是"豪放"。作为一大类型风格的特征，应该说，这样定位是对的，但又不足以说明在同样是豪放的词，他和别人有什么不同之处。

对于他的词风，从古以来有很多人作了形容，比如刘克庄，他是南宋后期辛派的代表人物，他的词走的是稼轩的路子，他为辛稼轩集作过一个序，在这个序里边，他就形容稼轩词的风格是"大声镗鞳，小声铿鍧，横绝六合，扫空万古"。镗鞳和铿鍧都是形容壮烈的、刚毅的风格，不管是大声，还是小声，都是响亮的、刚烈的声音。"其秾纤绵密者，亦不在小晏、秦郎之下"，就是说他那些狎昵温柔的恋情词也不在小晏(晏几道)、秦郎(秦观)这两个婉约大家之下。也就是说,辛弃疾是一个阳刚与阴柔兼美的大作家。只有风格多样化的作家,才能称为大作家。单一风格的作家只能算作二三流的作家。这是一种形容。

另外,南宋后期有一个江湖派的诗人,他本人也填词,叫戴复古,戴复古也形容过稼轩词风格,他说的不是稼轩词本身,而是许多人都学稼轩词风格:"诗律变成长庆体,歌词渐有稼轩风。""诗律变成长庆体"是说南宋中后期人写诗都学白居易、元稹他们的诗风(长庆是唐穆宗的年号)。"歌词渐有稼轩风",稼轩风是一种雄豪慷慨的词风,当时的人作词都越来越多地受稼轩词影响。

和辛稼轩时代相近的元朝人修的《宋史·辛弃疾传》也说辛稼轩词"慷慨纵横,有不可一世之概"。总的来说,都是形容他的主导词风是雄豪慷慨。如果用另一个词语,也就是"豪放"来形容,亦无不可,也就是表现雄壮阳刚之美的词风。就词调而言,小令、中调、长调,无论哪种,他都能驾驭,而且腾挪变化,姿态百出。因为他是抒情圣手,才大力雄,在难度比较大的长调慢词上更是得心应手。他这种所谓"慷慨纵横,不可一世"的风格,多数表现在长调慢词中。

现在,我们要问,辛弃疾这些雄豪慷慨的词与苏东坡以来的豪放词相比,有哪些创造,有哪些不同?稼轩在风格上的独创在于,对传统那种过于刚硬、粗豪的豪放词进行了改造,改造成两种词风:一种是刚柔相济,就是说原来的豪放词太过于刚硬,他将那种比较柔的词风融合进去,能够更好地抒发人内心细致曲折的感情。这样既保留了刚的成分,又加入了柔的因素,形成一种新的风格。另一种是摧刚为柔:刚的面貌基本上看不到了,但又不是那种传统的软绵绵的词风;刚虽销于无形,但骨子里还有刚的东西。

关于第一种,刚柔相济。我们可以举《菩萨蛮·书江西造口壁》为例。它虽然是“大声镗鞳”，但又不是纯粹刚的，我们来看：“郁孤台下清江水，中间多少行人泪？”这里感情的抒发就融进了柔的成分，不纯然是刚了。境界是阔大的，但它抒情是婉转的，并不是大声呼喊。“西北望长安”，有的本子作“西北是长安”，我觉得“西北望长安”更胜。因为“望”是动态的，含有人的动作、行为和感情流动，“是”则仅仅是一种判断。“可怜无数山”，这样的感情抒发显然具有柔的特征。下片“青山遮不住，毕竟东流去”。有的版本是“毕竟江流去”，应该是“东流去”。“江晚正愁予，山深闻鹧鸪。”这里又吸收、融合了婉约的词风。

这首词基调是刚的，但具体抒写中比较幽婉含蓄。这当中有“柔”的词风的融入，也就是说这种忧国之情不直接说出来，而是通过象征、比拟，通过鹧鸪的叫声来间接地表露出来。我们知道，鹧鸪的叫声是“行不得也哥哥”，暗喻恢复大业很难成功。因为当时投降派垄断了一切，控制了一切，作者想北伐中原，收复失地，很难做到，就用鹧鸪的叫声来象征、比喻。这是一种比较婉转的表达方法。

第二种是摧刚为柔。我们可以举上文引用过的《摸鱼儿》为例。这首词表面上看来是留连景色，写春天的。写春天的景色当然用不上那种刚硬的词风，而要用柔婉的、清丽的意象来描绘景物和表达感情。但它实际上不是为了写春景，而是用春景来象征客观世界的某一种东西。是什么呢？是说时局很危险，国家的前途和命运是比较黯淡的，所以要表达一种忧国之情。这种忧国之情本来是刚的，但他不愿直接表现，要用一种艺术的方式来寄寓这种感情，所以用了摧刚为柔的方法。

我们看：“更能消、几番风雨。匆匆春又归去。惜春长怕花开早，何况落红无数。春且住。见说道、天涯芳草无归路。怨春不语”，就是词人和春天说话，但春天不搭理。春天本身不会说话，怨的似乎没道理。但正是没有道理，所以“无理而妙”。下边“算只有殷勤，画檐蛛网，尽日惹飞絮。长门事，准拟佳期又误。蛾眉曾有人妒”。这里用了《离骚》的语典。《离骚》里屈原自比美人，说是“众女嫉余之蛾眉兮，谣诼谓余以善淫”。意思是说那些女人嫉妒我长得漂亮，居然造谣说我是一个淫荡的女人。因为屈原的同僚上官大夫等人在楚怀王面前中伤他，说他的坏话，屈原就被疏远，后来被流放，他通过《离骚》表达愤懑之情。辛弃疾这里也自比为美人，又用了陈皇后的典故，典中套典。

“千金纵买相如赋，脉脉此情谁诉。”这种内心的冤屈，内心的忧愁，没办法向一般人倾诉，只能向谁倾诉呢？宋孝宗。因为宋孝宗很赏识他，虽然没让他带兵北伐，但是给他很高的官做，让他做安抚使、转运使，也就是封疆大吏。可见宋孝宗与他有一点知音关系，辛弃疾也很感激宋孝宗的知遇之恩，他在《淳熙己亥论盗贼札子》的奏章中说“年来为众人所不容”，就是说有很多大臣在皇帝面前进谗言，要罢他的官，他说“臣生平刚拙自信，年来为众人所不容”，可见他和屈原有相似的遭遇，所以用这个典故。“千金纵买相如赋，脉脉此情谁诉。”用了陈皇后的典故，陈皇后就是汉武帝皇后陈阿娇，失宠后被打入冷宫，听说司马相如善作赋，就花很多钱请司马相如写了篇《长门赋》，据说皇帝看了之后，很感动，就把陈阿娇放出冷宫。当然，这个传说不一定是历史事实，但司马相如确实有一篇《长门赋》。这里用这个典故，实际上是说，我受到别人的嫉妒，想说明真相，但是不能够实现。所有这些，都不是直抒胸怀，而是用香草美人这种传统意象来象征。

“君莫舞。君不见、玉环飞燕皆尘土。闲愁最苦。”告诫朝廷投降派大臣，你们不要猖狂得意，你们难道没看到历史上两个最能博取君王欢心的女人都死了？用柔的意象来表达。历史上美女有两种类型，一种是赵飞燕，腰细体轻，能为掌上舞；另一种是杨玉环，以丰腴为美。汉人和宋人审美标准不同，宋人和汉人一样喜欢瘦，唐人喜欢胖，环肥燕瘦，就概括了历史上所有得意的美人，这里笼统指进谗言的那些小人。

最后，还是以一个柔美的意象作结："休去倚危楼，斜阳正在，烟柳断肠处。"多叫人伤心啊，国家的命运已经无法挽救了。整篇抒发的虽是刚硬的光明正大的情感，表达方式却是柔美轻婉的。所以夏承焘先生用"刚肠似火，色笑如花"来形容辛弃疾的这种风格。通过这两个例子，我们就能够看到辛词的这两种独创的风格。实际上，稼轩词中最受人欢迎的，也是这两种艺术上很美的词，而不是某些直抒胸臆、奔放不休的词。

下面我们再来看看和他的主导词风截然不同的、与传统婉约词家共有、和婉约词名家相比毫不逊色的那一类词，我们来分析一下，看它们是如何"不在小晏、秦郎之下"的。

先读这首《祝英台近》：

> 宝钗分，桃叶渡，烟柳暗南浦。怕上层楼，十日九风雨。断肠片片飞红，都无人管，倩谁唤、流莺声住。　　鬓边觑，试把花卜归期，才簪又重数。罗帐灯昏，哽咽梦中语："是他春带愁来，春归何处，却不解、带将愁去。"

这是一首纯粹的闺怨词。唐人有春闺怨诗，宋人有很多春闺怨词，但大多都是代言体。所谓代言体，是说诗词里面出现的抒情主人公是个女性，而作者却是男性，以女性的口吻来表达内心的感情。考虑到意境的完整性，我们不能割裂开来，字推句求地追查寄托的痕迹。

历来对这首词的解说有歧义，有些人认为，辛稼轩是借离情别绪来寄托政治感情。清代常州词派的张惠言就说这是一首寄托政治感情的词。但我看不出所谓的政治感情在哪儿。我认为，这就是一首爱情词。辛弃疾虽然是英雄，但英雄也是一个正常人，也要有感情生活的。他自己在英雄情怀当中藏有儿女之情，因而他词中有写与家妓的情感的。这些家妓和“小老婆”的身份不一样，而是像晏殊、苏东坡的家妓那样。我们都知道苏东坡和王朝云的故事。辛弃疾的恋情词就是写给他的这些家妓的。

这首词被历代词论家所看重，用来说明辛弃疾心灵世界的丰富多样性。沈谦《填词杂说》中就称赞这首词：“狎昵温柔，魂销意尽，才人伎俩，真不可测。”

下面再说说稼轩词题材的多样化。在稼轩之前，词人们十之八九都专写女性题材，写闺房小姐，即使是在题材上有所开拓的柳永、东坡词，也没有稼轩词题材这么宽广。柳永词在写歌儿舞女之外，还写了城市风光，题材有所扩大，比如其《望海潮》词；还有一些山川风景词和羁旅行役词。

苏东坡的开拓比柳永更广，他用词来抒情言志，用词来怀古，用词来写农村景色。他在徐州路上，写了五首农村题材的词，但是他们都不如辛弃疾开辟得这么宽广。比如农村词，苏东坡只有五首，辛弃疾却有很多。他两次贬居农村，长期居住在江西上饶、铅山两地，两次加起来有二十多年，这个时期，不能从事政治，便写农村词，写了很多，成为一大题材门类，能显出个人特色。他的这一类词，创造出一种闲适恬淡的风格。他这样的作品是很多的，我们只举两首作为例子。他这类词写景、叙事非常得心应手。他在这方面的艺术成就超过了苏东坡，因为东坡农村词的景物和人物描写没有他这么丰富生动。先来看看《西江月·夜行黄沙道中》：

明月别枝惊鹊，清风半夜鸣蝉。稻花香里说丰年，听取蛙声一片。　　七八个星天外，两三点雨山前。旧时茅店社林边，路转溪桥忽见。

这首词写的是夏天乡间的晚上，风格清旷飘逸。这里“见”读“现”，不是忽然看见，是忽然出现的意思。古诗词里“见”一般都读“现”。这首词浅近通俗，明白如话，一读就懂，不需要解说。这样的写法主要是受他的同乡前辈李清照的影响，就是李易安体，南宋人概括为“以寻常语度入音律”，就是现代人常说的，不是书卷味很浓的话。

我们知道辛弃疾词里书卷气很足的作品当然很多，所以曾被人讥为“掉书袋”，甚至有人说他“以文为词”。但他的农村词却多用白描，多用口语，没有文化的人也能听得懂。这样的词有点像白居易的诗，据说白居易的诗连老太太都能听得懂。稼轩这类词就像白居易诗一样，全是寻常语，口语，读起来很亲切。下面一首《清平乐·村居》也是这种风格：

茅檐低小，溪上青青草。醉里吴音相媚好，白发谁家翁媪？　　大儿锄豆溪东，中儿正织鸡笼。最喜小儿无赖，溪头卧剥莲蓬。

前面那首《西江月》是写夜景，没有人物；这一首写的是白天，有人物活动。“茅檐低小”，是说这家人并不富裕，住的是茅草房。“溪上青青草，醉里吴音相媚好”，写的是江西上饶这个地方，这个村子地处吴头楚尾，属于吴方言区。我们知道，北方话比较刚硬，而南方和北方不同，南方话比较绵软。“白发谁家翁媪”，写的是一对老年夫妻，在说话。下片写这个人家的三个男孩子。“大儿锄豆溪东，中儿正织鸡笼”，是说大儿子已经懂事了，在帮助大人干活，在溪东的地里锄豆苗；二儿子稍小一些，但也能帮着大人干活了，正在编织鸡笼。“最喜小儿无赖，溪头卧剥莲蓬”，是写最小的那个儿子还不懂事，正忙着自己玩呢。这小儿子最可爱了！

注意，这里的“无赖”，不是“泼皮无赖”的意思，不是贬义词，而是褒义词，是“可爱”的意思。说最小的儿子，天真幼稚，正卧倒在溪水边剥莲子吃呢。整首词充满江南农村的生活气息。我们看这两首词写的场景不同，但是有一点是共通的，就是以浅俗明白的语言来写景抒情。明白如话，风格朴素，语言流畅，可以说是稼轩农村词的共同特色。

前面，我们着重谈了稼轩的农村词，这类词写得比较浅近明白。实际上，一部稼轩词六百多首，方方面面的词很多，我们这里再举两个方面的例子。

一类是寿词，这在南宋词中是一大题材门类，几乎每一个词人都有。寿词是为庆贺他人生辰而作，南宋非常普遍。但当时大部分的寿词写得很俗气，很沉闷，因为无非是写一些套话，无非是“寿比南山、福如东海”、“松鹤遐龄”之类。但辛弃疾的寿词和别人的就是不一样。我们举一个例子，就是前面引证过的那首《水龙吟·甲辰岁寿韩南涧尚书》。这是一首不落俗套的、非常优美的抒情言志的好词。它的主导风格属于豪放雄壮一类。如何不落俗套呢？他不作一般宴会酒席场面上的应酬，而是直接抒发主客双方共有的报国情怀。

韩南涧是南宋很有名的爱国士大夫，致仕以后就住在上饶，与辛弃疾经常有交往。词的开头就直入题旨，抒发爱国之情：“渡江天马南来，几人真是经纶手？”这是用典抒情。西晋永嘉之乱，五胡乱华，晋元帝司马睿偕西阳、汝南、南顿、彭城四王南渡，在建康建立东晋王朝，做了皇帝。当时有童谣说：“五马浮渡江，一马化为龙。”这是借指宋高宗南渡。“经纶手”，治国安天下的能手。这样的“经纶手”，宋南渡后几乎没有，有一个岳飞，也被杀了。“长安父老，新亭风景，可怜依旧。”东晋将军桓温率军北征，到达长安市东（古称灞上），“居人皆安堵复业，持牛酒迎温于路中者十八九，耆老感泣曰：‘不图今日复见官军！’”此借指金人统治下的中原人民。

另一典故“新亭风景”原来指的是东晋初年，“过江诸人，每至美日，辄相邀新亭（在南京市郊），藉卉饮宴。周侯中坐而叹曰：‘风景不殊，正自有山河之异！’皆相视流泪”。此借指南宋。北宋沦亡，中原父老盼望北伐；南渡的士大夫们，感叹山河变异“可怜依旧”。这就是宋室南迁近六十年来的社会现实！“夷甫诸人，神州沉陆，几曾回首！”这是借骂西晋的亡国宰相王衍（字夷甫）来谴责南宋那些不思恢复的当权者。“算平戎万里，功名本是，真儒事，公知否。”意思是北伐中原，统一天下，舍我其谁？——北伐本来就是我们这种人义不容辞的事。

下片，才回到祝寿题面上来：“况有文章山斗，对桐阴、满庭清昼。”用典故来称赞韩元吉的文学地位和显赫家世。“当年堕地，而今试看，风云奔走。”是化用黄庭坚的诗称赞韩元吉。“绿野风烟，平泉林木，东山歌酒。”这里用历史上三个大有作为的宰相裴度、李德裕、谢安来比拟韩元吉，虽不无过誉，但文字流丽自然，清新雅致。最后说“待他年整顿，乾坤事了，为先生寿。”这是与友人共勉，“卒章见志”，与前面所写的爱国情怀，一脉相承，正是“前后贯串，神来气来，而中有山重水复，柳暗花明之致。”（沈祥龙《论词随笔》）如我们在前面所说的，这就是辛弃疾词中无处不在的主体意识，主要是民族忧患意识，也是他和一般人不同的重要之处。

前面我们提到辛弃疾有社会批判意识，稼轩词中就有一类词称为俳谐词，也叫滑稽词，是以并不庄严的说话方式，来讽刺他所看不惯的社会上的坏人坏事的。他的六百多首词中，据我统计，有六十多首都是这种词，占其作品总数的十分之一。试看这首《千年调》：

卮酒向人时，和气先倾倒。最要然然可可，万事称好。滑稽坐上，更对鸱夷笑。寒与热，总随人，甘国老。　少年使酒，出口人嫌拗。此个和合道理，近日方晓。学人言语，未会十分巧。看他们，得人怜，秦吉了。

这首词用滑稽嘲笑的口吻来讽刺那些左右逢源的乡愿小人。上片开头二句，借酒卮的形象，揭示势利小人的丑态是，在人前满脸堆笑，一团和气，甚至低头折腰，拜倒身子。不用说，这“卮满则倾”的动态物象，是被拟人化了的，所以说它能“向人”献媚，能“和气”迎笑，还能折腰、拜倒。这种形象使我们联想到社会上那些没有骨头、没有气节、没有操守的市侩、政客、佞人的丑相。破题先点一个“卮”字，然后由卮而施之于言：“最要然然可可，万事称好。”这里化用《三国志》中的典故，来揭示现实社会中某些人的嘴脸。南宋社会那些乡愿、佞臣、市侩，都是唯唯诺诺，逢人说好，点头称是，取悦他人，图谋私利，而把国家和民族的兴衰置之不顾的。这就是他们这些人的升官发财的秘诀。词人对这些人的义愤和鄙夷之情，溢于言表。

写了酒卮，又联想到另外两种酒器和一种中草药：滑稽，古代的流酒器，能“转注吐酒，终日不已”。鸱夷是古代一种皮制的口袋，用以盛酒，伸缩性大。甘国老，即甘草，性温，是一种调和冷热的药材，能调和众药，所以被称作“国老”。词人引譬连类，取以上两种酒器和一种药材，说是在酒席上，那“转注吐酒，终日不已”的流酒器，对着能够随意伸缩、卷折的皮酒袋，发出了会心的微笑；而寒热随人，八面玲珑，专和稀泥，折中调和的，还有那被人称作“国老”的甘草。作者以物喻人，进一步挖苦了随人俯仰，哗众取宠的伪善者及其庸俗可鄙的内心世界。

下片通过说自己不能学这些人，来进一步讽刺。说自己年少时性情刚烈，出口伤人，直言直语，不懂得随机应变，看人说话，使人感到别扭，不舒服。总之，不会迎合人说话，同卮酒、鸱夷、滑稽、甘草之流大相径庭，背道而驰。这实际上是表明自己是非分明的原则立场。接着说："此个和合道理，近日方晓。"他的意思是：自己中年以后阅历和见识多了，对社会风气和世态人情也增加了认识，终于懂得了这个随人说话，当和事佬的"道理"。然后再次用反话讽刺："学人言语，未会十分巧。"稼轩自己也想像鹦鹉、八哥那样学舌，随声附和，说一些"然然可可，万事称好"的话，但是学得并不十分"精巧"，远不如人家学得到家。结句紧接上文，一气贯穿："看他们，得人怜，秦吉了！"讽刺挖苦的锋芒直指"他们"——像秦吉了一样的人们。秦吉了，鸟名，能效人言，比鹦鹉还聪明，白居易的新乐府五十首中有一首《秦吉了》就是写这种鸟的。稼轩这里用来讽刺现实社会中没有自己的操守和观点，只会迎合别人的一类人。他们只会模仿主人，只有这种人才招人"怜"。"怜"就是爱的意思。稼轩先说自己想学"秦吉了"，转了一个弯，最后说自己学也学不会，没有它们乖巧，没有它们招人喜欢。

这首词滑稽、打油，具有很强的讽刺效果。

诗歌分为两种，有庄的，有谐的。庄是很严肃、庄重的，谐则指诙谐幽默。所以，当我们读了辛弃疾那些慷慨雄壮的词之后，再读他那些深情绵邈、婉约动人的词作，比如《祝英台近》之类，最后再来读这种诙谐幽默的词，就会有一种轻松感。稼轩词的艺术是多种多样的，他这个艺术宝库是值得我们好好开掘的。

第十讲 江西诗法出新裁，清劲填词别派开

——骚雅词宗姜白石

江西诗法出新裁， 清劲填词别派开。

幽韵冷香风格异， 湘皋月坠见红梅。

——缪钺《论词绝句·论姜夔词》

缪钺先生这首论词绝句，极其简要而准确地论述了姜夔词的艺术成就及其风格特征：他以江西诗派的诗法运用于词中，创造出一种清劲、拗折、隽淡、峭拔的境界，在传统的"婉约"、"豪放"二体之外另外开辟了一条作词的新路子；他这个人性情孤高，襟期洒落，其词也如他最喜欢吟咏的梅花一样，幽韵冷香，令人挹之不尽。他是如何走上这条创作道路、取得如此的创作成就的呢？

一、江湖游士的一生，江湖游士的写作

姜夔作词之所以会在南宋中期举世尊崇稼轩风的环境中别树一帜，首要的原因在于他是一位才性禀赋、身世遭遇、行为方式、艺术观念等都与辛稼轩等人大不相同的清客和江湖游士，因而他的审美与创作必然另具一种风貌。

姜夔(1155—约1221)，字尧章，号白石道人，饶州鄱阳(今江西波阳)人。其父姜噩于绍兴三十年(1160)中进士，知湖北汉阳县，姜夔自幼即随父旅居汉阳。十四岁父殁，遂寄居于湖北汉川其姊

家。二十岁以后，北游淮楚，南历潇湘。孝宗淳熙十三年(1186)，在长沙结识著名诗人千岩老人萧德藻，萧极爱其才，以为“四十年作诗始得此友”，便把自己的侄女嫁给他。次年姜夔随萧德藻同归湖州(今属浙江)，卜居苕溪之上，与弁山的白石洞天为邻。经萧德藻介绍，姜夔袖诗谒见大诗人杨万里，杨对他十分赏识，称赞他“于文无所不工，甚似陆天随(龟蒙)”；并介绍他拜会另一位大诗人范成大，范亦对姜夔爱赏有加，称其“翰墨人品皆似晋宋之雅士”(以上均见周密《齐东野语》引姜夔《自述》)。姜夔自此同一些名重一时的诗人结成翰墨交谊，不断往来于湖州、杭州、苏州、金陵、合肥等地。

光宗绍熙元年(1190)，姜夔再客合肥，作《淡黄柳》、《凄凉犯》、《长亭怨慢》等词怀念昔日情侣。次年冬，赴苏州石湖别墅拜谒范成大，与范共赏梅花，并应范之请，自度新腔写成咏梅词《暗香》、《疏影》两首。范成大将此新词交给家妓传习演唱，深赏其音节、意境之美，于是留下姜夔盘桓一月有余。临别，范以歌女小红为赠，姜夔除夕自苏州归湖州诗中因有“自琢新词韵最娇，小红低唱我吹箫”之句。

姜夔自绍熙四年(1193)始出入贵胄张鉴(南渡大将循王张俊之后)之门，依之十年。后萧德藻因贫病随子离开湖州，姜夔遂于宁宗庆元二年(1196)后迁居杭州。次年向朝廷上《大乐议》、《琴瑟考古图》，建议整理国乐，未得重视。其后两年，又上《圣宋铙歌鼓吹曲》十四首，受到朝廷注意，下诏令他免解，参加礼部进士考试。不幸落第，遂以布衣终身。嘉泰三四年间，辛弃疾被当局起用，参与筹措北伐，姜夔作词以示激励，二人在绍兴、镇江二地酬唱甚欢，虽词风有所不同，辛对姜却“深服其长短句”，此两大词人可谓并世知音。

姜夔虽文名籍籍，却困踬场屋，终身沉沦，只能过湖海漂零、寄人篱下的生活。晚年生计益加寒窘。张鉴死后，他贫无所依，生活益加凄苦，只得旅食于浙东、嘉兴、金陵、扬州等地。大约在嘉定十三四年之际病逝于杭州，家贫不能殡殓，在吴潜等友人资助下，才得安葬于杭州钱塘门外的西马塍。

姜夔生活于宋金对峙成为定局、南宋再也无力恢复中原故土的死气沉沉的年代。那时当权者忘怀国耻，一味歌舞湖山；江南大地士气泄沓，文风重归柔靡。在这种政治、文化气候下，像姜夔这样的多才多艺却又清高自持的文人更加感到出路之难。他感叹"文章信美知何用"(《玲珑四犯》)，自嘲"老夫无味已多时"(《浣溪沙》)，却又不得不奔走权门，低首科场，以求其才之一售。当这一切都落空之后，他不得不以"野云孤飞"似的半隐居、半游食的生活方式了其一生。他未曾沦入社会底层，更广泛深入地接触一般民众的生活；也未曾跻身官宦阶层而参与军国大政，因而也无从滋生匡时济世的才略和在事功上有所建树，只成了一个飘荡于江湖山林而无所依归的游士和清客式的人物。

像他这样的人，在文化审美创造活动中便不可能如辛弃疾、陆游、陈亮等事功型、英雄志士型的作家那样发雄狮之吼、抒风云之怀，而只能"仗酒祓清愁，花销英气"(《翠楼吟》)，表现这一阶层的文士特有的风神意态和喜怒悲欢。也就是说，姜夔的江湖游士的一生，决定了他的创作只可能是江湖游士的创作。这是姜夔及其一派词与稼轩派在风格情调和审美倾向上各趋一途的主要原因。

二、清高雅洁的人品，清空疏宕的词风

姜夔虽然是清客和江湖游士，但却与同时代那些仰人鼻息的食客和依傍权门以拥厚赀的江湖诗人不同。他有着清高雅洁的人品，十分珍视自己作为文化人的非凡品格和才能。他为人恬淡寡

欲，不趋时媚俗，其体质瘦弱，气貌弱不胜衣，望之若神仙中人。他家居不问生产，但图书古董，摆满几榻。虽贫无隔夜之储，却每饭未尝不待客。他除了以诗词名世之外，还精于赏鉴，精通音乐，工于书法，品评法帖有“书家申、韩”之称。因而，他从来不是巴结权门的可怜文人，而是靠自己高雅的人品和卓绝的文艺才能而自立于当时的名公巨卿之间的。

姜夔是一位人品与词品高度一致的作家。其人清雅绝俗，风神潇洒，意度高远，其词因而也相应地以素淡幽远、清疏雅洁见长，读他的词，每每觉得有一股令人挹之不尽的冷香逸气，让人鲜明地感受到在他之前的词家们绝少有的一种清虚隐秀之美。

关于白石词的独特艺术个性，前代词话家品评颇多，见仁见智，难免偏于一端。就中当属郭麐《灵芬馆词话》的一段形象化的描述颇能得其仿佛，他说：

> 姜（夔）张（炎）诸子，一洗华靡，独标清绮，如瘦石孤花，清笙幽磬，入其境者，疑有仙灵，闻其声者，人人自远。

这段话并论白石词派诸家风格，但张炎等人虽然追步白石，其人品与词品实不足以当此，只有姜白石堪比瘦石孤花、清笙幽磬而毫无愧色。此外刘熙载《艺概·词曲概》中关于白石词的艺术个性也有颇为精彩的描述，与郭麐之说可以互相发明。

其一是说：

> 姜白石词如幽韵冷香，令人挹之不尽，拟诸形容，在乐则琴，在花则梅也。

其二是说：

> 词家称白石曰白石老仙，或问毕竟与何仙相似，曰：藐姑冰雪，盖为近之。

郭麐、刘熙载对白石词的审美特征的体认是颇为准确而深刻的。约而言之，白石词同词史上柔婉艳丽与雄放豪壮两大类型皆有不同，他一洗华靡而又摒除粗豪，别创一种清疏飘逸、幽洁瘦劲之体，用以抒写自己作为浊世之清客、出尘之高士的幽怀雅韵与身世家国之感。

姜夔一生与仕宦无缘，长年浪迹于江湖山林，经常与大自然为友，这大大助成了他满怀的清气雅韵，他在与大自然中的客观外在之物的会心交流中陶冶了自己的清高雅洁之性，因而在创作时就常常以绝尘之物与清幽之景作为主要吟咏对象，借以寄寓自己淡泊高古的个性，表现自己幽香冷韵的审美情趣。

他的词中咏物写景之作比重极大，恐与这一审美倾向不无关系。其咏物词中以咏梅者为最多，即是一个证明。白石词今存八十四首，其中专咏梅和提到梅的竟有二十八首，可见刘熙载论其词品时认为"在花则梅"是譬喻得当的。这里先举《小重山令·赋潭州红梅》为例：

> 人绕湘皋月坠时，斜横花树小，浸愁漪。一春幽事有谁知？东风冷、香远茜裙归。　鸥去昔游非，遥怜花可可，梦依依。九疑云杳断魂啼，相思血，都沁绿筠枝。

此词为孝宗淳熙十三年(1186)在潭州(今湖南长沙)所作。词借咏写潭州红梅，抒发思念恋人之苦。词中的红梅已被拟人化，成了所思之人的化身。作者将人、梅合写，写得不粘不脱，不即不离。其辞隐约，其情凄绝。俞陛云《唐五代两宋词选释》评道："梅苑人归，衡皋月冷，感怀吊古，愁并毫端。其凄丽之致，颇似东山（贺铸）、淮海（秦观）。”虽未能抉出此词借梅写人的特点，但也指出了它艺术描写的优长。

姜夔的咏梅词之外的其他许多咏物、写景之作，也处处表现其幽香冷韵的独特体验和审美追求。比如下面这首咏荷花之作：

念　奴　娇

予客武陵，湖北宪治在焉。古城野水，乔木参天。予与二三友日荡舟其间，薄荷花而饮，意象幽闲，不类人境。秋水且涸，荷叶出地寻丈，因列坐其下。上不见日，清风徐来，绿云自动。间于疏处窥见游人画船，亦一乐也。朅来吴兴，数得相羊荷花中。又夜泛西湖，光景奇绝。故以此句写之。

闹红一舸，记来时、尝与鸳鸯为侣。三十六陂人未到，水佩风裳无数。翠叶吹凉，玉容销酒，更洒菰蒲雨。嫣然摇动，冷香飞上诗句。　　日暮，青盖亭亭，情人不见，争忍凌波去？只恐舞衣寒易落，愁入西风南浦。高柳垂阴，老鱼吹浪，留我花间住。田田多少，几回沙际归路。

这首词的小序与词作颇能情意相发，映衬出白石词特有的清疏冷峭的艺术境界。小序先说明作者自己在武陵赏荷时的审美感受，继言到吴兴（湖州）后又几度留连荷塘美景，最后说到近来夜泛杭州西湖赏荷，觉“光景奇绝”，因成此词。可见词中所写之荷，非粘滞于一时一地之实景，而是把自己所见过的武陵、吴兴、杭州三地的荷池美景综合融化为一体，巧妙组织成为一幅秋风赏荷图。全篇不但以空灵的笔调写出了人格化的荷花的绵邈风神和冷香幽韵，而且通过赏荷的美的感受传达出作者清远幽峭的生活情趣和艺术追求。诚如俞陛云《唐五代两宋词选释》所评：

此调工于发端。"闹红"四字,花与人皆在其中。以下三句咏荷及赏荷之人,皆从空际着想。"翠叶"三句略点正面,接以"嫣然"二句,诗意与花香俱摇荡于水烟渺霭之中。下阕怀人而兼惜花,低回不去,而留客赏荷者,托诸"柳阴"、"鱼浪",仍在空处落笔。通首如仙人行空,足不履地,宜叔夏(张炎)读之,"神观飞越"也。

俞陛云对白石词艺术个性的把握十分准确,所谓"诗意与花香俱摇荡于水烟渺霭之中",正是典型的白石词境。篇中的警句"冷香飞上诗句"可谓白石对自己词风的表白。此词全篇都充溢着秋荷的幽韵冷香。大而言之,这种"冷香"(无论其为梅花之冷香、秋荷之冷香抑或寒菊之冷香,总之姜夔最爱吟咏的就是"冷香"、"寒香"、"幽香"、"暗香")遍及姜夔几乎所有词作,可以视为白石主体词风的譬喻之语了。

而俞陛云所谓"空际着想"、"空处落笔"及"仙人行空,足不履地"云云,看似玄虚,却与张炎对白石词的"清空"、"古雅峭拔"、"野云孤飞,去留无迹"的感受同一机杼,都是指白石词因抒写幽韵冷香的高士情怀而达到的空灵疏宕的艺术境地。从这首词我们也可以看到,咏物而不凝滞于物,借客观物象的描写来寄寓自己清空高雅的意趣,乃是白石词的主要特点和优长。

前一些年有这样一种责难姜夔的说法:有学者认为,姜夔一味走"高人雅士"之路,这"使得他的创作具有一种比较真诚高洁的感情,但又严重地局限了他反映生活的深度和广度"。这实际上是拿稼轩派的作品为尺度,来责备姜夔不能慷慨激昂地像辛弃疾、陆放翁等人那样歌咏时代风云和抗金斗争。这种责难或许不无一些道理,但其失在于没有顾及不同的作家在社会生活中的不同处境、遭遇、角色身份以及他们不同的思想意识、审美方式及风格趋向。

姜夔既是如我们前面所介绍的那样一个被排斥于社会主流生活与统治阶级之外的贫苦文士，一个纯粹从事文艺创造的才人，我们焉能强求他具有辛、陆、陈亮式的“经济之怀”和随时抒写政治豪情的创作冲动？而事实上，姜夔也并非绝无伤时忧国感情，并非绝对地游离于现实生活之外，只不过他表达这种感情、描写这种题材的方式和作风与别人不同罢了。

姜夔决不是“不关心政治”的世外人，只是因为一直不为当局所用，才被迫浪迹江湖，进行另一种文化选择，然而在涉及国家民族的关键问题上，他是一直倾向于当时的抗战派的。他一生所结交的名公巨卿如杨万里、范成大、辛弃疾、朱熹、京镗等等，几乎全是当时爱国抗战的领袖人物，于此亦可见他本人的政治倾向与品节。特别是他对辛弃疾无比钦仰，将北伐成功的希望寄托于这位“前身诸葛”身上，他与辛氏唱和的四首词，纯然是一派豪壮悲慨的稼轩风。只不过他不似辛、陆、陈等人那样较多地写政治抒情词，且在涉及这种题材时，更愿意按照自己特有的情调、风格和表现方式来创作而已。比如他青年时期写的忧时名篇《扬州慢》：

淮左名都，竹西佳处，解鞍少驻初程。过春风十里，尽荠麦青青。自胡马窥江去后，废池乔木，犹厌言兵。渐黄昏，清角吹寒。都在空城。　　杜郎俊赏，算而今、重到须惊。纵豆蔻词工，青楼梦好，难赋深情。二十四桥仍在，波心荡、冷月无声。念桥边红药，年年知为谁生！

此词极写名城扬州被金兵烧杀掳掠之后的荒凉破败之状，借以抒发对现实的悲愤之情，痛惜朝廷无意恢复。不过他并非岳飞、辛弃疾那样的英雄豪杰，而只是一个儒雅秀气的文士，因此不会（也不习惯于）作慷慨激昂的呼喊，而只能（也只擅长于）以唱叹出之，以含蓄蕴藉的比兴之笔写之。

比起稼轩派豪壮悲慨的同题材作品，此词显得“意愈切而辞愈微”（清宋翔凤《乐府馀论》），其特点是“感慨全在虚处，无迹可寻”（清陈廷焯《白雨斋词话》），因而历来都被推许为体现姜夔思想个性和艺术特色的代表作。缪钺先生论此词与稼轩体风格之异云：“窥江胡马伤离黍，金鼓长淮寓壮心。若比稼轩豪宕作，笙箫钟鼓不同音。”（《灵谿词说》）认为姜、辛二家词主体风格不同，但艺术价值同样很高，所论甚为平允。

南宋中期，姜夔在稼轩派独盛的词坛上另树清空骚雅一帜，为词的艺术宝库增添了有别于传统的几种类型风格的异量之美，这昭示着一个新的流派的崛起。姜夔的创新体、开新派之功，主要在于他斟酌取舍于传统的刚、柔两极与秾丽、清疏两美之间，熔铸出一种刚柔适中、亦清亦丽、清劲骚雅而又韵度高绝的艺术风格。前代某些词话家，或因白石词有近清真之处，即将之划为清真“婉约”派，或因白石心折稼轩并曾学习仿效稼轩体，就将他附属于稼轩派，这两种划分都是错误的。姜夔既不属于周派，也不属于辛派，他是对周、辛两大家都有所取并有所弃，从而按自己的审美情趣和艺术观念创立了第三派——刚柔相济、清空骚雅的姜白石派。

姜夔之所以能另开新词派，除了对周、辛两大派词有选择的继承和改造之外，还与他的诗学渊源大有关系。姜夔兼工诗词，其诗在南宋亦为重要一家。他本人是江西人，早年对盛行于世的江西诗派下过一番模仿学习的苦功，曾“三薰三沐”学习黄庭坚诗法达数年之久。中年摆脱黄庭坚，自求独造，乃从江西派窠臼跳出来，上窥晚唐诗，终于完成了诗风的转变，“其诗似唐人”（周密《齐东野语》引姜夔《自述》）。

他学诗的历程，不能不影响到他建树新词体的工作。清人谢章铤《赌棋山庄词话》就指出：“读其说诗诸则（按指姜夔《白石道人诗说》)，有与长短句相通者。”这是因为他学江西派诗法及晚唐诗之所得，正可以用来纠周、辛两大词流之偏，以建立清劲骚雅的白石词风。关于这一点，夏承焘先生《论姜白石的词风》一文有十分精当的论述，他说：

> 白石的诗风是从江西派出来走向晚唐的，他的词正复相似，也是出入于江西和晚唐的，是要用江西派诗来匡救晚唐温(庭筠)、韦(庄)、北宋柳(永)、周(邦彦)的词风的。

夏先生文中又说：

> 白石在婉约和豪放两派之外，另树“清刚”一帜，以江西诗瘦硬之笔救周邦彦一派的软媚，又以晚唐诗的绵邈风神救苏辛派粗犷的流弊。这样就吸引了一部分作家。我们看宋末柴望自序《凉州鼓吹》(即《秋堂诗馀》)有云：“……词起于唐而盛于宋，宋作尤莫盛于宣(和)、靖(康)间，美成、伯可各自堂奥，俱号作者；近世姜白石一洗而更之，《暗香》、《疏影》等作，当别家数也。大抵词以隽永委婉为尚，组织涂泽次之，呼嗥叫啸抑末也。惟白石词登高眺远，慨然感今悼往之趣，悠然托物寄兴之思，殆与古《西河》、《桂枝香》同风致，视青楼歌、红窗曲万万矣。故余不敢望靖康家数，白石衣钵或仿佛焉，故以‘鼓吹’名，亦以自况云尔。……”柴氏于“组织涂泽”、“呼嗥叫啸”之外，特别拈出白石的“隽永委婉”；虽然以“隽永委婉”四字概括白石词风，未尽确切，但宋季词坛，确有此一派。……所以我说，白石在苏辛、周吴两派之外，的确自成一个派系。

夏先生的论述，已经将姜夔创立新词派的因由、宋末相当一部分词人的审美倾向以及他们自觉地继承白石衣钵以致在宋末元初的南方词坛衍成一个词派的过程都说得很清楚了。

三、姜夔词的几首经典之作评析

姜夔现存的八十多首词,几乎首首都是艺术精品。除了上面已经引用过的《小重山令》、《念奴娇》、《扬州慢》等三首名作之外,我们再择取几首经典之作加以评介。

1. 咏梅寄怀的姊妹篇《暗香》、《疏影》。

暗　　香

辛亥之冬,予载雪诣石湖。止既月,授简索句,且征新声。作此两曲,石湖把玩不已,使工妓隶习之,音节谐婉,乃名之曰暗香、疏影。

旧时月色,算几番照我,梅边吹笛。唤起玉人,不管清寒与攀摘。何逊而今渐老,都忘却、春风词笔。但怪得、竹外疏花,香冷入瑶席。　　江国,正寂寂。叹寄与路遥,夜雪初积。翠尊易泣,红萼无言耿想忆。长记曾携手处,千树压、西湖寒碧。又片片、吹尽也,几时见得。

疏　　影

苔枝缀玉,有翠禽小小,枝上同宿。客里相逢,篱角黄昏,无言自倚修竹。昭君不惯胡沙远,但暗忆、江南江北。想佩环、月夜归来,化作此花幽独。　　犹记深宫旧事,那人正睡里,飞近蛾绿。莫似春风,不管盈盈,早与安排金屋。还教一片随波去,又却怨、玉龙哀曲。等恁时、重觅幽香,已入小窗横幅。

据词的小序可知，宋光宗绍熙二年辛亥（1191）之冬，姜夔在大雪中到苏州探访退休家居的老诗人范成大，在范的石湖别墅盘桓了一个多月。别墅里有玉梅几树。范令姜以梅为吟咏对象作词，姜遂吟成了姊妹篇《暗香》、《疏影》。这两首词历来被视为白石词的代表作。宋末元初的张炎在其《词源》中对此二词作了极高的评价："词之赋梅，惟姜白石《暗香》、《疏影》二曲，前无古人，后无来者，自立新意，真为绝唱。"

这里先来看《暗香》。它是借写梅抒发作者的身世飘零之恨，和感事怀人、伤离念远、流光易逝、老去无成之悲。所抒之情既复杂又深沉，却都含蓄不露，全借梅花意象出之。写梅花又多用侧笔，融化有关典故和前人诗句，轻描淡写地传其幽香冷韵。通篇结构谨严。上片通过"旧时"、"几番"、"而今"等时间概念造境，着重表达作者的悲凉身世；下片以"江国"、"路遥"、"携手处"、"西湖"等空间概念来造境，着重感事怀人。时空交错，可见作者的精心构思。作者写景抒情的节奏掌握得极好，上片笔调比较舒缓，下片层层铺叙，却连用短韵，形成调急拍紧的旋律。

此词语言清劲峭拔，又流丽工巧，如下片"长记"二句的"千树压"云云，写出梅花盛开的气势；"寒碧"写湖水湖烟凝碧，境界极开阔。清人邓廷桢《双砚斋词话》评此二句："神情超越，不可思议，写生独步也。"

再来看《疏影》。在《暗香》、《疏影》姊妹篇中，《暗香》抒发的主要是作者个人的感慨，而《疏影》则倾注了作者对国家衰微的关切和感触，把个人的愁和恨扩展到整个国家的旧恨新愁上来。词中连用五个典故，取历史上五个美女来比拟映衬梅花，五个比拟都含有深意。其中"昭君不惯胡沙远，但暗忆、江南江北"，同宋徽宗在北行途中所写《眼儿媚》中"花城人去今萧索，春梦绕胡沙，家山何处，忍听羌管，吹彻梅花"诸句，词意十分相似。所以清人郑文焯

《白石道人歌曲批语》说：此词“盖伤心二帝蒙尘，诸后妃相从北辕，沦落胡地，故以昭君托喻”。词的过片处再由梅花联想到寿阳公主梅花点额之典，期望她获得比梅花较好的命运，亦即希望南宋获得比北宋更好的命运，不要日趋衰败。

俞平伯《唐宋词选释》指出：“上首（指《暗香》——引者）多关个人身世，故以何逊自比。下首（指本篇——引者）写家国之恨居多，故引昭君、胡沙、深宫等等为喻。”本篇写梅，与上篇在艺术表现上又有区别。上篇侧重写“冷香”，本篇侧重写“幽独”。上篇即景写石湖梅，并描绘忆想中的西湖孤山之梅；本篇则从含苞未放写起，一直写到落梅，最后出奇制胜，回笔写画梅。比起上篇，本篇用典更多，因而有些晦涩，但意蕴也更深广。

2. 登楼感怀的政治抒情词《翠楼吟》。

翠楼吟

淳熙丙午冬，武昌安远楼成，与刘去非诸友落之，度曲见志。予去武昌十年，故人有泊舟鹦鹉洲者，闻小姬歌此词，问之，颇能道其事，还吴为予言之。兴怀昔游，且伤今之离索也。

月冷龙沙，尘清虎落，今年汉酺初赐。新翻胡部曲，听毡幕、元戎歌吹。层楼高峙，看槛曲萦红，檐牙飞翠。人姝丽，粉香吹下，夜寒风细。　　此地，宜有词仙，拥素云黄鹤，与君游戏。玉梯凝望久，叹芳草、萋萋千里。天涯情味，仗酒祓清愁，花销英气。西山外，晚来还卷，一帘秋霁。

这是一首关切时局的政治抒怀之作，其主旨是对南宋朝廷与金国媾和后兴建武昌安远楼、制造升平假象这件事进行讽刺，抒发自己的感慨。但作者并不直言其事和直抒其情，而是如缪钺《灵谿词说·论姜夔词》所说的：“感慨深而用笔婉，意愈切而辞愈微。”满腔的怅惘失落之情全以含蓄的手法出之。夏承焘先生《姜白石词校注》已经对这首词作了细致而准确的文本解读，我们这里全文引录如下：

前二句以对起，“龙沙”对“虎落”。“尘清虎落”，谓其时南宋与金和，淮水边界暂无战氛。“汉酺”句，谓值高宗八十寿，朝廷赐酺，让大家快乐饮酒。短短三句，把时代背景勾勒清楚。“层楼高峙”三句，正面写“安远楼”的巍峨壮丽。至于楼内外，则有“元戎歌吹”，曲翻胡部；丽姝侑酒，拍按香檀。这一片宴安嬉恬景象，与淮水以北金政权的虎视眈眈相对照，则“安远”二字，实成空话。陈廷焯《白雨斋词话》谓“此词应有所刺”，此语诚是。下片开头四句，谓地灵人杰，宜得人才。“玉梯凝望久”以下至结句，作者回忆登楼时的情怀。

3．吊古伤今的名篇《点绛唇·丁未冬过吴松作》。

点　绛　唇

丁未冬过吴松作

燕雁无心，太湖西畔随云去。数峰清苦，商略黄昏雨。
第四桥边，拟共天随住。今何许，凭阑怀古，残柳参差舞。

这首词是孝宗淳熙十四年丁未(1187)冬天姜夔从湖州去苏州谒见范成大的途中经过松江时所作，其主题是抒写作者强烈的身世之感。这个主题并不直接表露，而是通过景物描写和凭吊古人间接流露出来的。上片先写路上所见到的初冬衰残之景。首二句说，冬天到了，大雁由北向南飞去，就像云随风一样听任自然。后二句说，眼中所见的几个荒凉的山峰，本来就已经显出凄清愁苦的神态，在这黄昏时分，更商量着要抛洒一场冬雨。在这里，山峰似乎象征着词人所生活的大环境，代表着南宋后期国家那种令人无可奈何的衰残状况；而大雁，则更像词人自己——他无力补天，只能随风飘荡。

下片是通过对曾在此地隐居过的晚唐天随子陆龟蒙的仰慕，来表达自己的生不逢时、失意落拓之感。为什么要特意写到陆龟蒙？因为姜夔的身世遭遇与后者有许多相似之处：两人都科场失意、仕进无门，一生漂泊江湖；两人都生于国家衰残动乱之秋，胸怀济世之志而又感到生不逢时……词的最后三句以自问自答的方式宣泄了吊古伤今的浓烈情绪。

陈廷焯《白雨斋词话》评论本篇道："《点绛唇》一阕，通首只写眼前景物，至结处云：'今何许？凭阑怀古，残柳参差舞。'感伤时事，只用'今何许'三字提唱；'凭阑怀古'以下，仅以'残柳'五字咏叹了之。无穷哀感，都在虚处，令读者吊古伤今，不能自止，洵推绝调。"

4. 爱情名篇《踏莎行》。

踏莎行

自沔东来，丁未元日至金陵，江上感梦而作。

燕燕轻盈，莺莺娇软，分明又向华胥见。夜长争得薄情知？春初早被相思染。　别后书辞，别时针线，离魂暗逐郎行远。淮南皓月冷千山，冥冥归去无人管。

这是孝宗淳熙十四年（1187）元旦那天姜夔所写的一首怀念自己的合肥情人的词。这首词描写的角度很新奇，它以梦见情人开始，以情人的梦魂离去结束，形成了一个凄婉动人、情节完整的梦幻境界。上片前三句，写自己在梦里见到了昔日在合肥结交的那位心上人，她的绰约风姿如在目前，她的轻柔话语如在耳边。后二句则写那女子在梦境中埋怨词人薄情，不理解她在漫长的春天里对他的刻骨思念。下片开头三句，仍是那女子的倾诉：她说，她在双方分别后一次次地给他写信；如今他身上穿着的，仍是分别时她为他做的衣服；分别后的漫长日子里，她的一缕离魂，无时无刻不追随着他远行的脚步……词的末二句是词人最后的感叹，他说：我们刚见面又要分别，想着她的梦魂要在这寒冷的冬夜里踽踽独行，越过冷月映照的千山万水回到淮南去，我真感到伤心欲绝啊！

此词抒情凄婉真挚，颇能打动人心，就连对白石词评价不高的王国维，也在其《人间词话》中赞扬此词的最后两句道："白石之词，余所最爱者，亦仅二语，曰：'淮南皓月冷千山，冥冥归去无人管。'"

5．咏物抒怀的名篇《齐天乐》。

齐　天　乐

丙辰岁，与张功父会饮张达可之堂，闻屋壁间蟋蟀有声，功父约予同赋，以授歌者。功父先成，辞甚美。予裴徊茉莉花间，仰见秋月，顿起幽思，寻亦得此。蟋蟀，中都呼为促织，善斗。好事者或以三、二十万钱致一枚，镂象齿为楼观以贮之。

庾郎先自吟愁赋，凄凄更闻私语。露湿铜铺，苔侵石井，都是曾听伊处。哀音似诉，正思妇无眠，起寻机杼。曲曲屏山，夜凉独自甚情绪。　　西窗又吹暗雨，为谁频断续，相和砧杵。候馆迎秋，离宫吊月，别有伤心无数。豳诗漫与，笑篱落呼灯，世间儿女。写入琴丝，一声声更苦。

据词的小序可知，这首咏蟋蟀的词是与友人张镃同赋的。同是咏蟋蟀，姜、张二人写法并不相同。清人郑文焯校《白石道人歌曲》时说道："功父《满庭芳》咏蟋蟀儿，清隽幽美，实擅词家能事，有观止之叹。白石别构一格，下阕寄托遥深，亦足千古矣。"张镃的词对蟋蟀的声和形作了华美的描绘，是一种对儿时玩蟋蟀的感受的回忆；而姜夔的词则重寄托，将蟋蟀声看成是一种悲音，把这种声音与人心中的愁苦之事联系起来。因此本篇一开始就不写蟋蟀而先从作过《愁赋》的南朝文学家庾信写起，借此引入愁情。于是以下所咏处处皆含愁意，其中主要是蟋蟀鸣声引起的离人思妇之愁和残山剩水的家国之愁。结尾四句，正如陈廷焯《白雨斋词话》所评，是“以无知儿女之乐，反衬出有心人之苦”。

从这一系列描写来看，此词是隐隐然有言外之意的。但前人说它是“伤二帝（宋徽宗、钦宗）之北狩”（清宋翔凤《乐府馀论》），则似嫌坐实。这首词全篇所弥漫的极为浓重的感伤情绪，不可能是实指某物某人某事，而是属于整个时代的哀伤。在南宋那样一个残山剩水、令人悲伤的社会环境中，虽然每个人都有自己的伤心事，这些事也各不相同，但社会与人群对国运与时局的悲伤失望情绪是共同的。正是由于姜夔写出了这种人尽有之的普遍情绪，所以他这首词在当时才引起了广泛的共鸣，在后世也有巨大的影响。